非鱼也

王清松 著

天津出版传媒集团
百花文艺出版社

图书在版编目（CIP）数据

非鱼也 / 王清松著 . -- 天津 : 百花文艺出版社,
2024.1
ISBN 978-7-5306-8683-6

Ⅰ . ①非… Ⅱ . ①王… Ⅲ . ①散文集 – 中国 – 当代
Ⅳ . ① I267

中国版本图书馆 CIP 数据核字 (2024) 第 000010 号

非鱼也
FEI YU YE
王清松　著

出 版 人：薛印胜
特约策划：天下才俊工作室
责任编辑：张雪　　**装帧设计：**罗佳丽
出版发行：百花文艺出版社
地址：天津市和平区西康路 35 号　**邮编：**300051
电话传真：+86–22–23332651（发行部）
+86–22–23332656（总编室）
+86–22–23332478（邮购部）
网址：http://www.baihuawenyi.com
印刷：廊坊市伍福印刷有限公司
开本：880 毫米 ×1230 毫米　1/32
字数：201 千字
印张：9.125
版次：2024 年 1 月第 1 版
印次：2024 年 1 月第 1 次印刷
定价：78.00 元

如有印装质量问题，请与廊坊市伍福印刷有限公司联系调换
地址：安次区码头镇东辛庄村
电话：13731634666
邮编：065003

中国书法家协会会员、安溪县书法家协会副会长黄昭文（老昭）赠墨宝

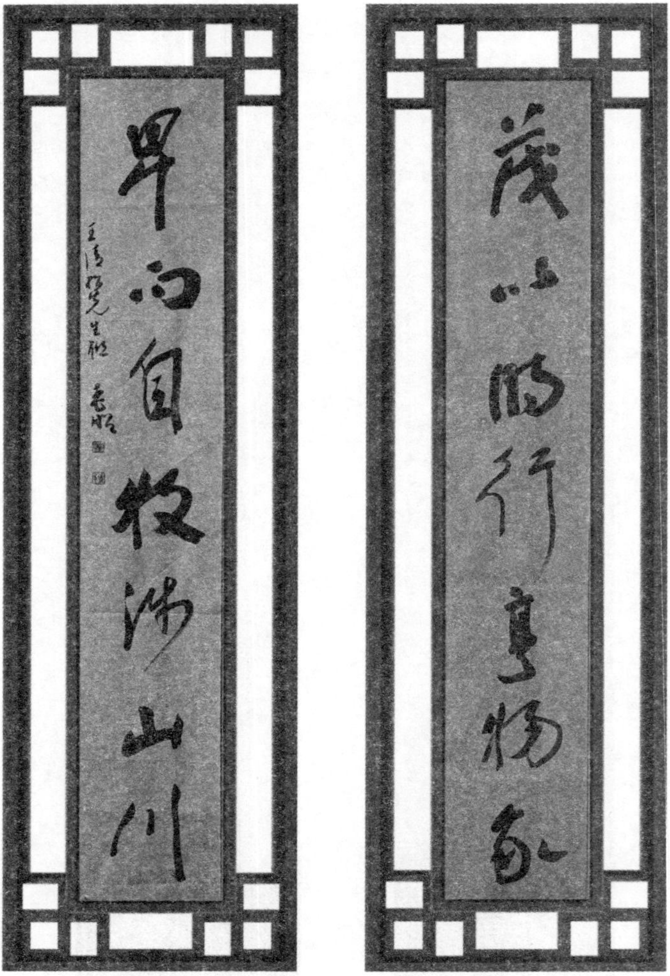

中国书法家协会会员、安溪县书法家协会副会长黄昭文（老昭）赠墨宝

中国书法家协会会员、安溪县书法家协会副会长黄昭文（老昭）赠墨宝

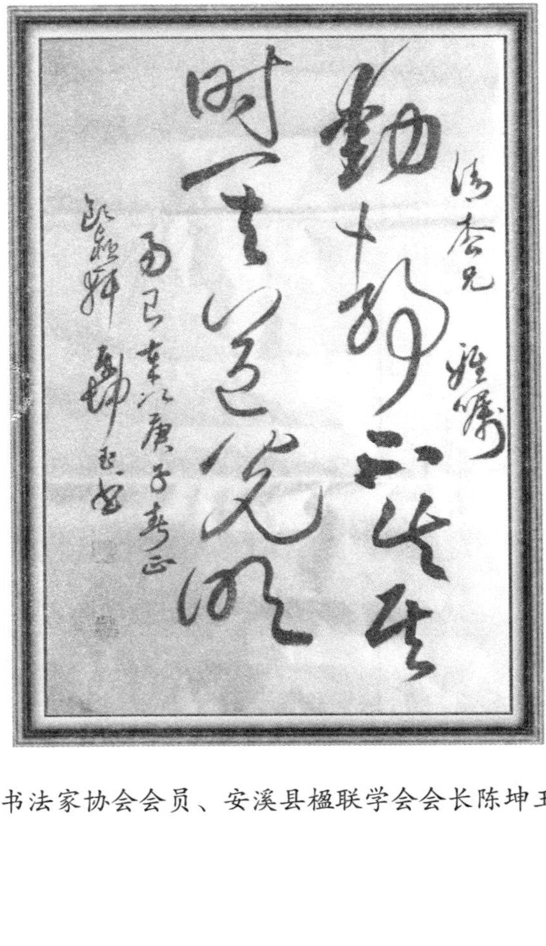

福建省书法家协会会员、安溪县楹联学会会长陈坤玉赠墨宝

福建省书法家协会会员陈古尊老师赠墨宝

冷水窟的松

——谨为《非鱼也》序

文 / 林炳根

认识王君清松是自然的事，或者说是迟早的事，而认识冷水先生，可能就不那么自然，还要一番求解。好在安溪地方小，一打听，就知道这二者是同一人，但为何取笔名冷水先生，大体就没几个人深究了。我最近翻阅清松的一部分文稿，发现了这一笔名的奥秘。他家玉湖有一地名就叫冷水窟，还有一口神奇的井，井水清冽可口。男女打水的姿势不一样，女需弯腰或蹲下打水，井水水位下降，不能脚跨水窟舀水，否则泉水不出，祭告一番，泉水复出如然，表现的是对自然的恭敬。这是一则传闻，简直就是井神在此，不可冒犯。冷水先生定然爱这口井，爱自己的角落冷水窟，而木本水源，王清松的笔名就叫冷水先生。

冷水先生家的玉湖豆干，我也是读了他的文章，垂涎三尺。豆干的诀窍，不仅仅是技艺的不同、火候的掌握。据清松的推理考证，其味不同，当在于当地的泉水，自然是冷水窟的水好，还有秉承不变的大柴火灶熬煮的豆腐，烧焦的锅底，有股略微的烟熏味，成就了一道不同风味的地方美食。我想，这只是清松吃惯了的口味，还有他文字的香、弹等佐料。当然，他的文字我们记住了，顺道记住了玉湖豆干，还需我们找时间实地求证，这是后话。

冷水先生一访再访他家的漈仔坑，或叫鸟仔坑，高数百米的瀑布，我们以为是传说，或者被清松夸大了，或者不尽然，清松不需骗我们，我们尽信了，有此美景，何早不与我们分享。他家数口及三五龄童，数次前往，让我们想起“暮春者，春服既成，冠者五六人，童子六七人，浴乎沂，风乎舞雩，咏而归”。回来，还一而再、再而三地为文，以古体追忆，远追唐宋，近承明清小品风韵，清新可人，如那湾清水，明镜无尘，可尝可读可品，光彩照人。

冷水先生对茶的另一种认知，也很有味道。在安溪的寻常物事中，他以独特的感受，感知铁观音的高洁。茶怕窜味，铁观音尤甚，气腹兰香岂可入鲍鱼之肆？当然冰箱也需生熟分开，往往不明此理或不加注意，就让茶之君子，其味如兰的铁观音，遭异味入侵。铁观音气质如兰的高格调，仅此一点，就应该得到文人雅士的喜爱，而清松的半发酵铁观音更深谙中国人的“中庸”之道。他还把做饭与制茶联系起来，提到了火候，贵在火候的拿捏，猛火过烈，焦炭如粉，其味涩而苦；也不能轻火微温，火候不到，饭夹生而不熟，茶闷而黄，其味不佳，其色难观。这些不能说是王君清松的独特发现，但也算他独特的提炼和思考。

由此，我们可以看到王君清松为文的一种轻松俏皮，甚而联想到他为人的乐观可爱，斯是妙人。我认识清松，甚至还具有仪式感。2017 年 5 月，安溪首届作家研修班，我们是同学，有了较为深入的接触。稍早些的前年春天，奋勇召集作家们去官桥犀山采风，我们也在一起。是否早有谋面，说不太清楚，更早些的时候，他诚恳给《铁观音》供稿是有的，以文字更早结识了他。认识后，彼此关注，好文共赏。清松的热心，在于常常指出我文字的谬误。我这人性子急，常写千字文，写完后，筋骨甚疲，丢到网上，也没有回头看，也没细加润色修改，常有错别字，清松常常指正一二。我是习惯了，好在安溪文友，对我包容有加，还有不少如清松的朋友，直言指出不妥或错处，我也不言谢。

清松敏感多思，勤于记录，多有史笔，文章所蕴含的信息量较大，他能为一根藤、一场雪，泡一次温泉，令郎升学，邻里盖屋，甚而奇闻逸事等，而感动，化为文字。他乐于读书，古文功底深厚，文字简洁，有韵味。他涉猎广泛，博采众收，文章较为丰富博杂。他在安溪县委文明办借调期间，写了不少人物专访，多数发在相关网络报刊上，这是他热力四射时期。清松参与安溪文事活动，用力用心，出手的文章，有别于普通的采风体，融山川风物于胸中，万山青绿排闼来。他对文史有强烈的爱好，对县志、谱牒的关注用心，转化成他的写作资源，而这些文章，如写虞森土楼、桃舟、廖长官等，都成为他成色足而厚重的文字。

清松写散文、诗歌，精擅古体诗赋楹联，蔚为壮观。因工作关系，清松辗转于安溪多所学校，担任领导职务，事务繁杂，仍笔耕不辍，实属难得。他的身上有一种硬气、拼命三郎的狠劲，加上天资聪颖，深扎本土，兼收并蓄，阳光向上，勇毅前行，自然收获丰硕。期待他的文集早日与读者见面，那将是安溪文坛的又一盛事。

（林炳根，福建省作家协会会员、安溪县作家协会副主席）

一汪清冽

——浅读王清松及其新著《非鱼也》

文／黄志专

一汪清冽，适于鱼。鱼，《非鱼也》，此乃一书也。

此书作者系王清松。

清松，我是认识的，但认识的时间不是很久，平时也鲜有交集，偶尔碰首，也是因为文事活动。

在仅有的可以数得出来的几次活动中，我对于清松有一点点“认识”。在我印象中，他是曾在教育局工作的……与文字有关，且经常加班……我很佩服这种敬业精神。有这种敬业精神的人，是有正气的，是值得亲近的。在几次交集中，他总能在一些颇为寻常的现象中找到些许前沿观点，有时是愤世嫉俗的，但更多的是嫉俗之后的无奈与嘘嘘短叹……我还知道他在中学任教……赢得很好的口碑……平时从媒体看到他不少文章，知道他文字功底不错，特别是古文更是“了得”，是我可望不可即的，只有仰慕的份……再后来，在几次赛事中，他的文章脱颖而出，屡屡独占鳌头……自此之后，凡其发布展露于媒介的文字，我一般都给予关注，潜心拜读，知道他的文字简练有活力，文体构思顺畅自然，有独到之处，甚是值得把玩……

《非鱼也》，即为鱼却非鱼，着实惊艳眼帘，吊起瞳孔饕餮味蕾，刷屏拜读，先睹为快。孰不知，在字里行间彳亍，恰似一汪清冽，晶亮眼神，顿然于“非鱼”之处而得“鱼”也。

一

山乡汪汪半亩田，点点金光而跳跃。

“半亩方塘一鉴开，天光云影共徘徊。”朱熹笔下的“天光云影”映照在“一鉴开”的“半亩方塘”之上，是移动的，是“徘徊”的，是交错的。在文学大观园中，“散文”这种体裁是一种大众化的，人人皆可为之，可长可短，任凭摆布拿捏都无伤大雅。然而，说起来容易做起来难，从现实生活到文学是有一段距离的。你写他写，都是同一件事，真正“细致”起来便见分晓。这是应该客观承认的一种存在。从生活的“万花丛中一点红”直行至“姹紫嫣红”，便是一种作品的飞跃，丰富性与多元性得以形成。这种“形成”，一般来说需要一个相对漫长的过程。当然，我们不排除那种“爆发式”的存在。那种“存在”毕竟是少数，大多数是属于“正常”的群体。作家清松是在正常群体之内的，他的新著《非鱼也》基本体现了这一些特征。

首先是内容的丰富性。他这部作品有“清溪铁韵”“凤麓玉鸣”“茗乡古风”“风物有道”“情动形言”“蜂蚁垒巢”六部分，五十多篇作品，洋洋洒洒十多万字，囊括了其生活的方方面面，是“半亩方塘”之上不时“徘徊”的“天光云影”。有叙事的，有写景的，有人物通讯，也有日记式的生活点滴印记与人生感悟……凡此种种，不一而足。

其次，触角的独到性。“跟风”一般来说是人的一种“共性”……这是应该摒弃的一种文学创作的“弊端”。一位有远见、有胆识、有创意的作家，应该有自己的独到之处，才不会走进“人云亦云”的死胡同，而为自己设置创作障碍。作家清松的作品是有独到之处的，虽然有些作品还有点“浅薄”，但其创作领域可以说是一种“远达”，从家乡的山山水水出发，跋涉而去，便是一番崭新的天地。这些天地，有《一心事茶，乐于奉献》中“福建好人”温文溪事迹的介绍，也有《好人，或来凡间报恩》中回忆吴灵哲老师的忆念……笔触之处即华章，虽然人物的“光晕”不同，但都是从“半亩方塘”中生辉出来的，是最接地气的。这类作品在很多所谓“大咖”那里是不屑一顾的。这是我们文学创作中应该注意的一个误区。其实，真正能够撑起整个大厦的，就是那些砂石泥浆。砂石泥浆，虽然地处底层，虽然渺小，却是不容忽视的，应该成为创作的主要对象。要让这些所谓的“砂石泥浆”走进作品，走进“半亩方塘”，使之“一鉴开”而生花灿烂。从这个层面来说，清松的视觉是值得欣赏的，他的作品确系体现了这个方面的特点。

再次，直面自己。散文创作，对于“自己”的曝光，相对于“他人”，是有难度的。大多数作家是有所顾忌的，担心自己的“暴露”，成为现实的“美谈”……这种认识，如果出现在那些所谓“大咖”身上，便是冠以“小我”之说，予以乏损，这是一种危险的信号，尤其对于那些正值文学创作“萌芽”状态的创作者来说，无异于一场风暴。综观那些走上文学巅峰的作家，哪个不是从“自己”走出来的？对于“自己”的作品，是应该包容的，予以其更大的生存空间。拜读清松那几则《病中日记》，着实令人动情而潸然泪下。比如说“2022年8月5日”这一天，清松是这样叙述的：

果不其然，当窗户亮起来，太阳准备起床，我完成了“屁事”。虽然让我一夜无眠，但我知道，接下来可以喝水了，儿子再也不用拿着棉签或纸巾蘸着温开水涂擦我干裂的嘴唇。

总算又向前迈进一小步。

至此，开启了喝水、喝米汤、肉汤等的旅程。

接下来，每天早中晚，分别到走廊走动，由先前的一趟到走两趟再到三趟。虽然三趟下来有点喘（没想到平时能跑五公里再做百来个俯卧撑的人，竟沦落到这步田地，或许这也是“掉毛的凤凰不如鸡”），但总要动起来，才能促进全身的能量代谢循环。

这段简短的文字，隐含大量信息，而且都是正能量的。从“太阳准备起床，我完成了‘屁事’”一句诙谐的言语，可以看出一位患者乐观豁达而积极向上。在“但我知道，接下来可以喝水了”可以领受到“我”对身体恢复的喜悦，从“儿子再也不用拿着棉签或纸巾蘸着温开水涂擦我干裂的嘴唇”可以体会到儿子的孝顺、亲情的传续；从“总算又向前迈进一小步”读懂了作者内心向好的冀望以及生活的坚强……

诸如此类的文字，是现实的写照，是病况的直面，是真情的流露，言语之间虽然朴实却闪烁亮光，犹如一泓清冽的池水，泛动粼粼的波光，给人性一次生命教育的洗礼。当然，对于这种朴实而闪光的记叙，在“非鱼也”皆可得“鱼”而亮者，尽情品读，便伸手可得。

二

源头盈盈一水间，脉脉含情而清澄。

“问渠那得清如许？为有源头活水来。”源头清，活水流，是渠水清莹的先决条件，离开“源头”与“活水”，是难以“清如许”的……作家的眼光就是要透过“源头”这种最为原始的东西去洞悉其内在之美而挖之掘之，并在赋予文字美的同时赋予真情，赋予灵魂。那么“源头”那泓清冽很多时候都会闪烁其光，而异彩纷呈。这需要眼光，更需要睿智予以支撑，才能水到渠成。

在这个方面，清松是有独到之处的。我们从《非鱼也》中即可领略其中之丰盈。

故乡长卿，是清松创作的原乡。原乡的补陀岩、达摩岩、铜钹山等山水沟渠、岩寺庙宇以及桂花、白毛藤等植物，抑或豆干等特产，无论你知之或不知，都是存在的；无论你是否关注，它们也都是存在的……清松却能跳出很多作者难以兜转出来的怪圈，从生他养他的"原乡"寻找创作灵感，写出甚多富有乡土气息且充满烟火气的佳作美篇来，着实难能可贵，从《再游漈仔坑》《玉湖豆干，韵在烟火中》《神奇的冷水堀》等篇即可知晓。

当然，面对如此丰赡的素材，取舍就是一种技能。对这种技能的驾驭取决于每一位作者的真实本领。在这个方面，很多写作者都是"依样画葫芦"，缺少想象与留白，很多时候是你我都能"见得"的，或是"知晓"的，未能深入"骨髓"，停留于表面。这种只是浅层次的习作，还不能称之为"文学"。真正的"文学"是有把玩的空间的，有欣赏的价值，有情感的投注，有灵魂的锻打，整篇文章更有张力，更有美感与钙质。这些方面，清松可以说基本做到了，他的很多文章都很耐读，是颇值得为之腾出时间去欣赏的……比如说《故乡，一夏清凉》叙述了一直"忙于凡尘俗务"的作者，在家长的催促下回到阔别多月的老家长卿，去享受夏日清凉。这是一篇叙事性的作品，但其主旨是一份"清凉"背后的思乡。这份"清凉"早已融入作者的日常生活，他说"即便忘却，也不能忘记故乡的一夏清凉"。是的，这是作者对于家乡的一种情怀——热爱。没有这种"热爱"，早就"乐不思蜀"了……这种表达，不是直接表述的，而是寄寓于叙事中，是不动声色的，更是澄澈透亮的。这就是作家之所以是作家的高明之处。这种"高明"之处，在清松文集《非鱼也》中俯拾皆是。

三

行程迢迢千里路，哗哗弹奏而清畅。

“删繁就简三秋树，领异标新二月花。”作品的凝练与主题的突出与明晰，应该是作家创作的一个着力点。要是离开这个着力点而生发开来，即便是开枝散叶，枝繁叶茂，却往往让读者一片朦胧，不知所云，虽然文笔不错，辞藻华丽，却不忍卒读。这种现象，似乎很有“市场”。

目前有些作者热衷于“思维导图”式的创作……可惜，这种不加取舍的创作，还是有人加以“推崇”，不时夸赞道：“这个作者很不错，很会写，写得很长……”这种“热闹”式的评价，对创作者的影响还是处于“低层次”的，不足以左右作者创作的深度。如果在此基础上冠以“形散而神不散”招牌而为一块“裹脚布”寻找一个合理的说辞，那对作者乃至深爱阅读的读者来说，其伤害的程度也就不可小觑了。

为此，如何评价一篇文学作品的优劣，虽然见仁见智，却万变不离其宗，那就是“主题”先行……从这个方面来说，清松是值得肯定的。他的作品都以短见长，即便“长文”，也是“主干”分明，一目了然。先说那篇“赋”。“赋”是一种文体，属于文言文范畴，但也属于“散文”。散文的特点就是形散神聚。虽然《长卿赋》只有1080个字，篇幅短小精悍，但其内涵丰富，囊括长卿的地理位置、整体面貌、民俗特产以及变化与展望等方面的内容信息。从“赋”叙中，看似“散散”，但其“魂”却集中在“长卿”二字，以整体之“赋”而“赋之”以赞美，以讴歌……

其短文如此轻盈且清畅，但其“长文”也并不逊色。其他的，我们暂且不去理论它，但说最近清松参加两次大型比赛的作品，一是《一祠一碑又一馆》，一是《下草埔的风水哲学》，都与“历史”有关。这类题材的创作是有难度的，很多人在创作中大量引用甚至堆砌“史料”，通篇难以见到创作者的“创作”，很多时候都是人云亦云，陈词滥调，远离“鲜爽”，更难见“清流”。而对于这类题材的驾驭，清松的创作是值得一提、值得品味的。首先，清松先来段“前言”作个“交代”，再从“祖祠”入手，推向“树碑”，直叙“忠诚”，而后点出“一馆”，旨在“崇祀”以表“永远的怀念”……如此这般，一路行文，清清楚楚，明明白白，虽然也有引用部分史料，但都经过作家内化于心、外化于形而达到一定水平。这比起那些将“史料”拆开、布陈或拼凑的所谓“佳作”来说，是值得欣赏的。其次，作家紧扣“风水”这个人们习以为常的词汇，切入“下草埔”，去探究下草埔“冶铁风水”格局，既引经据典，又推理判断，采用“剥笋式”的手法，自问自答，将“风水”抖落出来，给读者以条理明晰的感觉，有理有据，足以给人以明亮。这类“长文”还体现在其笔下的那些“人物”之光辉，都是可以细读一番的。

执《非鱼也》而掩卷，顿觉清冽之处，便是那种“天籁之鸣天去足，好诗不过近人情”的一种自然与真情，也是那种“一语天然万古新，豪华落尽见真淳”的本真。在一汪如此清冽的《非鱼也》中泅游，享受的是那份“清冽”，浸润的是心境，荡涤的是灵魂，还照亮了前程，哪怕“山重水复疑无路”，很快就是“柳暗花明又一村”，迈步在岁月人生的康庄大道上，胜似闲庭信步。

此浅谈，仅为序！

2022 年 12 月 13 日　星期二

原文发表于 2023 年 2 月《文学月报》

（黄志专，安溪县参内大厝村人。福建省作家协会会员，安溪县作家协会理事，作品散见于《人民日报·海外版》《人民政协报》《散文诗世界》《散文诗》《星星》《福建文学》等报刊，至今已创作与发表作品一百万字，有部分作品入选文集，多次参加征文比赛并获奖。已正式出版散文作品集《天涯三人行》《修剪岁月》《相约岁月》）

“诚实”的真最动人

——读《非鱼也》之感

文 / 李志宏

清松把他的《非鱼也》文集发给我，我一下被题目吸引，先看了他写的后“记”，原来题目以自嘲而出，真是独到的思维显露。再读作品，有生活，接地气，抒真情，讲实感，带有乡土气息，带有个性色彩。看的过程中，我是亦喜亦悲，亦哭亦笑。

文集内容包括“清溪铁韵”“凤麓玉鸣”“茗乡古风”“风物有道”“情动形言”“蜂蚁垒巢”六部分，是作者几十年来学习、工作和生活的所见、所读、所忆、所做、所思、所感。其中有奋斗的青春、进取的人生，有故乡的风物、生活的烟火，有病中的日记、抗争的情怀等，也有对一些人物精彩的访写报道。

散文尚真，真实性是散文具有独特魅力的重要因素。文章多为日常生活的松散片段和零星小事，清松没有什么藏着掖着或刻意去求的，一切都遵循内心的律动和事态的走向而写。一路走来，他对家人、朋友有什么样的牵挂和深情，对生活有什么样的顿悟和感恩，都发自内心地宣泄和倾诉，都是在为情而转，为情而动，为情而歌。这种人、事的真实性，使文章充盈着独特的感染力。《父亲，有“皇气”》一文中，个子不过 160 厘米的父亲，浑身透出一股“皇气”（威严之意），“若要读书，砸锅卖铁都要供”，一句话掷地有声，铁骨铮铮。后来因犯错受到父亲的责打，“我”

没有怨气：正是父亲的“皇气”和品质深深折服了“我”。“接着勃然大怒，骂我居然会冤枉人。当着他们，拿起竹篾狠狠打了我一顿，打得我号啕大哭。这是父亲有史以来打我的第一次！那时我只恨自己说谎，对父亲绝没有丝毫怨气。”在《我的娘，真直肠》一文中，母亲等儿女读书回来才买肉，平时都没买。“我明白了，出生于二十世纪五十年代的她，啥苦没吃过？让儿女吃好穿好就是她最大的欣慰了！”母亲教导子女“吃亏不爽一两日，亏心甘苦一世人”“精神（醒来）就起来，事头（事情）找些做”，虽有时口无遮拦，与年轻人有代沟，但她对子女的爱一如既往如水般静静地流淌在生活的每一个角落，悄悄滋养温暖着子女的身体和心灵。读到最后“唉，这就是我的母亲，我的亲娘！一介直而有爱、勤而不息、俭而至老的农村妇女”，不禁让人深深地为之感动。而《病中日记》系列，作者直面现实，以阳光的心态直呼“将死亡打个结”，让人深深地为之震撼。

散文贵在真，真实是作品的生命，感情是作品的血肉。席慕蓉曾说：“拿起笔来，诚实地注记下生命内里的触动。”清松无疑是“诚实”的，他对人、事倾注了满腔的情感和心血，其文章内容生动感人，而且没有所谓的“阳春白雪”般的语言，而是多用口语，浅近明白，让人读来如啜香茗，回味无穷。

清松还善于寻找“切入点”，琢磨“新角度”。《半发酵人生》里写道：“铁观音，半发酵到不胖不瘦，会有‘真铁韵’；凡尘人世，‘中和’得有方有圆，可达神人仙界。愿平生：尝铁观音，做中和人，处盛世间，享清欢福。”文章思想性与趣味性交织，使读者多了几分联想、几分惬意。这样富有哲思的文章有《下草埔的风水哲学》《一祠一碑又一馆》等，在读的时候，当我明白文章的深层含义之时，就会有一种“柳暗花明又一村”的感觉，满足感充溢心田。

清松在家乡的冷水窟里，在“迷醉的体香”玉湖豆干味里，在凡物俗事中，在日常烟火中，发现了美，感知了责任，从中挖掘出了新意，再用恰当的表达方式，呈现给我们。他的作品洋溢着浓郁的乡土之情，是心路的磨砺、生活的积淀，确实值得一读。

勤奋永远是成功的基石。清松读书时“秉烛夜读，晨昏而诵”；为人师后，“学而不辍”，涉猎广泛，“咬文嚼字，挠断青丝，霜雪两鬓，不觉苦矣”！“清松的古文功底好”，我常和文友这么说，看看《长卿赋》《游玉湖漈仔坑》《补陀岩记》《达摩岩记》《铜钹山记》等，以平常生活语言入文，读来不会觉得生涩聱牙，写得颇具气象。他的作品是厚积薄发，是水到渠成。

很高兴，清松终于将自己的作品辑集。有书为伴，生活会有着无尽的丰富和美丽！愿清松初衷不改，恒泼翰墨，推词敲诗，更上层楼。

（李志宏，福建省作家协会会员，著有散文集《倾城时光》和小小说集《水上漂》）

目 录

CONTENTS

第一辑：清溪铁韵

第二辑：凤麓玉鸣

第三辑：茗乡古风

第四辑：风物有道

第五辑：情动形言

第六辑：蜂蚁垒巢

第一辑

清溪铁韵

下草埔的风水哲学

下草埔是安溪县尚卿乡青阳村的一个角落，地处山旮旯之中，五阆山之间。这个大众化的俗名，本寂寂无闻于人世，却因近年来的考古发掘，成了宋元时期泉州冶铁手工业的珍贵见证，而且构成了“泉州：宋元中国的世界海洋商贸中心”出口商品生产的代表性遗产要素，从而名扬华夏。你若走进下草埔冶铁遗址，就会浮想联翩，不禁赞叹下草埔的风水哲学。

一提到风水，很多人一下子就迷信起来。其实风水就是风与水，水流而风生，风声而气动，气动而遍出生机。无风无水，万物焉活？

我们老祖宗，起厝造房，好堪舆，如今考察起来，多是科学的。譬如，房子多坐北向南，利于阳光照射（因为中国大多处于北回归线以北呀），阳光晒干，病毒消亡，人更康健；厕门不对大厅，以免污秽之气影响一宅啊。实际上，中国传统意义的风水，不仅是“风”与“水”的狭义范畴，更多的是指影响人活动的各种自然环境因素。

下草埔，就是因其独特的地理位置，造就了其独特的“冶铁风水”格局。

下草埔之母五阆山，海拔高达 1256.7 米，由戴云山脉游龙骧腾而至，横亘在湖头、湖上、尚卿、长卿四个乡镇之间。

《安溪地名志》记载：“五阆山，在湖头镇西部……横亘 5

公里，面积 9 平方公里，西北东南走向……有石灰石、煤、铁、石墨诸矿。五代时，五郎陈光绪隐此，故古称陈五郎山，后雅称五阆山。”

五阆山绝非一座平凡的山。清相国李光地曾作《忆阆山赋》，文曰：“惟阆山之高大，耦华岱而与齐……罗童髻之诸峰，水淙淙而环流，覆异卉之青葱……群荒蹊而颓莽灌……邈天地其无穷，谅兹山之不老……”读罢斯文，五阆山的重岩叠嶂、瀑水涧流、异卉神木便会迎面扑来。

下草埔，卧于五阆山山腰，北高而南低，东西走向。众所周知，闽南属于亚热带气候，常年刮东南风或西北风。而五阆山东南麓的湖头——号称小泉州，地势平坦，海拔低，终年温热。此地气流受热膨胀骤升，另外东南奔腾的西溪径流量大，空气流动也快，于是气流便迅速顺势爬升到东南朝西北走向的五阆山之上，加之海拔 700 多米的下草埔东西向的“狭管效应”的神力，如此种种，造就了下草埔的天然风口，成为永动的“鼓风机”。

“鼓风机”天生具备，铁矿石埋在山里，一挖便有，俯首即是。除二者之外，冶铁，还要非常重要的“催化”“还原”剂——木炭。庆幸的是，横亘四乡镇连绵五公里的五阆山，林茂树壮，松柏苍翠，要知道，坚硬木头闷烧出的木炭，燃烧值更高，持续时长更久。于是，“伐薪烧木炭五阆中”，炭自给自足，无须花钱“进口”，燃料免费，何其幸哉！

地利得天独厚，只待人和！

历史车轮总是会在适当的时候，做出恰到好处的拐弯。五代十国，中原乱，簪缨散。以“三王”为首的中原人，率部入闽驻泉驻榕，带来了各种先进的耕作手工技术，尤其是王审知主政闽国，休养生息三十余年，让八闽大地迈向发展的康庄大道。

据青洋（阳）余氏族谱记载：“入闽始祖章公，系出河南光州固始人氏，为唐光禄大夫，后唐僖宗中和四年（884）同王潮之弟审知入闽，至后梁开平三年（909）以审知为闽王，我章公精于岐黄术，擢为王府医正，居三山。”“自章公起至此五世，肇基青阳鼻祖一世四十九公，讳昉，号东园，以武庠生备干城之器，领乡兵抚安流寇李大昌等有功，为朝廷擢用，赐官指挥使，超升云南都督府，曾建戍北之勋，声振边陲，年老辞位归乡，人以为有广受之风焉。由漳平四嘉山寻隐于龙兴里寨口村。”寨口村即今日青阳村寨口尾，现已复建其祖宇，而祖宇东侧即下草埔。依此推测，当时来到下草埔的冶铁匠师们，肯定有不少是“三王”的部属随从或部属随从的后代。

青阳余氏一世祖余昉退隐寨口尾曾作诗云：“久抛弓箭作耕夫，闲步青山冶铁炉。信使直须求野草，鸱皮幸不殉江湖。”一句“闲步青山冶铁炉”告诉后人，当时下草埔就是冶铁的世界！

自 2019 年以来，考古发掘表明，下草埔冶铁始于北宋，单单此处冶铁遗址核心区就达五千多平方米，今天发掘的二千多平方米中，就有六处冶铁炉、三处房址，冶铁生产区、铁务官署区、工匠生活区悉数备焉，功能区分明。在这里，大量宋元时期的铁矿石、炉渣、瓷器、铜钱、铁器胚件、建筑构件等重见天日，这一切无不昭示着，当年下草埔人声鼎沸，风鼓呼呼，炉焰冲天，炉渣奔流，铁锤叮当，一派热闹繁忙的景象。

未来，下草铺倘若发掘出有关兵器或与军营有关的铁制品，我想，这肯定与青阳余氏一世祖余昉的贡献紧密相关，毕竟他“以武庠生备干城之器”“赐官指挥使，超升云南都督府，曾建戍北之勋”，对于兵器等的制作定然烂熟于胸，当一个技术总工或顾问绝对没问题。

值得一提的是，匠人们充分利用下草埔梯形田垄的特点，在上垄田开膛造炉：“先是深挖基槽，再于槽内挖浅穴修建炉底，深槽内修建炉腹和部分炉颈，续以黄土填平炉体与基槽间的空隙。炉颈上部高于基槽口与炉周围的操作面，修炉简便，使用舒适。”要特别指出的是，匠人们就地取材，挖用当地的白黏土，拌以红沙土，将炉颈修建得一米多高，炉颈下面大，与炉腹相连，就是说圆圆的炉颈自下而上逐渐缩小，最终上方颈口大小在一尺之内。这与农村先前的土灶相类似，只不过土灶的烟囱置于灶的末端，且上下一般粗；而冶铁炉的烟囱下部则与炉腹几乎一般粗，往上渐小，简直是一个“将军肚之人”的上半身。

为什么要如此修炉呢？

一是利于保持炉膛里的冶炼温度。因炉膛几乎封闭，颈上端出口小，散发的热量就相对少而小。二是便于观测。炉膛内的铁矿石在高温中煅烧，在这个过程中，炉颈口的火焰会显示不同的颜色，有经验的匠人对颈口“察言观色”后，判断炉膛内冶炼的程度。三是作为填充原料的唯一入口，在冶炼过程中，便于将矿石、木炭分层分批从炉颈口投送入炉膛。

在青阳，山底下蕴藏的多是高品位的磁铁矿和锰铁矿。那么，这无数的矿是如何在这些“八卦炉”中华丽转身成“铁”的呢？

原来，在天然鼓风机和木制风箱的合力作用下，木炭在炉膛内熊熊燃烧，燃烧得更全面，燃烧温度的升高比雨后春笋拔节更快。据查，木炭燃烧发出白光时燃烧温度达到 1700 摄氏度，要是在纯氧中燃烧温度会超过 1700 摄氏度，但木炭在开放的炉子里燃烧温度一般不超过 1000 摄氏度，如果有风箱加持燃烧可达 1300 摄氏度。然而，铁的熔点是 1538 摄氏度，所以这种野家土炉即使得到五阆山风力的积极配合，也很难达到熔铁的温度。然而，1300 摄氏度的高温足以熔化这里的锰矿等，因为锰的熔点是 1244 摄氏度，所以锰铁矿石，在下草埔的熔炉中，其中的锰直接熔化成浆，流出炉口，而铁则直接“躺平”于炉膛底部。

至于冶炼磁铁矿，这个还真的要敬佩下草埔匠人高超的造炉技术。如前所述，这种炉内部较为封闭，炉膛内很容易形成“还原氛围”，炭和磁铁矿（四氧化三铁）在高温中本就会产生反应生成二氧化碳和金属铁，而这些“八卦炉”中的“还原”活跃分子一氧化碳会加剧反应，让磁铁矿更迅逗变回铁的本来面目。铁变回真身也是在炉膛底彻底“躺平”，等待开炉“出关”。

用炭冶炼铁，是熔掉与铁无关的杂质——即“炉渣”（炉渣在闽南方言中是“无用”“不中用”“落魄”之意，谁能想到常挂在闽南人嘴边的“炉渣”，竟是这么来的），而绝非将铁熔成铁水！

就这样，下草埔众多的冶铁炉、打铁铺，炼制出了不计其数的铁块和铁制品，这一批批“硬通货”，不仅走向三乡五里，进入安溪的寻常百姓家，还翻山越岭，乘上船，顺流而下，“鲤鱼出泉州”，直至乘上宋朝、元代的大航船，漂洋过海，远泛藩国。

然而下草埔的“铁哥们”是在哪个渡口起航的呢？

也许很多人会说，不是湖头渡吗？因为相传清相国李光地曾作闽南语四句《来去泉州》：“剞剞（闽南话读 khìh-khòk）木成舟，沯泵（闽南话读 phīn-phōng）水中游。門（此字左右分开，闽南话读 īnnh-uāinnh）双篙桨，彳亍（闽南话读 sìh-suàh）到泉州。”意思是说，伐木丁丁造成舟，呼的一声船下水顺流而去，摇摆双桨咿呀咿呀响，刹那之间就从湖头到泉州了。这四句在泉州流传甚广，也恰恰证实那时湖头可舟通泉郡。

但是，实际上湖头到金谷的源口渡（元口）的通航，还得从湖头的李森说起。

据湖头李氏族谱载，李森，先世富豪，其承祖业，复经营盐铁，收入更巨，乃时巨富。明朝天顺年间，曾献朝廷五千石谷赈饥，献三千石助边防。当时，西溪湖头至源口段，有马上滩、渊滩等巨石阻塞，舟楫无法通行。明正统年间（1436—1449），为便于众人出行，李森决意出资，雇工凿石，使该段溪流深广，此后水运便从源口直通湖头，湖头便成了内安溪诸乡里物资的集散地。

西溪，晋江源也，其径流量更大，其负船也必大。诚如庄子所云："水之积也不厚，则其负大舟也无力。"

既然湖头渡是明朝正统年间才开通，那么，宋元时期到明正统之间，下草埔的"铁哥们"是如何远游的？

原来，源口是西溪（湖头方向）和龙潭溪（蓬莱尚卿方向）的交汇处，而逆龙潭溪而上到蓬莱的新林村，水流大而平缓，利于舟楫。明嘉靖（1522—1566）的《安溪县志》载："在龙兴里，通舟楫抵源口渡。"龙兴里包含了今尚卿乡、金谷的元口片区、蓬莱的新林片区等，而在龙兴里通往源口的就是新林渡。

新林渡又是如何连接上下草埔的呢？

下草埔处于过渡内外安溪的五阆山间。从这里沿着五阆山间的古官道——白花岭向东行走，可直抵科洋（下科名），在科洋可兵分两路，一则东行盘岭古道下湖头，二则南行鸡髻崎古道（尚卿方向），翻山越岭抵达蓬莱的新林渡。按照湖头渡的通航时间，迎接手提肩挑的人们的鸡髻崎古道应该是下草埔宋元时期"铁哥们"出游的主要通道。

而当湖头渡通航后，鸡髻崎古道逐渐被打入"冷宫"。因为科洋东行下盘岭抵湖头，这条路要比鸡髻崎的平缓且距离更近。

对于鸡髻崎山的险峻，《安溪县志》如是载："自麓至巅，路十余里，为下六里及上游等府必经之途，不殊蚕丛九折。"清代诗人戴希朱路经于此，不禁写诗感慨："谁是山高可接天，此间霄汉宛相连。我来欲向苍穹问，何日乾坤获转旋。"可见其险其岖，仿若李白之《蜀道难》。或因如此，去内安溪之长卿、蓝田、祥华、科名等，自湖头渡通航后，便取道盘岭了。从此，新林渡少却了繁忙，但人们却惊奇地发现，湖头人来人往，熙熙攘攘，热闹氛围一点也不亚于泉州。

有道是“自立者，人恒立之；自助者，天恒助之”。当时，下草埔的人们就是自助天助的典型。孟子又曰：“助人者人恒助之。”我想，除了“人恒助之”外，有时，助人者亦是自助。就如李森，他雇人凿通了源口至湖头段的航道，极大地方便了上游和下游的人员物资往来。而实际上，“急公尚义”的李森自己因盐铁贸易而越发“巨富”。我们可以想象，一船船的铁制品顺流而下泉州直至远贩南洋；而一船船的盐又从泉州港逆流而上，走进了千家万户。浩浩荡荡的商船，载铁而去载盐而归，往返皆是利，难怪李森富甲一方！看来，下草埔的铁，几乎占据了李森商贸的半壁江山。李森，也是下草埔风水的最大获益人之一。

下草埔，天生是一个灵奇的地方。此处，物产资源丰富，居之自给自足，战乱来袭，山门一关，完全就是陶渊明的世外桃源；而当太平盛世，则山门开启，将这一批批、一堆堆的铁制品、铁块运到新林、湖头换得山外之物，活色生香了山里的生活，何乐而不为？

人处五阆间，入则可隐，出则可进。这大概就是下草埔千百年来生生不息的风水哲学。

（本文获 2022 年福建省作协、安溪县委宣传部、安溪县文联等举办的“喜迎二十大　茶乡正春风”文化遗产征文大赛二等奖）

一祠一碑又一馆

前 言

在“清溪县”（安溪县）还未诞生之前，有一个人已经为这座城的形成殚精竭虑三十多年，其事迹却鲜见于正史，府、县志虽有高评，但也是闪烁其词。何哉？翻开族谱，其中清朝进士、翰林编修李天宠（李光地之孙）的文章道出了缘由：“前人功德湮没弗彰，是在君子阴行善事。”此人是谁？“未有清溪县，先有廖长官”之廖俨也。只要走进廖长官的祖祠、夜台和纪念馆，就能深切感受到其大德高行。

这一“拜”镌刻在门柱上

安溪官桥有一座祖祠，它没有红艳的琉璃，没有恢宏的门庭，只是简约的上栋中庭，连下宇都简略了。只见乌瓦铺其上，燕脊映苍穹，赭褐的墙砖，粗粝的条石，一切看上去都是那么质朴无华，以至于乍见之下，都以为这是普通的祖祠。

然而，走近一看，大门方柱上刻着对联“汝南钟祖德，极北拜君恩”，颜体的雄健力沉、大气磅礴直逼而来。这昭示着主人的不凡。抬头一看，“廖氏宗祠”赫然在目。

这是廖俨南来一家的生息地。廖俨何许人也？

其祖籍河南光州汝南，唐乾符二年（875）榜眼及第，官至银青光禄大夫、检点太子宾客兼国子监祭酒、御史中丞。

熟悉安溪历史的人都知道，五代十国年间，安溪还是小溪场，隶属南安。时任御史中丞的廖俨因不满朱温篡位，绝不随波逐流，于是举家南下隐居于此。当人们得知其乃前朝大官，忠直爱国爱民，便群起奉其为“长官”，他欣然接受，没有造作与推脱。“遭乎治世，不避其任；遭乎乱世，不为苟在”，这大概就是根植于廖俨心中的人生信条。

这个长官，无官服印信，无人抬轿，更无人（也无须）喝令开道，隐居的茅屋成了办公议事的地方。他生来不为享受人生，否则，早就效忠朱温去了。乱世中，天下不可济，若能造福一方也是忠君报国啊！

从此，凤山之下，蓝水之滨，这个斯文的老者，不顾年迈，日出而作，躬身而为，带着溪场的百姓辟壤垦荒，种粮植蔬，养蚕绩麻，冶炼铸造……日落而归，著文立说，召集童蒙，月下琅琅书声与晋水清流相应和。流亡的生活刻骨铭心，他招流民，振困穷，安其居，予基地，劝耕织……

日复一日，年复一年，偏安一隅的小溪场渐渐熙熙攘攘，鼎沸的人声终于战胜了“虎啸猿啼”。民已安，业已就，于是他上书建城，选定县治，督造城池，遣戍置将，守护一方。

然而，廖长官，当上司欲赐予您土地以血食，您却以“无功于民，轻易受业，天理不显，民心不顺”为由而固辞之。这何尝不是体恤民生、减轻黎元负担的体现？您甘为清贫，视富贵如浮云的人生态度，足以让古往今来的无数“贪墨者”汗颜！

站在廖氏宗祠门口，青山环绕，诸峰玉峙，流翠千载。铁峰山高耸，那是您坚挺的意志；弥勒山大肚，那是您心系苍生的襟怀；驷马山飞奔，那是您全力驱驰的初心；犀牛山踊跃，那是您只知耕耘不问收获的公而忘我的精神。

苻溪琮琮南流，倒映着您“极北拜君恩”的虔诚身影，这一“拜”，岂止是报君恩，更是兼济苍生的大爱情怀！

“忠诚”就是树碑的朝向

公元 962 年中秋月圆日，享年 118 岁的廖长官驾鹤西去，此时，清溪已置县七年。一个小溪场华丽转身成清溪县，这需要付出多少的艰辛汗水！

作为首任县令的詹敦仁有切身体会，他定然感动于您为小溪场付出三十多年的心血。要不，怎会上奏朝廷，促成您受赐“上柱国”称号和“忠爱堂”匾牌。何止于此，詹公还亲自为您堪舆了身后佳城，名曰“飞鸦落洋”，甚至亲笔题写碑文“清溪长官廖氏祖坟”八个字，这可是詹公留存下来的为数不多的手迹。

殊不知，当时詹公拒不从闽王王昶（篡位者）的召任，也是一身狷介，但他对您却是甘效犬马，足见您德行照清流映午峰。

您墓碑的朝向，坐南朝北，不正是“极北拜君恩”的延续吗？一颗丹心，死而不易，可鉴天地！

而詹公忠诚报国与您一脉相承。他上书闽王王昶要归顺南唐，不能分裂疆土，要以大局为重，维护国家统一，这于今也是极具现实意义的。

您肯定没想到，千年之后，您的长眠地变成了“清溪长官公园”，让人游赏怀念。今天，转世化成无瑕大理石雕像的您已看到，您的政治理想“天下大同、百姓小康”已经实现。

您屹立在笔架山下、广场中央，您的周边已变成了行政服务中心，便民利民的服务中心。每天，车来人往，南腔北调，人们提着行囊匆匆而来，很快又拿了“通关文牒”含笑而去。看到这“最多跑一趟”“一趟不用跑”的情景，您定然会颔首赞许。

在这里，谁都能感受到，几千年前的“民为贵”思想已然化成了今朝的“以人民为中心”的执政理念，“为人民服务”的鎏金大字高悬在服务大厅正中。这就是当今中华大地上党员干部的行动指南。

“开先邑主，忠良传奇”，您是安溪这片土地的福气，也必将是茶乡永恒的惦记，更是茶乡百万人民搏击风浪的催化剂！

崇祀是永远的怀念

詹公由衷敬佩您的监场之功，亲择风水并题碑文，他的继任者王直道，也亲自为您吊唁，作《飞凫投水》以敬挽，其词曰：“了尽乾坤事，何嗟哀残年。无心栖鹤袠，不惹获牛眠。端庄似大职，拱揖若隶缠。含笑入地去，身后享延年。”

是的，您三十余载监场，三十余载披星戴月，三十余载风雨兼行，待到溪场春花烂漫时，您居功不受赏，不血食而恤民心。忠而穆行，人知之不为劝，不知不为沮。利不足以虞汝志，贵不足以挺尔心，势不足以怀己私，真乃国士贤臣哉！

为彰显缅怀您的大德伟绩，第二任邑令王直道偕乡绅建造廖公祠，并在县衙大门内西侧崇祀。千年来，祠屡坏屡修，足见邑人感怀之深。大德大行者，正史可能漏记，但生民必记之念之。改革开放后，安溪县委、县政府响应民意，重建了廖长官纪念馆于东岳寺西侧，纪念馆已成了安溪著名景点之一，而且是文物保护单位。

让我们走进纪念馆细细观瞻吧！

层层的碑林，名人名家题词手迹琳琅满目，无不在称颂着您的卓著功绩与高风亮节。走进殿堂，您端坐阁上，和蔼以迎来者。炉上馨香缭绕，从未间断，仿佛在诠释着“为官清正”“勤政爱民”的“忠爱堂”的内涵和外延。站在门庭环视俯瞰，笔架依旧，晋水成湖，楼林耸立，高速绕城，通山达海，铁观音四时飘香，家居工艺跨越大洋；南望龙桥新城（您的祖祠地）崛起，西望湖头光电迎朝阳，东望中国茶都正繁忙。这一切，正如您千年前所愿：民丰物阜，风清气朗。

如果说这纪念馆包含了官方对您千年功绩的缅怀，那么就让我们去中国茶都旁的灵著庙看看吧。

原来，这灵著庙是您任小溪场监场时，得知此处，曩者虎患成灾，幸有壮士名叫安宁，昼伏夜出，巧设机关，终除猛虎而保一方百姓平安，百姓口口相传而诵之。于是您决定建灵著庙，塑安宁之像而亲祀之，彰其勇义！

您怎么也没想到，待您驾鹤西游，乡人敬慕您高风亮节，敬服您“忠信尽治而无求”，朴素的乡民无以为报，便群议共商决定：将您也塑像并恭奉于灵著庙里，让您亦享祀民间年年岁岁馨香。

您让义士化神，百姓也虔诚地让您化神。生忠于黎元之事，卒持千岁之寿，此之谓也。

有道是“金杯银杯不如老百姓的口碑”，低头细思，邑中道观庙宇碑台，尊享崇祀的哪一个不是生前为这片土地、这方百姓洒过热血、献出青春、做出贡献甚至牺牲生命的人！

崇祀有德有功忠事爱民者，这是您的心愿，也是所有心怀感恩的百姓的心愿，更是黎民百姓永久的怀念。

“政声人去后”，是非功过，自有评说。在淳朴的老百姓心目中，为官做吏者皆可“封神”，只不过有人永远是遭民唾弃的“瘟神”，而有人则是百姓心甘情愿崇祀的“福德正神”！

（本文获安溪纪委、文联等举办的“清溪长官杯”廉政征文比赛一等奖第一名）

桃舟已不载鸭蛋

在安溪的方言中，有许多关于地名的俗语，这对于外地人（甚至当下的安溪新生代）来说都是陌生的。诸如“去徐卖蓝田”道出了徐姓（所居多平原点且人多）对蓝田乡举足轻重的作用；“赔（裴）山兜（仙都）钱田头”是借湖头仙都村裴姓和金谷田头村钱姓，告诉我们找人赔钱之难；“湖头李多卿詹珍山陈”则是告诉人们湖头李氏、多卿（祥华乡）詹氏、珍山（祥华乡）陈氏家族人才辈出；而“长坑粗桶（闽南话）南斗虻”就通俗而具体地告诉我们一个特有的现象：先前长坑墟街的居民为了蓄肥，多沿道路旁置粪尿桶；至于南斗村蚊虻多，我尚不明其因。

但是，最让人忌讳的大概是“桃舟卖鸭蛋”这句俗语了。因为从懂事起，每当有人老死或者意外死亡，亲邻总会叹气说“去桃舟卖鸭蛋了”。但我当时不明白：“去桃舟卖鸭蛋”与死亡到底有什么联系？

桃舟，满船茶香

8 月，时值立秋，城里却不见秋凉，反倒是飙到 39 度高温。凡是 7 月底去过桃舟后回城的，大概都会想念山里的“自然空调”。

汽车沿着晋江源桃溪逆流而上，那两旁的青山如玉蟒，从桃舟的船形小岛，不，应该是从横口交汇处；也不是，应该是从泉州湾入海口处，一直蜿蜒 182 千米直到这晋江源的云中山。

这桃溪水透现沙石，清得凛冽，目之所及，就足以让人忘却城里的燥热，谁还会记起桃舟卖鸭蛋？

要是沿着吾培村大湖尖山盘旋而上，就能享受到松柏、塔杉、木荷们挨挨挤挤筛下的阴凉。道路内侧山泉沿沟飞速奔流，而石壁上的小瀑水倾泻而下，半水半烟，朦胧了你企图窥探的双眸。蝉在林间“惬意”高叫，松针上尚悬的清露，是它们食剩的早餐。山谷间或传来竹鸡尖锐而快节奏的“迪斯科”，还有乌鸫婉转流利的“散曲”，而白头翁“努力努力”的加油声也在呐喊助威。打开车窗，一路欢歌一路逶迤在山间。风挤窗而入，比阳光的速度更快，烈日的利刃在此全部钝化。城里的伏日是狂剑猛戟，吾培的夏日变成了小姑娘的粉拳。苍山如洗，汗腺节节败退。

在这清凉的大湖山间，烹一壶茶，捧一本书，品啜山泉煮酿茶香的况味，放下追逐，何尝不是一种享受？

吾培村的茶叫作“吾之茗”，就是“我的茶”“我们的茶”。

茶者，人在草木间。离开了人，茶就只是草木而已了。在这里，茶是“我们的”。因为“吾之茗”，并非单干户生产出来的，而是150户社员联合组成的茶叶合作社集体劳作的结晶。他们拥有500多亩的天然“放养”铁观音实验基地。闭上眼睛试想，山顶山脚林木茂密，山腰层层茶园，这就是“头戴帽腰缠带脚穿鞋”的生态茶园基本样式。然而，你要走进茶园仔细观看，才能发现这“天然”茶园的细节。时值盛夏，茶枞间的缝隙，已经都成为各种杂草的根据地，它们似乎比茶树生活得更快意，一根根的草茎直接穿过茶枝冒出茶叶上面，悠悠地招摇。而茶园中的茶枞，却并非修剪得整整齐齐，而是任枝条自然生长，高低参差，间或会发现茶枞叶面有辣椒水的痕迹。为什么不除草喷药呢？因为除草喷药就非天然了。茶草相长，虫多吃草就少吃茶叶了；自然生长，更有利于光合作用；辣椒水杀虫，绝无农药残留。当然，天然“放养”茶园，还有诸如施有机绿叶肥和农畜肥、不用化工肥料等要求。

“我们的茶”在制作上，纯人工采摘，力避机器扫剪的茶叶大小不一；阳光晒青自然萎凋，杜绝空调抽湿机的机器气息；多摇轻重摇青，促进茶叶发酵更均匀更彻底。做好的茶，不必冻藏于冰箱，只需找一干燥避阳处放置即可，省了冰箱节了电。堪称道法自然了。

“吾之茗”的茶，共有五类。若让人赋其名，很多人会马上想到高大上的名家字号：× 山问鼎，赛 × 珠，× 路知音，× 凤凰……而这里的五类茶却简其名曰：天然 1—5 号。茶质如何？可问“福建省农林大学吾之茗博士工作室”。

闲来一起走进“吾之茗”品茶室。请问，您要哪一号“吾之茗”？天然 1 号，观音韵与红茶香二者相融；2 号，观音韵与普洱香相会；3 号，观音韵同岩茶香相济；4 号，观音韵与绿茶香相邀；而 5 号，则是桂花韵与兰花香绝配的纯正铁观音。身为安溪人，当然先品 5 号。

天然 5 号，“我的茶”。

汲来大湖尖的山泉，起炉烧水。茶，五泡为一组，用牛皮纸包得四四方方，外面盖上红彤彤的“吾之茗”印鉴，以示正品。启封牛皮纸，撕开铝包装，内包装非塑料膜，而是用无菌棉纸，如此包装，防潮防湿又环保。茶叶条形并不紧结，颗粒绝无沉重如铁，色泽黝黑。观音入宫（落茶）、悬壶高冲（冲茶）、春风拂面（刮泡沫）、关公巡城（倒茶）、韩信点兵（点茶）连续的五道仪式后，一盏天然 5 号就呈现在你眼前，黄铜色的茶汤，显得更加厚重沉稳，更像个有故事的人。举杯轻闻，金黄的桂花闪在左眼，粉黄的山兰闪在右眼，又仿佛在不断交换位置。两种花香随着蒸腾起来的气息涌入鼻腔，嗅神经刹那间全部苏醒，快感从鼻梁间荡漾开来。捧杯轻抿一口，茶一下子漫溢到所有牙齿之间，味蕾提示：微苦。喉头蠕动，茶缓缓润下，咽喉豁然开朗。不出半分钟，喉头回甘。如此三巡五巡，再闭眼，深吸几口这山间的空气，浑身舒坦。

这时，茶几旁的“书架”（用三节两米高的木叉三点确定一平面钉上木板做成）上的子曰诗云、陆羽茶经、唐诗宋词、中外名著……都会在氤氲的茶香中纷至沓来。

大湖山间觅茶韵，享受一夏清凉。倘若你有时间，康随村陈斗岐山中添寿福地桃源有机茶庄园也值得一游。那里，湖光山色相映，还有寿龄千余年的“茶神”。当然，所制作的茶又是别有一番滋味，还有“茶书院”呢。

至此，始终不见卖鸭蛋的人，到桃舟老街去看看，如何呢?

这老街直通乌光溪桥，后者架通两岸。街道两旁尽是土木结构房子，每间门面都是一门一大窗，大窗的窗户门是往上掀起悬吊着，这算是老店的特色招牌了，但失修倒塌者有之。老街仿若是一位长满黑斑掉牙漏风的老者，然而，间或还有老人居于此。在街道尽头靠近桥头的最后一间门面，住着一位七十多岁的老婆婆，见我持手机拍照，对着镜头笑，扬起手向我招呼。她的店面外侧临溪，就在溪岸种了一排长豆，靠土墙顺插几棵带枝条的竹竿，任豆藤蔓延而上，长豆一条条悬垂而下，仿佛是她年轻时动人青丝的化身。我走过去，要买她的长豆，要向她买本地鸭蛋。但她啥都不卖，说是要寄给县城的孙子。原来她丈夫已逝，育有二子，老大在新街建房，在家事茶，是茶叶合作社成员；老二则开茶店，已于城里买房。实际上，乘着茶叶东风搭上桃舟，发家致富，走出深山的村民，比比皆是。因为这晋江之源早已成为有机茶、氧吧茶、放养茶的生产基地。

这晋水之源，桃舟，已无“鸭蛋”可载，有的是生态茶。但倘若你以为桃舟只是生态茶，那就未免小视了。

桃舟，一船意气

桃舟，地处安溪西北，与永春、漳平毗邻，堪称“一乡连三县”。该地距离县城近200里，要进桃舟，只有两条路，一则经感德潘田阁上山下岭而进，一则经剑斗穿横口过美岭攀山而达。倘若在几十里的山路上随便设一处关卡，即可与外人间隔，遗世独立。

这种特殊的地理位置，为避免外来打扰创造了优越条件，同时也为心怀不轨者提供了便利。

或许是先前此地土匪强人经常出没，所以明朝嘉靖年间（1521—1567），县令汪瑀置建桃舟隘。“按旧制称，未造城以前，各处俱设有隘口，可以防守。”一个偏僻之地，地广人稀，竟设隘口，可见当时出入桃舟是有风险的。

据传，从前有一个善于养鸭的外地人，常常到桃舟集市卖鸭蛋，日久有所积蓄，后来让土匪得知，在山路中抢其钱财，害其性命。命因鸭蛋而绝，悲惨的故事传开了，于是就有了“桃舟卖鸭蛋”的俗语。

在桃舟隘口未建之前。这里已经建有吾岩寺，又名吴山寺，建于正德七年（1512）。这寺庙虽处深山中，却香火鼎盛，僧人众多，周边群众一身意气、尚武成风。何以知之？

从吾岩寺现存遗址看，当时此岩寺是由内岩、中岩和外岩构成，规模宏大，占地约5000平方米，寺前有三个面积近千平方米的练武场，如今都开垦为茶园。另外，寺院左侧有一个四百多平方米的半月池（今亦植茶，待恢复），池之大可见水之盛，用水之多足见寺庙僧之众。县志记载：“吴山寺在桃洲乡。昔名化龙岩。左有万叶庵、半月池。三峰耸峙，石壁嶙峋。茂林修竹，岩谷窈深，为蓝溪一胜概。邑令王植匾曰‘人间第一’。”

时至今日，桃舟民间仍然流行一种名为“杀狮”的文体活动，其动作有明显的少林功夫色彩。“杀狮”队伍一般十八人，一健壮者把持狮头，四壮者持狮身布，配合狮头表演；另外，一手持彩旗的老者充当“首领”（也是教习官），在前方喊号子。锣鼓声中，他一声喝令“青狮白目眉，要打任你来”，表演开始；余者手持官刀、前枪、耙、月斧、长短剑、藤牌等十八般兵器轮番上阵与“狮子”较量，最终在“官刀”的“开天辟地斩”下“杀狮”成功。“杀狮”表演，正是吾岩寺少林功夫走向桃舟民间、民间尚武成风的证明。

可惜，吾岩寺屡建屡毁，今正重修，内岩已按闽南飞檐翘脊皇宫式样建造完成。山门仅存的对联云：“吾正吾门，为愿吾徒承吾志；山开山径，只迎山客访山僧。”这对联透出了创建者的初心。建寺者谁？临济正宗月镜和尚。临济宗乃禅宗南宗的主要流派之一，法承六祖慧能，不主张苦修，而重顿悟。他们在接引信徒时，开门见山，言语机锋峻烈，有时对问法者，入门当头一棒，有悟者，方纳为弟子。如今的“当头棒喝”“当头一棒”就是这么来的。为什么吾岩寺附近巨石阴刻“喝醒”二大字？或许原因如是。

随着这寺庙香火日渐旺盛，僧人守护力量强大，民间尚武成风，这样不仅保障斯民出行安全，还有力震慑了土匪强人。

历史倒回 1655 年 6 月，盘踞在永春横口镇帽顶寨的林日胜一伙人，充当土匪劫掠路人，他们竟然劫持了当时湖头李光地一家十二人。据李光地的二伯李日燝手书《至谊堂实纪》记载：14 岁的李光地及家人遭绑架并扣为人质达一年多，光地的父亲李日燝变卖尽数家产赎人而不得，于是组织带领二十八名勇士配合官兵历时四个多月，卒剿匪救出李光地等人。而逃脱的林日胜后来降清，官至总兵。

在这场剿匪战中，吾岩寺的锐锋和尚等参与了解救全过程。

安溪县志记载："僧锐锋，俗姓杨，少业儒，后披缁，居化龙岩。深通禅理，能文章，饶有勇略。著有语录杂作，李文贞公为之传。康熙甲午、乙未间，山寇林某聚众永春帽顶山，劫掠居民。锐锋与李日㷶谋，令其徒晦潭同乡众破贼巢，远近宁静。"

对比一读可知当时吾岩寺僧人在解救李光地时付出的努力。也难怪后来身为相国的李光地为锐锋和尚作传。路见不平，入世相助，这就是吾岩寺"正吾门承吾志"的行动准则。

仗义救助受困者，吾岩寺的明月照得桃舟满舱银辉。

桃舟，满载汗青

桃舟虽小，除了搭救过清朝相国，还承载着爱国爱乡志士。

知道闽南护法军司令宋渊源（永春人）吗？1921年，福建的北洋军和护法军对垒攻伐，为了避免冲突，生灵涂炭，宋司令取消护法军，并辗转避居桃舟。直到1922年6月，陈炯明叛变，宋渊源才离开桃舟去谒见孙中山，建议先入闽收编民军为讨贼军，站稳脚跟再图伐叛。其建议被采纳，并任闽南讨贼军第八军军事委员长。抗日战争爆发后，宋渊源又到南洋发动华侨支援抗日，后任国民政府"国大"代表。

桃舟，当然也不忘载着当地的有志之士顺流而下，让他们"鲤鱼出大溪"，与时偕行，名载史册。

就在桃舟双溪口，桃舟岛左边乌光溪旧墟场对面，有一栋特别的房子，名叫"屏峰楼"，这楼并非传统的七间张大厝样式，而是三间（中间为厅两边为卧室）起三层，状若宝塔，全为土木结构。大埕围墙筑起，大门侧开，正对大湖尖山。大湖尖山前又有几案山，乌光溪在门前百米日夜奔流。门外有对联曰："屏外山河天地阔，峰中日月四时春。"最令人感兴趣的是，其厅廊立四根方柱，柱础用白灰加红糖等制成，四面阳雕树、马、牛等田园图。其中一图，柳树垂阴，旁有二牛，居左者前腿并立，后内腿抬起向前，尾巴悬垂，头部前伸；居右者仰卧于地，四蹄朝上，引颈向天，似在哞叫。或曰，乃为斗牛图，右输者四脚朝天为证。察联而思之，垂柳为春夏，此图盖昭示，耕作后，牛或悠闲吃草，或自在滚泥浆罢了。因相斗必夹起尾巴，以防尻尾受攻击。

厝主是谁？陈朝栋也。其人少好学，成绩优异，1912 年任安溪劝业员，1925 年任惠安县知事。当时，惠北四十八乡惨遭兵灾，他亲临灾户，一一抚慰，且募款救济，除粮胥积弊，深得拥戴。时福建省省长明令颁“清德长馨”之匾以嘉奖。后来，陈朝栋又任安漳警备总司令部少将参谋长。

“当官不为民做主，不如回家种番薯”，陈朝栋走出屏外山河践行了“天地阔”的志向。令人敬佩的是，他身无官威、官气，只要是有利于民、能造福百姓的事，即使是“杂役”“杂差”，他也甘心为之。

1925 年，时长坑乡侨亲官光厚先生认为“利人以桥孰若教人以学”，于是首捐四万元。侨亲应者如云，募款十一万余元。他还于 1927 年创办中学，定名为“安溪私立崇德中学”，这本与陈朝栋没丝毫关系，因为桃舟距长坑百余里路，桃舟的学子几乎不可能舍近求远到长坑求学。然而长坑崇德中学的校志记载如下：

十五年（1926 年）一月九日，筹备委员会成立，议决先设立小学校为基础，假定安溪县立第二小学或高明庵为临时校舍，鸠收前崇德书院新旧租金为经常费，推请林逢春、叶采真为总董，钟踵愉赞募捐，王庆元、王师程、刘光世、陈朝栋为理事……王廷础为文牍。

据查，叶采真，1917 年毕业于北京大学经济系，曾任闽南护法军总司令宋渊源辖下第三旅参谋长，后被陈嘉庚聘为集美学校校长。基于叶采真与陈朝栋、宋渊源的关联，我在猜想，当时到桃舟避居的宋司令，是否与陈朝栋经常在“屏峰楼”上对饮三百杯，指点江山，挥斥方遒？

僻野学校竟有如此牛人担当总董，而曾任过县长、当过少将参谋长的陈朝栋甘为理事。可以肯定，他们都心怀“治乱基于教化，兴邦必先树人”的思想，才意气相投相约在乡村的教育里。难怪当时黄炎培闻此欣然特书“天助自助者，彼长我长之”相赠。

除了陈朝栋外，根据安溪县志（1994 年版）烈士英名录记载，乘着“桃舟”出深山为新中国浴血奋战的还有：苏新兴，桃舟人，1910 年出生，1944 年参加游击队，在永春东湖岩游击队当战士，1945 年 6 月在永春县监狱被折磨而死；苏作贵，桃舟人，1912 年出生，1949 年 5 月参加革命，任桃舟乡民兵队长，1951 年 3 月 13 日在桃舟溪尾为截击残匪于搏斗中牺牲；萧朝枝，达新人，1920 年出生，1949 年 5 月参加革命，任达新乡民兵副中队长，1950 年 5 月 27 日遭匪徒枪杀于桃舟圩……

“为有牺牲多壮志，敢教日月换新天。”桃舟，注定在安溪史册中熠熠生辉。

今天，清凉甘甜的晋江源濯尽了往昔“卖鸭蛋”时的小心翼翼，桃舟正满载茶香，怀揣生态梦，驾长风，号子更加铿锵，齐划桨，顺流而下出大山，济沧海。

（本文为安溪县 2019 安溪县作家高级研修班采风作品，发表于《铁观音》）

安溪县 2019 安溪县作家高级研修班合影

盘岭之上不内山

时隔两年，（2018 年春）重回离城百里的乡村中学教书，继续每周四趟的盘岭大盘桓。

山就是山

盘岭，顾名思义，就是盘旋而上的山岭了。在这里非指地名，而是指一条通往内安溪的盘山公路。它从湖头镇仙都村的北面算起，一直到尚卿乡科山村，长约六公里。其间，何止九曲十八弯！尤其是靠近“高肥山”的田螺弯，起点与终点近乎合一。历经此弯者，大抵多能顿悟马克思“螺旋式上升”的哲学原理了。

在省道 308 未另外开辟前，盘岭是通往尚卿（北部）、长坑、蓝田、祥华的必经之路，堪称交通要塞。盖以此山岭为界，岭下湖头以外号称外安溪，岭上的村镇被冠以“内山仔”。

盘岭之难，虽未难于上青天，但从来百代上千岁，岭下之女，难与岭上人通婚姻。

结识盘岭，是二十五年前的事。那是我 1993 年高考前到县医院体检，当年，长坑到湖头路段是泥土公路。几十个同学兴高采烈搭公交车前往，多是首次入城，欢声笑语几乎要掀翻车棚。三刻钟后，车从盘岭蜿蜒而下，第一次体验什么叫“山重水复疑无路”，好在司机驾轻就熟，路居然霎时入眼奔来。就这样“左突右奔”十几个来回，加上泥路颠簸，车内响起了“哇哇”的呕吐声，酸臭味霎时弥漫整个车厢。紧接着几个弯道，蝴蝶效应来了，晕吐者半。难怪家乡有云：“想要风光盘岭头，三旋（转）让汝食落（吃下肚子的东西）尽出喉。”

如此交通，山下人家，孰欲将闺女往山坑里推？

二十世纪九十年代大兴教育，外安溪的女教师分配到内山者不少。那时，有一哥们儿，狂追来自湖头仙都（非镇区）一女教师，终于男欢女悦，欲行聘礼。到女方家，女方父母坚决反对，大概是说，湖头没有“上”嫁的道理，况且内山偏僻又贫穷。父母担心女儿受苦啊！然而那时两个人早已情投意合，坚决贯彻自由恋爱精神。其父母无奈，开出条件：聘金十万，彩礼照来。那哥们儿最终在亲朋好友帮助下，交齐聘金。后来，一次酒后谈起，直言他岳父岳母不是嫁女儿，是卖女儿，连亲情也卖钱了。

山就是山。山上人家，用钱补齐山下心灵的落差。

车从县城出发，三十分钟就到“小泉州”——湖头，即安溪的北翼新城。这个历史文化名镇，已由先前的传统工业重镇、农业王国华丽转身为科技工业重镇了。从仙都村北就开始了盘岭征程。回校那天，恰逢元宵节刚结束，出门者众，豪车（除赛车外尽管想象）不断从山顶盘旋下来，要不是省道 308 另经尚卿，虽已两车道的盘岭，估计也是要堵车的。

山还是山

盘岭逶迤，山上凄凄；盘岭蜿蜒，山下欢欢。那是不堪回首的岁月。盘山而下的豪车，似乎要向山外表明，盘岭之上怕什么？几转车轮而已。

车过“田螺弯”，驶过“火烧桥”，又爬坡下坡，进入科名村。村道两旁正在铺马路砖修人行道，僻野山村竟如城里一样人文！

终于到校，时隔数百天，山村学校换新颜：鲜艳的塑胶跑道映得校园满目红光，刚刚封顶的综合楼矗立在教学楼北面，教室里多媒体无尘电子板登基，黑板粉笔“退位”；宿舍里空调热水器尽扫山村春湿冬冷。我想，城里的校园也大抵不过如此！去办公室“坐泡”，忽诧异于一大楼擎天入窗映来，原来是村里二兄弟六子女合建之别墅。同事笑我“小鬼没见过大猪头”（见识浅陋之意），说我只知城里事，不识乡村情。

于是，晚饭后，同事带我去观赏乡村“休闲慢道”。所谓慢道我是知道的，就在学校对面的“南山”，先前去过。一条宽近两米的泥土路，直达山顶。山上有茶，但不多。山下农田，植有时蔬。周围树林茂密，野草旺长。闲时去走走，呼吸更丰富的氧气，倒是不错的选择。穿过市场，走过小桥，流水倾泻依然。鸡鸣声声，从斜阳里、千年榕树下、疏篱小径旁，似乎赶趁这东风时节叫响青春。沿路而上，两年前的土路都变成了约三米宽的水泥路。两旁间隔种植桃树、樱花、桂树等。桃已含蕊，樱见初芽，桂吐黄华。虽然没有湖头仙都村道旁的三角梅那样红艳尽铺豪华，桃花也还映不出人面，但我想，或许不必两年，这里要比别处更锦绣华章，更重章叠韵。

径上两公里，路尽山顶，建休闲亭，亭边置运动器材，时有村人于此休闲运动。化“南山”为乡村公园，相比于县城凤山公园的万人攒动，这里更清幽，更能沉静尘心。归途遇到村书记，其言，这是村里行医的川先生二兄弟倡导，组织乡贤捐资建成的，还待完善。又言，近年来，在产值百亿的藤铁工艺带动下，村民在外面发展迅猛，目前正戮力共建“美丽乡村”。到此，我终于明白了村道忙于铺设人行道的原因。

山还是山，但“南山”将成为村民的生态休闲公园。于是想起了五阆山怀抱的村庄——黄岭村——省级美丽乡村建设示范村，已别之两年未见。

从“南山”回，途中，远眺五阆山，但见山下中学东侧和小学背后的小山几近夷平，两排别墅林拔地而起。据说是村里负责开发，共十八幢，每幢均价值不菲，早已预订一空。看来，先前入窗而来的擎天别墅只是村里的一朵美丽的浪花而已。

山不是山

第二天下午，上完课，我迫不及待约了同事，决定再游五阆山。车入黄岭村，村口东侧小山丘也已夷平，盖起了两排新房。村道拓宽成两车道，直达五阆山上的“国心绿谷”茶庄园。

本地的同事说，昔日的黄岭被戏称为“黄土高坡”，村道没硬化，晴天风吹即“英国”（黄尘飞扬），下雨处处皆“印尼”（泥泞不堪），房前屋后沟水成“黄河”，出行极其艰难。而今，车行村间，路两侧植有月季、刺桐、紫荆等，建有竹亭、长廊。迎面而来的是：依山而建的新房，别致鲜妍；老式的土墙黑瓦七间张，变成砖墙琉璃、飞檐翘脊，重修一新；屋后庭前，绿树披拂，时花摇曳。

又见庭院外，农者正在收梅菜干。时芥菜生长近尾声，村民居然还在腌制梅菜。同事似乎察觉到我的疑惑，说道，这里黄土居多，适宜芥菜生长，海拔较高，空气好，腌制出来的梅菜嫩甜，甚是畅销，每逢周六周日或节假日，游者甚多，顺便买梅菜的也多。梅菜干现在成了村民的“香饽饽”，单单自己陪同学朋友游后买梅菜就好几回。坐在车上浮想，房屋前后的田地芥菜正抽芯开花，一丘丘的米黄、一层层的米白花伞正沉醉在东风里，也够养眼的了。转而一想，芥菜从叶到籽皆可做中药，李时珍曰，“芥性辛热而散，故能通肺开胃，利气豁痰”，不知是否有哪个“觉醒”的菜农率先为之？但无论如何，这里的芥菜已然迈过冬天迎来了春天。

车盘旋而上，停于“国心绿谷”茶庄园的大埕上。沿水泥路上行，层梯的茶垄从山麓层叠而上到山腰。茶园中置有智能监测系统，据说是 360 度 24 小时实时高清监控，以确保茶园订购客户的权益。行进中，风里传来萨克斯曲《回家》，委婉动听。以为是手机铃声，不料是茶园中传来，细观，原来茶园中置有小音响，正在给茶树放音乐，我们只是“窃”听者。先前见过报道，英国约克郡的农场主们，在鸡舍里播放歌曲有效提高产蛋量。难道植物也具有艺术情怀，音乐能催化提升茶叶质量？

登上五阆山“小尖峰”，此处建有观景台，上有仿石桥雕塑和心形雕塑相应。山风习习，极目四望：远山晴翠接青冥，众山如龙似浪，奔腾翻涌而来。向西俯瞰，春阳暖暖地照耀着，村庄环绕在山麓，山下房子沿路依山而建，从上科名的西边一直到下科名，紧接着越岭而上黄岭村，宛若一条耀眼的白龙从青阳水库跃腾而出，直上五阆山，欲向天门入紫微。

同行者说，周末到此游玩者如云，更不用说长假了。又向南指着告诉我，极目细望处可见县城之蓝溪国际！惜吾近视且无望远镜不可得观。

昔相国李光地曾游而作赋，云：“晨余陟于平址，日中而始蹑乎危梯。矫中峰之峻极，犹劳心于阻隮……”他当时晨登至午才抵达险峻的山顶，其中艰难险阻不可言说。又云：“策余力以黾勉，乃直上乎中之峨。眺武夷于云际，俯莆漳之陵阿；眇近郡之青紫……”盖相国于中间最高峰览见之“郡之青紫”即泉州的清源山和紫帽山。实际上，他目光如炬，眼光早就跨越海峡紧盯宝岛！他所登“尖高处”就是今天所称的“大尖峰”，而我们所在的是“小尖峰”，看来欲览泉州景，只能留待下一回了。

“邈天地其无穷，谅兹山之不老。”相国已去山犹青，只是如今此山成胜景。徒手攀爬应不在，通途盘上五阆满客情。

下“小尖峰”，到山南陡峭处（即盘岭上方）俯瞰湖头全景。

相传朱熹路经岭头山，俯瞰此处，见状如大湖，遂称湖头。如今的湖头，北安溪之重镇，当之无愧。高速公路、铁路、省道穿境而过，通山达海，货与天涯海角，客来塞北江南。何止是昔日之“上达漳、汀，下连兴、泉”，“商旅所至，舟车所通，诚为辐辏”，倒是有过之而无不及。截晋江之水成一湾翠湖，玉带般围在湖头的腰间，两岸密密麻麻闪亮的新房，成了玉带上下无数的佩玉。

站立处正是盘岭上方，下面就是三安幸福小镇——仙都村，其处于五阆山麓，阡陌交通，绿树掩粉墙，青环翠绕，石钟溪从五阆山奔流而下，一水隔村。曾于微信朋友圈见：此处溪清映白云，两岸菖蒲花刚谢幕，扶桑花便艳然怒放，水生美人蕉嫣红透着金黄，海芋摇曳生姿……俯瞰之下，村西山脚处桂树、荔枝、龙眼等，连起房前屋后的翠竹林木，交错成一张绿网，与五阆山森林绿谷无缝对接，就这样五阆山的翠玉流进了仙都的千家万户。过石钟溪，毗邻的是光电产业园，靓丽齐整，静默无语，只待夜来柔光起。再往东北则是三安钢铁厂，青气直上苍穹，黄金白银如春阳般洒落人间。东南而望，楼林沿湖而立，似乎要延伸到县城。

斜阳在山，五阆苍茫。正欲转身归去，山下华灯霓虹次第点亮。环湖头，众山下，尽明灯。湖两岸，霓虹闪，仿若古之秦淮河夜色，估计只缺少橹鸣桨声罢了，但岸上香车宝马红装笑语又岂是古秦淮可比的！湖头亦成不夜城。

回首黄岭和科名，绕村路灯开启，古厝新宅的红灯笼也渐次点亮。虽然不及湖头之多彩耀眼，倒也清新幽丽。

山固然是风景，站在山上，山下何尝不是山上俯瞰的风景！

夕阳落山，乘车归去。手机响起，长卿学生小刘来电，告诉说下周在老家举行婚礼，邀我前去。忙问其爱妻何处人氏，曰湖头中山街李氏。我忙高声贺喜，戏谑他“居然钓到了山外的红花鱼”。繁华的湖头联姻了偏远的内山。

实际上，我知道，小刘的贸易生意风生水起，平常多住厦门，家里的别墅也只是节假日回去住罢了。他虽是内山人，却已城镇化。盘岭之上，如小刘者众矣。

或许在城里居住久了，人们更愿意到大山里走走。君不见，节假日，除了五阆山，还有祥华佛耳山、蓝田朝天山、芦田紫云山、福田云中山、桃舟之晋江源，哪个不是邑人（甚至县外游客）踏青赏秋的好去处？

据悉，省高速公路网规划，莆炎线高速的大田广平至安溪官桥，途经我县尚卿、蓝田、长坑等乡镇。到那时，山外游山内，山内出山外，将畅通直达不再“盘岭”，作为“内山”人，我们可以挺直腰板自豪地宣告：盘岭之上不内山！

东坑岂止青绿

前　言

东坑是安溪县祥华乡东面的一个村，与长卿镇的田中村、蓝田乡的进德村等仅一山之隔。或许其四面环山，而西边夹山裂缺处成为出水口，遂名之；或曰其本名“公卿”，而闽南方言与“东坑”近，况“卿”难写，遂讹传为今名。孰能料到，今之东坑村，虽离城近二百里，然已成为祥华乃至内安溪的一处“桃源”胜地。

忆往昔，东坑的基色调，你知道吗?

十年前，你可来过东坑村?

倘若你来了，要么是探亲，要么就是“觅茶”。探亲，匆匆而来，匆匆而去；觅茶，多乘夜色而来，又乘夜色而归。是故，难为你说出那时东坑的基色调是什么。

倘若你恰好突发诚心或突想出游，前往田中村的泰湖岩，这时你登上小泰湖的制高点往西南俯瞰，那东坑村的基色调就尽收眼底了。

层层的铁观音茶园仿若阶阶的天梯，从东坑村的房前屋后直搭而上，一幅“直出浮云间，举手欲近月”的画样。青翠从山麓蔓延到山顶，映照着瓦蓝瓦蓝的苍穹。只要你定睛细看，此时的东坑，何止山是茶园。村民们，绝不放过一寸土地，稻田全部深沟排水，一律种上致富神树——铁观音，房前屋后的边角地，悉数见缝插针。换句话说，迎面扑入你视野的，无一不是神树之绿。这种伟大的神树，将整个儿村庄的上上下下、东西南北中尽铺上层层叠叠、错落有致的青翠。铁观音的绿，成为这里的主宰，人们乐于被这种绿主宰着。不论春夏秋冬，不管四时如何轮换，一样的颜色、一样的青春。

这就是十年前东坑村的基色调，这个基色调的味道又是什么？

登上泰湖岩顶峰，倘若时值“五一”或“十一”，俯瞰远眺到黄昏，那么，只要轻吸一口气，你便会感觉到，这山顶的清新空气里带着迷人的芬芳，似桂非桂，似兰非兰，似桃非桃，似凤梨又非凤梨……凡有所想，皆有所似，又皆非所似。这种芬芳，绝非山上花草树木的香气，绝非泰湖岩自身散发的体香。或许，此时，你会惊诧，甚至会怀疑，自己的嗅觉。

不用惊诧怀疑，请你下山来，乘着斜阳，让我们一起走进东坑村吧。

沿着省道西进，穿过祥地隧道后前行约两公里，左转东行，驶入一条仅为一车道的乡间小路。此时，车来车往，尤其是摩托车更是呼啸而来、呼啸而去。路狭车多，睁眼小心。如此蜿蜒逶迤三公里多，就到达东坑村村口。村口一桥，水流淙淙，清澈见底，在这里，你可以体会一下古人“门前流水尚能西，休将白发唱黄鸡”的豪迈。

桥分两路，直行或左转，一切随君意。

此时，不论哪一路，路旁人家，都忙得不可开交，杀青机滚动着，茶叶在里面噼里啪啦响，刹那间，迎面扑鼻而来的是阵阵芬芳，这香气，是不是比山顶上闻到的更浓，却“似曾相识燕归来”？这就是铁观音的传统“大味”，这味，只有你想不到的，没有她不能“创造”出来的。这神奇的气味，曾在一段时期让人误以为是加了各种各样的香精。实际上，这“千姿百态”的气味，是取决于摇青的轻重多寡，还有茶原料的产地、茶叶新老以及杀青的时间等等，因为铁观音属于半发酵茶叶，一个“半”字，无形无影，踪迹难寻，全凭茶农的制茶经验、对制茶技术把握，正如中医用“望闻问切”来诊断一般，所以，即使同一片茶青，如果是不同人制作，茶质韵味也会天差地别。

这个时节，东坑家家户户都是茶叶加工厂。日落西山后，月上柳梢头，处处庭院都会飘出阵阵沁人心脾的茶香，这茶香氤氲，何处飘？因四面环山无处散，于是蒸腾直上泰湖岩峰顶（在东坑村北面，从东坑村南面仰观，其状如展翅之鹰，故村民称之为雄鹰山），于是泰湖岩上闻茶香成了正常而又神奇的现象了。

仔细观察，你会发现，此时，家家“高朋”满座，庭院外，水泥路旁，都停满了小车。不要误会，此时并非亲朋来访：茶忙时节，只有来帮忙的，没有来添堵的。

那么，来者是谁？茶商茶客者也。当是时，铁观音风靡全球，本地的、县外的、省外的，甚至国外的，茶商茶客们纷纷在这茶叶旺产时节涌入安溪，驱车到茶农家抢购一手茶。

而东坑的茶叶绝对是紧俏货。她属于传统的观音“大味”，只要悬壶一冲，就是满庭芳。茶，是饮品，非独闻香。东坑的茶，几乎都是长于高海拔处，茶园为沙土底，叶底肥厚，使得其所泡之水水质甘醇浓厚，七泡韵香犹存，耐人回味。更不用说其干茶色泽靓丽，或有柿果凝霜之妙颜；条形紧结，沉重如铁，入瓯玉音玲玲。如此香高味永色靓、形窈窕声清妙之茶，谁不喜欢？况且，这种茶，对于初识铁观音的人，是极为容易辨认识别的，所以，若说这类茶是“万人迷”，一点都不为过。

也难怪，家家户户都有商贾在等成品茶了。

假如你还觉得了解不够深入，那么请到“睡觉居”找张师傅。这睡觉居已经近百年了，张师傅自从高中毕业结婚生子后，就在这里居住并专门事茶。在这里，铁观音制作的全过程将毫无保留地向你展示。看完后，在月夜中，到二楼去，坐在古色古香的太师椅上，品一杯传统大味东坑铁观音，看万家灯火通明，听车来车往笛声，再品味“睡里梦知天下事，觉时心应古人风”的意蕴，未尝不是一件人生乐事。

东坑铺天盖地的“青绿”，让村民们腰包鼓起，也迈向城里生活的道路，就如张师傅在二十一世纪初就在中国茶都买房了，顺带经营茶叶，诸如此类的村民不胜枚举。

东坑村，凭着一片青绿，走向富裕之路，迈向新世纪。

还看今朝，东坑的基色调又是什么？

今天，如果你来东坑，除非探亲访友，否则不一定是来觅茶，很可能是慕名而来，携友而行，因为这里已经成为网红打卡地。

你来了，不必说春暖花开日，也不必说秋高月明时，单是炎夏时节，就别有一番滋味在心头。

左转而进东坑的路，已变成了宽敞的两车道，一改先前的“独道专行”。裁弯取直，视野分明，不用担心呼啸而来的“摩的”，心情欢畅得像宽阔又崭新的道路一般。此时你尽可以打开车窗，尽情呼吸，这山间清新凉爽的气息扑面而来，会让你忘记城里的高温，汗腺刹那败退。看夹岸高山，苍翠欲滴，俨然不墨之画；听鸟鸣山间，水唱山麓，尽是无弦之音。

进村去看看吧。

山依旧青，天依旧蓝，田野依旧碧绿，溪水依旧淙淙。“青绿”依然是东坑的基色调子。但是，假如你认为这“青绿”依然是十年前“青绿”的样子，那么你就是“春风得意马蹄疾，一日看尽长安花”，未免蜻蜓点水、一瞥而过了。

记得昔日的茶园景象吗？从山顶飞流直下漫到山脚，漫溢房前屋后的田园，甚至边边角角——这“青绿”直截了当，色调统一，整齐划一，仿若“风骚”“汉赋”的敷陈手法，看久了难免单调无聊，甚至产生“腻”感。

睁开慧眼吧，如今的茶园，山从上到下依旧“青绿”，却青得跌宕起伏，绿得摇曳生姿。山顶烟岚缭绕、林木葱茏，山腰垄垄茶园依然层层叠叠。茶园内壁杂草自然生长，远观如玉带；而山脚绿树芒草等披之如茵：这叫作“头戴帽，腰缠带，脚穿鞋”的生态茶园。要是你对茶业发展有所了解，就必然知道，近年来，安溪大力发展生态茶，各乡镇、村落的茶叶合作社正蓬勃兴起。东坑村紧紧抓住时机，充分发挥该村土地为沙石红壤、有机质含量高，且气候得天独厚的有利条件，成立东坑共赢茶叶合作社，组建东方美茶庄园、种茶人茶道院、儒家茶业生态茶园等涉茶示范点，打造了四千多亩生态茶园，由先前的“各自为政”到现在的“合作共赢”，实现村民茶叶生产保量提质增效的转型。

这样的茶园，宛然是《诗经》中“赋比兴”手法的有机融合。

转身看看田野吧，先前满植的铁观音不见了，取而代之的是绿莹莹、亭亭而立的水稻，阵阵稻花香迎风吹来，倘若是在晚上，蛙声此起彼伏，丰收的喜悦让青蛙激动得彻夜无眠；还有一垄垄的淮山药，一排排擎着晴翠的旗帜，仿佛宣告这里本来就有我的位置，是时空纠缠后，暂让“巢穴”。

走进农家大埕外面的角落瞧瞧吧，瓜瓞缠绵，沿架而上，一藤藤的苦瓜、一架架的丝瓜、一溜溜的南瓜……挑逗着夏天的阳光。翠色在方正的竹架上铺开，密密麻麻的叶子间炸开着大小不一的黄花，瘤皱的苦瓜、平滑的丝瓜、棱槽分明的南瓜垂挂在架子上下，纯天然的时蔬引人垂涎啊。间或传来声声鸡鸣或鸭嘎，不要惊讶，瓜藤架下家禽正争食争鸣撒欢。

至此，你是否想到晋唐的山水田园诗？至少能回忆起小时背过的“荒路暧交通，鸡犬互鸣吠”“绿树村边合，青山郭外斜”“簌簌衣巾落枣花，村南村北响缫车，牛衣古柳卖黄瓜”，甚至想篡改一下王建的诗以应景：晴日鸡鸣无数家，竹溪村路板桥斜。

累了、渴了，不妨去“睡觉居农耕文化馆”（这睡觉居古厝已由后世子孙在原来的地基上按原貌重新翻建，乌瓦变琉璃，大理石铺砌，焕然一新）或“种茶人书院”休息一下，来一杯大味醇正的东坑生态茶，滋润心扉，神清气爽，然后在睡觉居里如数家珍一般看看斗笠蓑衣、簸箕筛子、石磨犁铧、速包揉捻等等，细细感受一下此地的农耕生活、农耕文明、农耕文化，点燃一把乡村记忆的乡愁！

若到种茶人书院，你还可以与孔子及其七十二弟子好好对话，感受圣人的“仁礼忠信恕勇”，还可与老子的“道法自然”“福祸相依”对话，可以高声齐诵“大学之道，在明明德，在亲民，在止于至善”……甚至捧一杯观音韵，神游于《茶经》之中，体验自然农法茶园、茶叶制作与炭焙的中国传统茶道的精髓，祛除心灵的“五毒”，一身通泰。

夏日的午后，阳光炽烈。如果习习的山风还不足以驱走你的热感，那么，就到村口的“五潭聚福”戏水吧。这缓缓西流的一带碧水同发源于铜钹山（长卿镇的最高峰，碧水东流即晋江重要支流龙潭溪）的祥地溪交汇于村口，公卿廊桥横跨两岸。桥前五潭，形成五个小湖，碧空映照，宛如五块无瑕的帝王玉缀在乡村之间。潭形或似双手环抱，或如官袍腰带，或形似水瓢……形态各异，寓意不同。“山涧清且浅，可以濯我足”，请试着将双脚沉浸于潭水，你会发现这水是凉爽的，惬意顿时侵袭着寸寸肌肤。

如果带了水枪，不妨玩玩“打水仗”，来个浑身爽“透心凉”，但要小心感冒。当然，还可以欣赏一下溪中的“龟蛇斗法”之奇石。在溪畔向远处望去，有巨型神龟，以山为背，延颈伸头步入溪来，而溪的另一边穿山而来的巨石如蟒，形成龟蛇相会之奇观，传说两者相遇于此斗法，喷云吐雾，后遂有东坑山头常年烟雾缭绕的景象。巨蟒灵龟入溪而来，是否让你后背有拔凉拔凉之感？

既临水，必登山。临近黄昏，不妨相约去登山。

还是先去东方美茶庄园走走吧，沿路而上，不仅可以真切欣赏到“头戴帽，腰缠带，脚穿鞋”的生态茶园景象，还可以尽赏山中奇石景观。“七层奇石”成“粮仓”“蒸桶”状，其神奇的传说引人遐想。在七层石旁边有一巨型石，神似泉州老君岩，默默注视这一方青山绿水，俨然是东坑村“道法自然”生态理念的守护神。

然后，登上雄鹰山，感受一下“鹰击长空”的意境。在山腰，人处绿色世界里，山风一下子就吹干了淋漓的汗水。站在“迎客松”底下，俯瞰一下东坑全貌，你会发现，铺天盖地的青绿之中，竟然绽放出了一朵朵耀眼的“大红牡丹”，细看，才幡然醒悟，原来十年前的座座乌瓦土厝变成了幢幢楼顶尽是红琉璃的新房别墅。

十年之间，不变的是底色，但在东坑人撸起袖子加油干的汗水灌溉之下，绿色的世界中矗立起了朵朵如花的“中国红”！

登山临水，夕阳西下，禽鸟归巢，该下山了。东坑家宴中心、溪头农家小院等着我们开饭呢。

吃啥？当然是当地的土特产。土鸡红菇汤，土鸭茶树菇干锅，农家兔豆干茶油煲，土猪三层肉炒竹笋，清炒丝瓜，苦瓜煎蛋，蒸南瓜，地瓜叶炒豆叶……主食呢？东坑山药（淮山药）炖排骨，还是炒木耳，抑或清蒸？东坑香软红米饭，红米南瓜粥，还是红颜三昧粥（红米、红豆、红枣）？

这各种富有营养的乡村美味是否让你再次联想到东坑的基色调？

当盘中山药（淮山药）的“白”，如玉柱玉块；当碗里的红米饭，如红玉红宝，捧到你的面前，此刻，你就应知道，今之东坑，初心不改，依然身着赏心悦目的“青绿”外衣，变化的是，内里已多了摄魂动魄的“皎洁”与“丹心”。

这里的员工会告诉你，满桌食材几乎都是“土货”“土味”，十年前，要是你来了，那么除了诱人的茶香，其余多是“进口”货，即使是家里的大米。而现在，茶叶青绿容颜不改，芳心依旧，但田地里已经去茶种下稻菽瓜果山药。从此，山是山，田归田，或曰“久在茶笼里，各自返自然”。要是秋天来游，还可以欣赏到田野百亩化金黄，如斑马线一样间杂着一畦畦山药（淮山药），黄绿相间，蔚为壮观，丰收的喜悦写满东坑村民的脸。如果严冬来游，那冻过霜的芥菜，不论清炒还是用来煮咸饭，抑或煮火锅，那甜中微苦的味道绝对让你流连忘返，三月忘却肉味。

实际上，东坑的基调色，东坑张姓祖先早就明了。开基祖兴初公于元朝大德年间移居此地，清顺治张应立于《纂族谱引》描述“兴初公性厌烦嚣，有高蹈泉石之想而迁居公卿”，有名士卢景宏为之言“公卿乡内峰峦峻伟，树林荫翳，蔚乎苍苍，盖别有洞天福地，用待其人也”。今天，东坑村践行生态文明建设和乡村振兴战略，“绿水青山就是金山银山”理念深入人心，这何尝不是其先人的“仁山智水”思想的延续与传承？

后　记

时值盛世，华章藻句饶风力。看今朝，东坑已被确定为福建省开展乡村振兴试点村，被评为福建省第二批高级版“绿盈乡村”。其身处僻野，却声名于外。君不见，摄影、楹联、书画、文学等各类文化采风团接二连三而至，大学生“三下乡”社会实践活动红红火火，各地茶促会共聚东坑开茶节，各种团建活动纷纷走来，茶生活文化节“品香寻韵”人声鼎沸……

醉美东坑，多姿多彩，芳香袭人，是安溪大西北山间“色香味”俱全的“小家碧玉”。她身着青绿的旗袍，手持油纸伞，站在北纬 25 度，始终面带 26 摄氏度温和的微笑，在村口的公卿桥亭上恭候您的到来。

致敬广泽尊王

广泽尊王，也称郭圣王，是闽台四大信仰之一，号称“孝圣”，信众广布闽粤台以及东南亚。据说截至2017年，仅海外就有一百七十多万善信到安溪金谷威镇庙、太王陵朝圣。

据明代何乔远《闽书》和清代杨浚《四神志略》等记载，广泽尊王，原名郭忠福，后唐同光年间生于安溪金谷，十岁携酒牵牛坐化于南安郭山蕉藤之上。成神后，多次显灵。

《闽书》记载：“郭山：山有威镇庙，神姓郭，世居山下，生而神异，意气豪伟。年十岁时，忽取瓮酒，牵牛登山，明日坐绝顶古藤上，垂足而逝，酒尽于器，牛存其骨。已见梦，乡人因为立庙，号将军庙，伪闽通文中也。宋建炎四年（1130），寇汤勍逼近境，民欲遁走；卜神不许。一日大雨溪涨，寇不能渡，有白衣乘白马者，诱之浅涉，攻具漂流，黠者多溺死，盖神为也矣。其后累加‘威镇忠应侯孚惠广泽’九字，王胄为记。”

因功绩显著，多次受封。《四神志略》记载：“宋绍兴朝，封威镇忠应孚惠广泽侯，並敕建威镇庙；宋庆元朝，封威镇忠应孚惠提伯王，又封威镇忠应孚惠武烈广泽尊王。清朝同治九年（1870），加封保安二字。”

但我要致敬广泽尊王，不在于其显灵的丰功伟绩，而在于他所具有的凡人人性光辉。

尊王既为“孝圣”，孝在何处？盖其幼时丧父，与母相依，佣食杨家，母为杂务，忠福牧羊。杨家风水师感于母子虔诚而献宝地。而后因“蜂螫羊死”，母子被辞，东行至南安诗山，遇风水师所言“僧戴铜笠，牛倒骑儿”（闽南语为：牛骑人，人戴铜，水变红，鲤鱼吊树丛）之奇景，乃辟屋而居，郭母又为佣工，忠福拾柴放牛，晨昏侍母。母子相依为命若此。盖尊王在世之所为，乃天下子女皆可为之事：理解父母，为家分忧，侍奉双亲。民之奉祀圣王，欲效其所行乎？

俗语云：养儿防老。但古往今来，不孝者不可胜数！难怪孟子感叹道：“人少，则慕父母；知好色，则慕少艾；有妻子，则慕妻子；仕则慕君，不得于君则热衷。大孝终身慕父母。五十而慕者，予于大舜见之矣。”意思是：人在年幼的时候，爱慕父母；懂得喜欢女子的时候，就爱慕年轻漂亮的姑娘。有了妻子以后，便爱慕妻子；做了官便爱慕君王，得不到君王的赏识便内心焦急得发热。不过，最孝顺的人却是终身都爱慕父母。到了五十岁还爱慕父母的，我在伟大的舜身上见到了。由此观之，终身行孝难于登蜀道。闽南有谚：“父母疼仔在心头，仔孝父母溪水流。”意思是，父母疼爱子女都出于真心，而子女孝顺父母多如流水去则难留！看来，常言所说“久病床前无孝子”当是实情。

然，尊王之孝，何止于生前所为！化神封王后，居然神示欲回安溪金谷祭茔谒祖，且年年为之。据清举人戴凤仪《郭山庙志》记载：“光绪七年（1881）辛巳，善信与祭茔，只见王像眼中有泪痕，问诸父老，乃知每次祭茔皆有之，盖孝思所迫也。”对于这神奇现象，早在清代嘉庆举人徐光华就有诗云：“胜迹天开彩凤回，楼台金碧像巍巍。深情一掬思亲泪，滴尽清溪扫墓杯。”尊王年少坐化，生前未尽子孝，然化而成神，年年回乡封茔祭祖，堪谓“孝思不匮”。这虽具神话色彩，但我更愿意相信它是真实的。

先前，听到一个真实的故事，邑中有二兄弟皆为衙吏，母先父而逝，父无妻侍，乃令两子轮流赡养，半月一换，兄弟许之。然每月第三十一日，二人竞相推诿，父无处食。后，父死，特请乐队顾哭棺摆丧宴大表孝心。

神，孝心不已；人，行孝难为！

但今之金谷，或许是千年来尊王广泽，他们眼眺十八重山，孝心翻越十八重山，孝亲孝邻孝社会孝民族孝国家。不必说，太王陵所在的河美村，贤者创业有成，正回村共建乡村文化广场；也不必说美洋村的官岭角落，贤达们不仅回乡盖起别墅群，还筹集资金建学校、修公路、筑河堤、建大桥。单是以下三人之孝就足以动人心弦：当代雕塑四大天王之一陈文令，为告慰祖母遗愿，创作铜质关公骑马巨型雕像立于陈氏家庙门口，寄望陈氏子孙为国尽忠做“大孝”之人；现代著名法学家、教育家罗豪才，“忠诚于祖国和人民，将个人命运和中华民族的兴衰融为一体，把毕生精力奉献给了国家和人民”，一生践行“大孝”；革命歌曲《延安颂》的词作者莫耶，虽“半世委屈”，但其一生“圣歌未曾止息”。

在金谷，孝道灿烂如春。孝，绽放在灿灿的三角梅上，摇曳在粉黄的龙眼花香里。

我敬佩广泽尊王人性光辉的另一面，那就是他“好色如行孝”一般。

大凡化而为神者，皆拒色如畏虎，因为“色心”有损神之清誉，况“色行”哉。我们的广泽尊王虽化为神尊为圣，却保持着“淑女好逑”之心。这大概是诸神之中绝无仅有的了。

相传有尤溪妙人黄依娘随母至凤山寺行香，其母见圣王金身丰雅脱口而云：“惜圣王是神不是人，若是人，愿将女相配。”依娘怦然心动。后依娘溪边浣衣，“见金钏回旋，不离左右，母令取之”；“一日乘舆过神庙（凤山寺），大风忽失所在，或言入庙坐化。宋时已加封曰妙应懿德黄氏仙妃……乡人夜间，每闻庙中呱泣声，比明入视，得泥堆，遂塑像为神之储，至今凡十三太子，散处祟祀，威震庙所奉为长男，自宋已然”。

可爱的圣王，他也会一见钟情，金钏订婚，起风迎婚。更令我由衷敬佩的是他竟然还连生“十三太子”，堪谓人丁兴旺啊！若放在几十年前，盖列入超生大户，社会抚养费也够圣王头疼的了。

荀子曰：“无土则人不安居，无人则土不守。”或许圣王成于宋，时对外作战频繁，战则征丁，故以丁多为好。如今，环视欧美诸国，人口出生率呈下降趋势，虽政府鼓励生育，然效果并不如意。看来他们的子民缺乏“圣王”连生十三子的勇气和魄力。

敬佩圣王的生育勇气，实际上更是敬佩我亲人的生育勇气。谁能想到，我可敬的外公外婆，生养了九女四子啊！谁又能想到，我妻子的外祖父、外祖母生养了九子四女！但在那个年代，他们并不认为生养十三个子女是件苦差事。记得岳母讲过，在二十世纪六十年代，她父亲在冬天大寒时节穿着短裤去耕种冬田，邻人见而敬之。谁知道，并非他身体生猛不惧寒冷，也并非他勤劳若此，而是因为子女多，冬天无更多的衣物可御寒，不得已一大早下地挥锄取暖啊！我深信，那时，金谷其他地方或异乡他县，定然也有过如此情形。

圣王十三子，尊享人间香火；凡人十三子，其父母艰难神可知？

视而今，物质不匮，鄙人不惑，竟无生养二胎的勇气。我不知道，那些不打算要二胎的家庭，是否如我一样，被当今高房价、高消费的生活给吓怕了。

致敬尊王的凡尘情怀，更是向具有尊王勇气和魄力生养十三个子女的父母致敬！

游过太王陵者皆知，此处俗称“圣王公墓”，坐落于金谷镇河美村蜈蚣山山麓。撇开其他，我独爱陵前远眺之丽景。文山武峰左右对应叠错，层层推开，直铺苍穹，号称“十八重”。其状若狮吼鹰啄、蛇蟠龟藏，宝象卷，狻猊踞。临其境，如处仙山琼阁。如此奇景，据传是“万代封侯”之风水宝地。“万代封侯”“王侯将相”那可是千百年来人们汲汲之富贵啊！

或许是为后代子孙“谋福”吧，十八重山，山山叠翠。山不见秃头，不见露腰，更不见“脊背开天窗”。有的只是从山下蔓延到山顶的一片翠绿。鸟鸣啁啾，花蝶翻舞，冽水怡人。

圣王爱此美景，人们爱屋及乌，也保护了这十八重山的生机盎然。

来过金谷吗？请到安南永德苏维埃政府旧址缅怀一下，远眺从大吕山绵延而来的十八重山，看看山间的茂林修竹，呼吸、享受一山满是负离子的氧气，闭上眼睛略作思索，你就会明白当年这里为什么能保存那么多的革命火种。游击斗争，隐蔽埋伏于崇山峻岭十八重，仿若绿野仙踪，飘忽不定，敌明我暗，任敌火眼金睛也难寻觅。

看过金谷的茶园吗？这里茶园有的是“头戴帽，腰缠带，脚穿鞋”景象，即山顶烟雾缭绕必有树木森林；山腰开垦垄垄茶园，叠之远观如带；而山脚则植被如茵。十年前，铁观音供不应求，他乡山头尽辟茶园，金谷没有盲目跟风，依旧戴帽缠带穿鞋。如今铁观音茶市行情相对低迷，金谷掉头发展他业，退茶还耕还蔬还果，易如反掌。不信请看：西榜的紫薯，河美的鲜切花，景坑的百果园，正蓬勃发展。

尤其是渊兜的蜜柚基地，仿若一位隐者，静处十八重山中的“虎丘山”，五百余亩的金柚、红柚，在这人间四月天，开出洁白之花，到了秋天缀上了翠圆翠圆的果子。基地沈总说，去年产出五百余吨，产值百多万，北京客户全订走，今年也已被预订一空。当山谷传来鸡啼，人们才会发现放养的鸡群逍遥在蜜柚林间。林间养禽，禽馈果林，禽鸣林幽，妙哉！

“绿水青山就是金山银山”，传承这生态理念，保护生态，金谷大地上的人们从广泽尊王至今不曾停下前行的脚步。

实际上，邑之清水岩，郡之清源山，甚至是三山五岳，能够较好地保护生态，宜游宜赏，大概多与神佛信仰有关。神佛迷信，却无意为人们保护了生态！

我致敬广泽尊王，因为其大爱至孝，更因为他不掩人性的光辉，尤其是在圣王诸神的荫庇下，到处都有绿水青山。

留得青山在，不怕没柴烧！广泽尊王们早就懂得，今人焉能不懂！

虞森土楼的遐想

林金书游遍了八闽大地的土楼，回到阔别已久的故里——碧石村，发现村名已改为白桃村，这让他心感陌生。

先前乱石铺就的小径已淹没于杂草丛中，现在村路四通八达，和异乡一样，水泥铺就。大佛尖还是那么高耸，树林还算茂密，但山麓几乎全都开辟成茶垄，田野里也几乎全种的是茶。土墙乌瓦七间、上栋下宇的房子消失殆尽，矗立于村南村北的多是水泥楼。飞檐翘脊、琉璃红瓦的老式土木房子也只有三五座，点缀在钢筋水泥楼房之间，那是孝子贤孙纪念祖宗的祖祠。

近乡情更怯，不敢问来人。途中，他还念想着自己当年建造的土楼。峰回路转，远远望见土楼，他不禁悲欣交集。感伤的是楼是人非，土楼仿佛变成自己，皱纹顺从地球的引力从额头往脚底生长；欣喜的是三百多年的土楼屹立不倒，竟然待到自己归来。

在水泥道上，向着土楼缓步走去，林金书不禁浮想联翩。

走过那么多地方，每遇土楼必赏。尤其是土楼的名字，他必细究半天。这简直成了他的癖好，如同登徒者好瞅玉峰或玉腿一般。然而名字给他留下深刻印象的不多。因为很多土楼的名字取得太俗气简单，诸如尚德楼、裕昌楼、广居楼、振福楼、和贵楼、源远楼，直白若浅水，一眼洞穿，了无鱼羊之味。倒是永定的“衍香楼”这名字有点意思，一副“积德多繁衍，藏书发古香”对联，直抒了厝主苏谷香人丁兴旺、诗礼传家之胸臆，妙的是厝名暗含建造者的名字。

但令他大为赞赏的是邻县华安的“二宜楼”。这圆形土楼，大门居然只悬挂“二宜楼”三字，连对联都懒得上，害得后来者揣摩半天不知其意，很多人还笑说是“二姨楼”呢。入楼一观，庭院有二井，曰阴曰阳，据说阳井水温固定高过阴井1摄氏度。《易经》云，一阴一阳之谓道。原来，“二宜”表明人世间均处阴阳两面之中，此楼“宜山宜水”“宜家宜室”，居者“宜柔宜刚”“宜文宜武”，如此这般，等等。林金书没想到竟然也有人和他一样，盖个楼，只取名字而不上对联的，而且也取了一个令人费解讨人笑话的名字。若非时空错位，他肯定力争与对方拜把子。

顺着水泥路，穿过一小段土路，终于抵达自己的土楼前。门前大埕还是老样子，杂草似乎刚刚除去不久，有明显新割的痕迹。大门上方的“虞森楼”三个烫金字还是那么耀眼。石基墙早掉了黏合土，缝隙深深，黄土墙漫上了老年斑。不经意往左转，看到一石碑，上刻：县级文物保护，牛心土楼，安溪县人民政府。林金书轻轻叹道：“吾之虞森楼，吾之牛心楼，受到保护，值矣。”

伫立大埕中央，当年盖楼的情景历历在目。

三百多年前的一个秋日黄昏，一块粗鄙的石头历经石锤一番敲击后，被放到大门左侧墙基上，三合土“啪啪”几声灌进石缝，紧接着锤子一阵铿锵，随后，石匠放下锤子拍手道：“头家，石基已好，汝厝名叫虾米（什么）？”

此时，斜阳正牵着水牛归家，牛叫哞哞，甩尾悠闲。于是，他顺口回答：“牛心楼。”

石匠笑道：“汝是看到牛想吃牛心想甲（到）入迷喽！”

几个工人捧腹大笑：“那么土，汝干脆叫猪心楼，猪心更好吃。”

但是，第二天，雕刻门楣石牌，他写给石匠的却是“虞森楼”。

石匠大笑："汝昨日叫牛心楼，今日怎样叫虎森楼啦？"

他微微一笑："这字不是虎，虎下面是几；这字下面是口天吴，读作'鱼'，水中鱼。"

石匠反问："汝读书读到牛角尖里去了，鱼会上树吗？"

他不再解释，说："我的鱼会化龙的！"

历经两年，楼修好了。"回"字形的格局，上下两层，共一千两百多平方米，够住近百人。此后，村人都称他的楼为"牛心楼"。但谁知道他的心思？每逢酒后，月明星稀，于屋后松林间，他总是高声吟啸："土楼檐济济，碧石木愔愔。僻野不知趣，虞森作牛心。"后来又自号为"醉鸮"。对面李大闻之，公然笑说："我看，林金书不是'醉鸮'，是'酒肖（酒疯）'。"

时光荏苒，土楼的石板光滑了二十年的光阴。一天午后，林金书正在大埕外靠着竹椅闭着眼晒秋阳，十几个孙子正在嬉戏。忽然传来一个低沉的声音："赏一点！"他睁开眼，一个乞食者站在门口，那眼神却似乎翠若松针。正当他要叫儿媳妇们打米赏乞，乞食者说道："虞森，不是牛心，又是牛心。"他顿时一惊，赶忙问："敬请指教。"乞食者言："路途远，天欲晚，能借一宿否？"

是夜，二人对酌，酒过三巡，他说："敬请释义。"问曰："头家尊姓林？""是。""那就易懂了。虞者，期冀也；亦是欢娱也。森者，林之茂也。合则意明。盖取名蕴意曲折若此，少乎哉，不多也！""何为牛心？""是下酒好菜，然头家之牛心非菜而已，更乃做事执拗持之如牛也！虞森与牛心，闽南方言相类，头家以谐音取意，妙哉！"他急忙起身，端酒再敬，感叹道："善哉，知我者，一路客也。愿结义，可否？"乞食者爽快答应，乃连饮十大白而终。翌日，待他醒来，乞者已无影无踪。当然，他也没有把厝名的含义记下，让子孙代代流传，倘若子孙不懂林茂成森，那还需要说什么？

一番回想后，他转身踏进大门。意想不到的是，下面厅堂四周竟悬挂着诸多图文，他赶忙上前细读。原来，他的子孙，在1945年，接济了一位“风水”先生。“风水”先生与人为善，帮族人堪舆甚至教孩子识字读书。而后，不出三年，很多与“风水”先生一样的人来此汇聚，土楼居然成立了“中国人民解放军闽粤赣边区纵队第八支队第四团”，为解放附近各县立下不朽功勋。他万万没想到，自己的土楼竟然传承了红色革命精神，难怪自己的楼成为保护对象。

手抚土楼两百零四根柱子，看着土墙的万千弹孔，林金书感慨万千：虞森楼，看来不止兴旺家族，还孕育出了强大的正义力量。欲成事，焉能无此牛心！

他看到族谱如此记载：虞森楼，系碧石（白石，今称白桃）林氏开基十四孙林金书所建。林金书生于明崇祯辛酉（1621）。公文敏笃学，善于吟咏，世人号曰醉鸮先生，建宅虞森土堡一座。该楼土木结构，上下二层，面积共一千二百余平方米，立柱二百多根。

族谱虽无解释“虞森”何意，但他知道自己的后人用行动作了诠释，不复多言。于是，他心满意足地走出大门，飘然而去。

（本文为安溪县首期作家研修班福田白桃采风作品）

安溪县首期作家研修班学员前往福田乡白桃村采风

缘结犀山，夙志清澄

有犀山焉。其因“峰尖犀利，岩如犀牛”而得名。暮春时节应约往之。

自厦沙高速赤岭出口过桥，左转沿路蜿蜒而上，经善益至益林，抵山腰。山下人家，古朴与新潮交错，钢筋水泥别墅艳丽夺目；而石条老屋十间张、七间张、五间张亦存之不少，犹如披灰黑外套，内敛于绿野茶园中。

停车村部外埕，沿山路徒步而上，新绿溢目，雨后茶翠草青苗葳蕤。虽不见桃红李雪菜花黄，但有香樟夹道氤氲然，竹笋恣意冲天，杜鹃艳娇杂丛中亦时时有；未见“长尾山娘”于草丛一飞冲天，莫非歇巢育“二胎”？但闻无名鸟间或鸣于林梢。行进，见一牌告示：“您已进入铁皮石斛种植区，可观赏拍照，禁止触摸采摘……”众疑惑，眼扫路侧山坡，未果。忽一人大呼：“看，在树干上！”原来这绿精灵均被稻草绳围系植于树干。如此培植，欲彰其绝尘脱俗之心邪？复上，路左侧上一黑巨石，如俯首欲奔之犀，甚是壮观。时，向导言，山巅另有仙石椅、坐化石、蝙蝠洞、红军洞等，惜路甚崎岖。

俄而，至一平坦处，巨石右侧建一殿宇，乃犀山岩将军庙，奉祀北宋兵部尚书石玉。碑云，其人率军荡寇匪、靖一方，后于犀山坐化成佛，百姓念之千载，建庙以祀。盖自将军后，犀山下物阜年丰人和越千年！诚如将军，心怀山民，虽朽千载而名弥馨。

念时已午，未绝顶赏奇景，返。至春坑宗祠，见大门右侧悬挂“红军活动遗址”金色牌匾，熠熠夺目。入，下堂壁悬挂共和国将军彭德清回忆录：1935 年 7 月，游击队在彭将军带领下，于犀山兵分两路突袭龙门“反围剿”，击毙“围剿”首领陈少标，迫降民团，卒获闽南游击战争大捷。春坑本称深坑，盖其坑深可避而利游击。游击队伍后遂壮大，犀山人用汗水、鲜血、智慧铺展出一幅幅激情四射、催人奋进的画卷。后来，乡人察犀山之脉两侧展开如“春”字，遂雅名“春坑”。而今，这“深坑”在共和阳光下满谷漾春。

犀山有幸获星火，星火燃焰映斗牛，牛耕春山结金秋。

返，至益林村部。村部大门竖二匾：“福建安溪犀山生态农业综合开发有限公司”“廖氏（福建）生态科技股份有限公司筹建会”。异之。进大门，内有犀山农家乐。入座，午饭。单是辣木养生汤、仙草铁皮石斛汤之滋味足以回肠百转，况梅菜肥笋、野生嫩蕨、官桥豆干哉！可谓山肴野蔌，诱人龙涎。

食毕，座谈。听廖董踌躇满志侃侃而谈。原来犀山下多为廖氏人家，其祖乃“未有清溪县，先有廖长官”之廖俨。安溪置县前，廖俨于小溪场“率民除暴、召集流民、开垦山地、布施教化”，功绩卓著，后人又赞曰：“县志叙官推第一，溪场著绩属开先。”让廖家人引以为豪的更有：昔古田会议遗址亦是廖家祖祠！廖董笑言，闽地廖家与伟大的共产党有着不解之缘。如今，犀山廖氏族亲，他们承祖先遗德，扬红军精神，积极顺应经济发展新常态，提出与众不同的新农村建设思路：成立以上两个公司，村民人人入股；保留修缮原先老宅，保护现有各种绿色植被，综合开发发展农业生态科技；欲引古田会议星火，旺犀山精神烈焰；凭犀山原生态之本，借特区后花园之利，打造一个宜居宜旅宜假、寓教于乐之圣地。此将是廖家人造福于邑之雄伟创举！

后，廖董夫人带我们参观了附近乾隆年间修建的土楼遗址。其高十米许，石砌围墙厚达三米余，大门横头条石所刻“仰圣楼”三字清晰逼人而不灭。或许“仰圣”二字足见斯民虚怀若谷、虚位待贤之高风！

犀山，气冲斗牛之山。龙脉形如春字，犹如慈母之怀，其温其润令将军们不舍，其隐其深荫正义者茁壮，其清其幽引弄潮儿开拓！察古观今，但凡来此者，皆养犀山浩然之气，夙志清澄如涧泉！

半发酵人生

记得前年秋往祥华珍山一善茶者处，时值寒露前后，其茶日产三百斤，毛茶均价三百五，且市者盈门。除却茶园的生态管理、茶厂设备先进、纯手工采摘等，我们更叹服其制茶的技艺。后来，在朋友的引介下，茶主人搬出一沓笔记本，本以为是卖茶账本，竟然非也。

翻开每一本，均记录着其每天制茶的情况：日期、天气、温度、湿度、茶青源头、制作过程纪要、成品的色香味，诸如此类。茶主人说，这是他从事制茶以来的经验记录。如此有心、用心，有如此恒心、耐心，岂能不成制茶专家？也难怪他茶叶年年有好收成。朋友说，先前他女儿参加乡茶叶初制赛所向披靡，斩获第一。

然后，座谈，其言曰："铁观音属于半发酵茶叶，红茶类属于全发酵的，绿茶、白茶属于不发酵的。全发酵与不发酵者，味道单一，轻重有别而已。半发酵，'半'字分寸难控，所以铁观音的味道也就千变万化了。"又道，"如果说茶叶如女，那么全发酵的定然是熟女了，不发酵当属青涩小女；而半发酵的铁观音则是人世间形体气韵各具风情的女子了，心之所向，定可觅寻。"

听其一席话，我知道，就是因为半发酵，一个"半"字，是最难把握的。发酵不够，青味未除，茶水青涩；发酵过头，水滑而淡，甚至味变如川剧变脸之快，所得非所欲矣。所以制作铁观音，难在通过眼鼻口手来做好“望闻问切”，从而得知其发酵的程度，最终做出较为合理的判断，如此才能做出好茶。而每一次“诊断”，既是对先前的承接，又是为往后做铺垫。

一泡铁观音，是历经严寒酷暑、经受千锤百炼而修成的正果。而一道纯雅诱人的顶级铁观音，需要燃尽茶家几多良苦用心啊！谁能听见半发酵的清音？谁又能透视到半发酵的曲线？非善茶者闻其味触其叶观其貌莫可断之。做一道好茶，与创奇文谱妙曲一样的高深。难矣哉，半发酵；诱人兮，铁观音。铁观音的人生，是半发酵的一生。

有道是，人生如茶。窃以为这茶非铁观音不可。人处世间，谁想走向两个极端，孰不想身处中正、四面玲珑？但拥天地玲珑心者凤毛麟角，就像半发酵的铁观音极品可遇不可求一样。即便是想过“半发酵”生活的北宋大家苏东坡，也终究疲于奔命。当王安石执政变法时，他认为不能“顿变”，而要“渐变”，结果被贬，亦被后世冠上保守的恶名；变法失败后，司马光成宰辅，废除新法，不识时务的大苏，又出列反对，说法要变，但不能如此竟废，于是他愈贬愈远，终究到琼岛天涯海角赏景去了。而今，举国上下改革开放，多先搞试点再推而广之，不是先前的一哄而上，这似乎与铁观音半发酵节拍相和。但人生，往往要选边站队，不容你“半发酵”一样不男不女，犹如当今户口本上的性别一栏只能填写“男”或“女”一样。

于是浮想联翩，想起了老祖宗的“中庸”之道。铁观音半发酵难以掌控亦如“中庸”之道难以驾驭一般。何谓中庸？曰：“喜怒哀乐之未发，谓之中；发而皆中节，谓之和……致中和，天地位焉，万物育焉。”意思是人的喜怒哀乐尚未表现出来，心理平静守衡，叫作“中”；表现出来有所节制合乎天然，叫作“和”……达到了中和，天地便各就各位，万物便生长繁育了。这就是中庸思想。几千年来，哪个王朝的辉煌不是各方面“中和”得好的结晶？哪一次朝代的更迭何尝不是“喜怒哀乐”的大爆发？

铁观音，半发酵到不胖不瘦，会有“真铁韵”；凡尘人世，“中和”得有方有圆，可达神人仙界。愿平生：尝铁观音，做中和人，处盛世间，享清欢福。

（本文发表于《铁观音》）

洁癖人生铁观音

春节未了，故乡的亲戚朋友佛事甚多，应邀而去，食毕而回，归时还兜着几多东西：尪头肉（正月佛事祭祀猪肉）、糍粿诸如此类。凡数往数返，受馈之礼益多。

对此，我深感头疼。母亲则笑呵呵地说，农村养的猪肉好吃，城里那些饲料肉哪能比？切了冻起来慢慢吃，另外带去绞肉丸，味道好。思之有理，就任凭母亲大人去处理了。

昨天清晨，除了母亲，我第一个起床。洗漱毕，沏一瓯铁观音，捧一本书，喝茶“念经”是我的早课。整理沐浴茶具，烧水。开冰箱取茶，大吃一惊，冰箱落落大满（那本是铁观音专用的）。猪肉、肉丸等静卧其中。瞬间的反应是：我那尚未真空包装的臻品茶，皆“近墨”矣！生平第一次冲着厨房里的母亲喊：“妈！你咋把这些东西与茶叶放一起啦？茶叶窜味儿啦！”母亲听到我口气冲，吓着了，赶忙说：“不会吧！”她始终认为各种东西都各自包好，各自独立，互不相干，绝不可能窜味的。于是，我拉上母亲一起泡茶，悬壶高冲，俄而出汤，捧杯敬母。我是不喝的，我知道那茶啥味的。母亲轻啜一口，顿时吐出。笑道：“肉丸味‘很起’（闽南话：很冲之意），看来这茶真被肉丸‘镀’了。”母亲问，“咋办？”我说：“莫办法，铁观音是最怕异味的。算了，谁让我们爱吃农村猪肉呢？吃一岁，学一岁（吃一堑长一智的意思）。”

实际上，只要事茶爱茶的人都知道，铁观音在制作过程中，即便是成品，都是很洁癖的。但凡手、器具有杂味，一亲铁观音，这茶就马上跟你翻脸。所以，沏一壶铁观音，壶瓯杯盏无一非经净身洁心不可。然而，奇葩的是，茶烟酒三者混藏，竟然相安无事。难道他们都是素食主义者，不与肉食者相谋？这似乎又如岁寒三友各自傲立、自显风流。

当然，就是铁观音的洁癖，让它无法忍受身边的“禽畜”之味。吸附此味，或许是她的另一种看家本领。看来，她自觉怀有舍生忘我怀纳异己的胸襟。记得五年前，买一代步车，车内味道甚重。后在一亲戚建议下，往车里所有空隙装满茶梗，两天后，异味全无，倒是闻到了茶香。我想，要是放上茶叶，那效果定然更佳；但是，那估计只有土豪才能如此任性！

洁癖如铁观音，羞与俗气为伍；大度如铁观音，乐于怀纳异己！

（本文发表于《铁观音》）

做饭·制茶

闲来，茶一盏，书一本，宅家读噪夏。

览《闲情偶寄·饭粥》，云："饭之大病，在内生外熟，非烂即焦；粥之大病，在上清下淀，如糊如膏。此火候不均之故……"不觉想起了制茶。

饭粥"大病"与火候不均攸关，茶之"质"与火候堪谓生死相依。

就制作铁观音而言，其过程必需烧好"三把火"，而要控制好这"三把火"的火候并不比做饭简单。

火，务必让其熊熊燃烧，"滚筒"烫遍，手伸入中空处具烧灼感而迅速缩回，如此，可杀青。茶青入"滚筒"，"噼里啪啦"声不绝于耳。但如今几乎全用液化气，且有温控装置，完全不必担心火候足够与否。据祥华乡老茶农经验，杀青以 280 摄氏度为适中，但也应"因茶定温"。消青类，水分失之偏多，故温度控制在 260 摄氏度至 280 摄氏度之间为宜，以防杀青失水过快过多而影响成形和折率；正味类，水分涵养较多，故控制在 280 摄氏度至 300 摄氏度之间为宜，此类茶，温度低了，成品茶汤色大多会呈"浑绿"或"浑黄"。

若温度偏低，则成品茶如水未开而"浸熟"的饭粥一样，生硬无滋味；温度太高，焦味入茶，食饮者意兴阑珊，焉能品乎！

杀青毕，通常包揉四五遍而具雏形，即可搅散烘去水分以便进一步整形。这时的火候应“热辣”而不烈。此环节，烘箱通常控制在75摄氏度左右，每烘一箱所需时间约为20分钟。当然，并非放进烘箱后坐等时间到才取出，若是，那可堪称傻瓜制茶了。其间，应取出翻动甚至上下层筛子互换位置，以便茶叶除水均匀。要烘焙到什么程度才算“好”？很多茶农会说，用手轻捏或轻按茶叶，手指手掌有硬茬感，可矣。火候过了，茶叶易碎而降低折率，费电费力；火候不够，则难成形，成品茶乌黑少光泽，汤底多“雀斑”。

首轮烘焙后，再整形三四遍，可把“茶球”搅散铺开，静候其冷却，再将茶叶紧紧包束起来，置之20分钟左右以定其形。然后搅散置筛入厨文火烘干。这时烘箱温度通常设在65摄氏度左右，吾姑且称之为“斯文”火。起初，烘箱门应半掩90分钟左右，然后闭门，连续烘焙三四小时即可。

为什么烘箱门要半掩而不闭呢？茶农说，这主要源于“好色”。众所周知，炒菜通常是不盖锅盖的，如此炒出来的菜颜色更诱人。茶农常说“茶色好看，价钱多一半”。为了让成品茶色香味俱全，他们在制茶中不断总结出使茶叶“色相”好看的方法。半掩烘箱门，可让水分散发更快，具有风干效果，更容易保持茶叶原色；另外水分去得快，也更容易留住茶香味，避免烘箱困住杂味。据相识的茶农说，其邻居制茶，不计烘焙成本，居然卸下烘箱门直接烘焙到茶干。

做饭与制茶，二者似乎风马牛不相及，然则亦有相通之处。细思之，人间万象相通者多了去了。记得《卖油翁》里说，射箭之术与沽油入钱眼均“唯手熟耳”。我在幻想，制作极品铁观音要是也能靠“手熟”，铁观音大师的制茶法能不断复制粘贴，好茶层出不穷，那对好茶成癖者，肯定是莫大的福音。但转而一想，菜谱那么多，而能成为烹饪大师者有几个？

制茶难，制得好茶难上难。得品好茶，人生幸事。

品茶闲章

其一：就爱铁观音

多少年来，视线始终迷离于你未见变形的身影。卷曲的样子，可是茶艺女新烫的发型？紧结的模样，莫非是挑茶女劲道的十指？重实的体态，定是采茶女奋勇担当的身板。也不知从何时起，就迷恋你那千变万化的体香。

鲜香，那可是不饰脂粉、清晨浣溪的村姑？酸香，抑或是T台上踱着猫步，款款而来、大胆摇曳的名模。韵香，该是什么？六月天里，还要裹紧衣裙的处子和羞走，回首青梅嗅。那熟香啊，定然是，善解人意的贤妇，风韵依然，和谐凹凸。

爱你，恋你。何止于身材，何止于韵香。这千山千百垄，千垄万千枞，诞生出，盏盏的玉液琼浆，相约在这摩肩接踵的茶都，漫步在这熙熙攘攘的诗廊，披夜色，提华灯，一同见证了，倒映在大龙湖里的那一湾宿志清澄。

其二：跪品铁观音

六弦琴响起，高山晴洗，流水环珮。山拥水则润，水入土无痕。

席地，围几，长跪；净沐，进殿，悬壶；春风，韩信，琼露。

双膝跪地，纤手玉盏，品三巡日月精华，存无数山岚虔心。跪品一杯铁观音，追溯一个感恩的灵魂。

一跪，敬神农。崇敬他以身试药，发现，一茶可解七十二毒！从此，茶的神奇代代流传。

再跪，敬茶圣。穷经皓首，一部经书，让茶人清唱：茶源茶具造茶之器，且煮且饮且事且谋图。

三跪，敬土地。红土南国，盛产观音。跪品一春一秋铁观音，向古圣今贤，向这一片红土地，三叩首。因为这非佛的观音，却滋养众生，大爱无言。

第二辑

凤麓玉鸣

明湖堂里鉴明月

——《故事里的安溪》之长卿镇玉湖村王江岚（解放战争闽粤赣边纵队八支四团第一副团长）

他，18岁时，家父、兄弟惨遭土匪入门残杀；他，24岁时，担任安溪长坑（康）区区长；他，29岁时，亲率八支四团解放安溪县——这是福建省第一个解放的县城；他，逾花甲之年，终于如愿加入中国共产党。

他是谁？他就是明湖堂的主人——王江岚。其出生于1920年一月廿九（农历），正值民国时代，一个官绅兵匪交相错杂的混乱时代。

小时候，好玩弹弓的他，曾经在20米外，对准家中大公鸡的脖子，一发而中，公鸡当场毙命，惹得母亲一顿揍，而父亲却在一旁呵呵笑。或许是自小练就的手法和眼力，后来成为行伍中人，他居然能在瞬间拉出长枪，一下子击中百米之外的麻雀，时人称其“神枪手”。

请翻开《安溪县志》和《中国共产党福建省安溪县历史》，深入了解一下他的生平，你会为他传奇奋斗的一生所折服。

谁能想到，最令他欣慰高兴的事情竟是，1982年9月某一天，他终于目视着金光闪闪的镰刀锤头，握紧拳头，庄严宣誓，正式加入中国共产党。此时，他已62岁，这是他经历无数生与死、血与火考验的结晶！一颗丹心、一腔热血、一身正气、一心为公，最终赢得组织的肯定与褒扬。当晚，一回到20多平米的家，马上让内人加菜，一家7口加餐，已经戒酒多年的他，竟然喝得话唠起来，还激动得直说：“终于入党了，终于成为一名真正的中国共产党员了！”一改往日在子女面前威严的形象。他痛快的心情简直赛过“春风得意马蹄疾，一日看尽长安花”的及第者。当然，他还是不忘借机教育子女：“莫愁前路无知己，最怕树斜月影斜。人要走正道，心有明月，勤奋坚毅，矢志不移，最终才能够抵达理想的彼岸。”

生逢乱世，生存与生活，能不苟且，已是处世行事的高标准。

他，兄弟四人，排行老三。父兄皆是勤耕善作之人，且是茶叶制作经营者，在当时，家里丰衣足食，日子称得上红火，引人眼羡，甚至谗忌。时已民国，为让家族有个文化人支撑门面，父亲将他送到离家80里远的湖头接受教育。至于到湖头哪所学校学习，他生前没说没记录，时至今天，其96岁的妹妹说，只知道他当时到湖头读书，其余不得而知，所以至今无从考证确定，甚是遗憾。

当然，据《安溪县志》（1994年版943页）——“教育”中记载：“民国元年（1912），县政府下令将县立高等学堂、阆湖学堂、崇德书院分别改为安溪第一、二、三小学校……六年，县政府在崇义堂设立女子学校……此后数年，各乡村又相继创办了一批学校……清水岩山麓的公立学校，湖头的私立至谊、慈山、立达学校和李爱黄提取公租创办的敦复学校等等。”

以此推测，他应该是就读于湖头当时的私立学校。因为在他离休患病期间，湖头李尚大、李陆大昆仲各寄来2000元慰问金（在二十世纪八十年代堪称巨款，那时教师月工资还不足百元）。可见，其人与李氏昆仲平时熟络情感也深。

他永远铭记18岁那年天崩地裂的事件。1938年7月30日，他休假归家。那时，湖头到长卿的公路尚未开通，在解放前，全安溪开通的公路也仅有57公里啊。所以他一向取道元口往尚卿，再行走于暗坑岭抵达蓝田，然后穿过蓝田街道行走到乌殊村，最后翻过香岭山抵达玉湖老家。

这是一条古官道，来往行人多，比较安全。这七八十里路，普通人几乎要晨兴而暮归。但是，他庆幸自己是高个子，且身体矫健，走起路来虎虎生风，比别人快得多，在别人看来他走路简直是小跑。所以每次回家，中午时分便能赶到蓝田，午后几乎可以到家。

这一天，已三伏，天气炎热，他不知喝了多少涧泉水。当然哪里的泉水甘甜好喝，他一清二楚，毕竟走得多了，彼山此水早就相熟了。当他走到乌殊村（与玉湖仅隔一山），在山下汲泉解完渴，准备一鼓作气翻过山好好享受一下家的温馨时，遇到了宗亲贤叔。贤叔与父友善，当然一眼就认出了他。贤叔赶紧拉住他，着急地说："岚啊，你放学回来啦，但你现在不能回去，赶紧回到学校，不要回头，不要回家！"听到这话，他蒙了，赶紧问道："为什么，什么事让叔叔这么紧张？"贤叔心想，若不告诉他实情，这年轻人恐怕会是倔牛，于是说："你要忍住，要坚强啊！今天，你父亲、二哥、弟弟三人在家里全被土匪头王连山的部下王 × 辰带队给杀了，家里值钱的东西都被抢了，他们正在找你呢；全村被这帮土匪杀死了几十个啊……"

晴天霹雳、平地惊雷！一个幸福的家，刹那间灰飞烟灭，可恨的土匪！此刻，他没有哭，反而仰天大笑："哈哈哈，居然也欺负到我家了！""谢谢您，贤叔，咱后会有期。"然后，他面向贤叔双手抱拳鞠躬后，转身匆忙连夜赶回学校。回到学校当晚，如注的暴雨，是苍天为他流泪，也是为玉湖村不幸遇害的村民流泪。那时那地，他就下定了决心，这仇一定要报，不只为自己，也为冤死的村民，更为因匪患而逃离家园受苦的乡民们。

这就是《安溪县志》所记载的“王连山率匪众40余人袭击玉湖堡，屠杀乡民30多人”惨烈事件，震惊安溪全境。（县志记载时间是民国32年〔1943〕，可能有误，因为1943年与他当时的实际年龄不符，且他已经参加当年的剿匪了）

家门突发不幸，打乱了他的求学计划。庆幸的是，父亲为了其能完成学业，早就偷偷在边房的门臼旁埋了银元，并私下交代其姨父。更幸运的是，姨父的至交与凤城的谢复三友善，于是通过介绍，谢复三同情其遭遇，见他挺拔有形，虽面容哀戚，但眉宇之间透出一股英气，面谈交流之后，发现其语言文字表达等已非泛泛之流，决定留他在身边当助手。

谢复三，何许人也？

其1902年10月出生于安溪凤城，毕业于漳州道路专门学校。民国期间，曾在县、市、省里主持各种道路测设，成绩卓著，被省里誉为“管理专才”。尤其是解放后，被任为安溪县交通技术员，为各乡镇公路测设作出不可磨灭的贡献。1976年1月，他测设参内至镇东公路时，终体力难支，发病回家，从此不起，于23日病逝。

县志评价曰：复三测设公路，不辞长途跋涉之苦，戴竹笠穿草鞋，翻山越岭，勤劳朴实。他一生廉洁，安贫乐道，身后只有几间简陋房屋。

实际上，谢复三是全能战士。除了擅长公路测设，还是带兵打仗的好手，更是发展经济和抓教育的能手。民国32年（1943）1月，应县长陈拱北邀请，他以专员名义回安溪，协助剿匪指挥官陈余珊进行剿匪。初任清剿协会委员，兼县政府驻长坑（康）办事处主任，嗣又兼任长坑区区长。安溪匪患基本肃清后，没收匪产拍卖，他将县长的拨款重奖散发于民。面对内安溪数十年匪患频繁、田园荒芜、民不聊生的局面，他倡议垦荒生产，遂被任为长坑（康）垦荒管理所所长。他在白桃马鞍寨、仙景头等设农场垦荒，招募农民耕作，于收成时，清还贷款后，所余之实物，由承耕户与管理所各半收益，双方满意，成效颇著。又积极倡导复办因抗战和匪乱而停办的崇德中学，任董事长，聘王成章为校长。是秋，正式招生上课。

在一个身怀正义正气、能文能武的人手下当助手，想不跃升也难。

在谢复三手下，半年的剿匪攻坚，王江岚理所当然深入参与其中，因为作为本地人，他对地形特点民情社意肯定更熟悉。他在 1984 年 4 月 28 日写给安溪县党史办的《党史参考资料——中国人民解放军闽粤赣边区纵队第八支队第四团建立前后一部分情况介绍》（以下称《八支四团介绍》）写到："以我个人来说，父兄弟三人无辜死于官匪一体的省保安独立团第一大队队长王连山手里，为了给父兄弟报仇，曾任过国民党长坑（康）区区长，依靠国民党军剿匪，经过我一年多积极努力，把王连山诸匪消灭干净，使内安溪匪患频仍三十余年得以平静，远走他乡的农民得以回家重建家园。"从中可见，他还是此次剿匪的带头中坚力量，或许因其剿匪功大，所以于 1944 年（24 岁）出任长坑（康）区区长，而其出任区长后，方才彻底肃清内安溪匪患。

匪患肃清，民复安宁，明月东升，皎兮僚兮。这可是他多年前的夙愿。

有人会说，既然是剿匪兼复仇，时任区长的他，掌权一方，当时残害他父兄弟的刽子手王 × 辰肯定会遭到清算的。然而，谁也没想到，他并没有将仇恨报于王 × 辰一家，而是算到匪首王连山的头上，甚至亲人也不解。但他解释说：匪首下令，手下只是奉命行事，不服从也是死；而匪首不死，无以安宁；况且，

即使没有王 × 辰，也会有王甲辰王乙辰，正如《菜根谭》所言："事穷势蹙之人，当原其初心。"

最终，匪首王连山夫妇败躲山洞里，其卫兵将其枪杀而戴罪立功。

厘清本质、斩断匪乱的根源，不因家仇迷惑而误剿匪之大事，这是豪杰之士应有的胸襟和气魄。

1945 年 8 月 15 日，日本无条件投降，中华民族抗日战争胜利。正当全国上下、城里乡野额手称庆时，1946 年 6 月，蒋介石公然撕毁《双十协定》，内战全面爆发。时任安溪伪县长的王道纯等，诬告王江岚勾结地方恶霸、私藏武器和匪产、结拜兄弟企图不轨等罪名，以三次传票不到为由，全县通缉捉拿问罪。并于 1947 年召开紧急警务会议，制造“王江岚要造反，参加共产党，和长太、华安的危险分子有勾结”等舆论，下令能活捉最好，亦可鸣枪击毙。

作为一个一心想为乡民做点事的人，王江岚万万没想到，时势变化这么突然。自“西安事变”后，蒋介石不得不接受和谈，打消攘外必先安内的想法，参加抗日民族统一战线。从此中华民族团结一致抵抗日本法西斯的侵略。而今，好好的“国共合作”转眼就成水中月镜中花。

此刻，他回想起读书时，国共两党的恩恩怨怨。蒋介石执政，始终认为卧榻岂容他人酣睡，每每制造事端惨案，甚至发动五次围剿，逼得共产党战略大转移，开启两万五千里长征。那时，他总是徒步近百里，翻山越岭，不论春夏秋冬，磨坏了鞋，磨出了茧，觉得自己意志力已够坚强了。再细思，自己所吃的苦所遇之困难，在艰苦卓绝的两万五千里长征面前，那简直是萤火之于皓月。况且，他又了解到，中国共产党领袖毛泽东，为革命事业，妻子杨开慧，弟弟毛泽民、毛泽覃都献出了生命。这样的共产党员不胜枚举。

正当王江岚苦思冥想如何开辟人生新道路时，有一个人映入他的眼帘。

1947 年 7 月，王江岚看到一个署名“江风”的人在报刊上撰写揭露国民党四大家族等腐败不堪的文章，其文有理有据、义正辞严、正气凛然，于心戚戚，恨不得相逢诉衷情。经打听，原来江风就是谢金庭，刚从暨南大学归乡度假，是个为民发声的地下党人士。经过联系，两个人建立个人关系。1948 年 7 月，在和谢金庭深入交谈后，王江岚决意接受共产党的领导，投身革命活动。（参考《中国共产党福建省安溪县历史》第一卷 169 页）

转眼中秋佳节，明月中天，照得明湖堂更加亮堂。从此，王江岚不再迷惘，全身心投入了解放战争的洪流之中。

在上级领导未到位之前，他充分利用自己先前的关系，积极动员长坑的诸多上层人物参与革命，如王云露、官开皇、陈诚杰、王章叶、官哲夫等等。紧接着，于 1948 年 10 至 11 月期间，组织骨干人员参加由王新整、张强等组织的“红村会议”。随后，王、张来到明湖堂与王江岚聚议，召开“玉湖会议”，然后，由王江岚派人护送他们分别到永春坑仔口和官桥赤岭建立党支部。

此时，王江岚的明湖堂七间张的房子尚未完工。如今，只要你站在明湖堂前，就会发现：整座房子尽是普通的乌瓦覆盖，没有飞檐翘脊，更没有雕龙刻凤，近百年的风雨洗礼，显得苍老简陋。但是，看看房子的墙基尽用坚硬的类花岗岩凿打出来的“三角石”砌成，使房子的墙基路显得齐整好看。上栋下宇的梁柱方圆直大，而下宇屋檐下垂落下来的吊筒（装饰）已尽雕花，下宇之大门两旁的“边堵”本应是木作雕花，如此方才符合所谓的“风水”格局。然而，王江岚信守革命诺言，他变卖了所有田产，支持游击战争，放弃大门“边堵”的精雕细作，直接用土块修筑，屋顶简单覆盖，放弃好看的“面子”，更别说屋内的其他装修了。所以，今天看起来，这房子的模样，仿佛一个西装革履的人，内里却还穿着土棉袄，呈现一副极其怪异的样子。

然而，正是他这种为公为民为正义的奉献精神，大大推动了安溪解放事业的进程。

诚如他在《八支四团介绍》中所言：“1949 年正月十六日，王新整、蔡仲明、张强三人到玉湖召开会议，到会者约五六十人，大部分是经过我半年多争取的在长坑地区的旧政权的上层人物……地下工作人员先后分批由兰溪中学等地转入玉湖后分散各乡保和永春坑仔口……以办夜校为名，积极发动群众起来反抗国民党的‘三征’政策（征兵、征粮、征税），记得到我家的地下党员……总人数不下百余人，光从玉湖转去永春坑仔口工作的人员即有数十人。大批工作人员由赤岭或部分由三洋等处转入玉湖再转去永春坑仔口及各乡保去的，挑行李工资和食宿绝大部分是我个人承担……一直到长坑解放局面打开，开伪政权的仓库后才由公家筹给。”

一个家庭，要负担起如此多费用，难怪要变卖所有家产，停下房子的建造工程！

“玉湖会议”决定着手准备成立中共安溪中心县委。经筹备，中共安溪（临时）中心县委于 1949 年 4 月 18 日在明湖堂成立（5 月中共闽南地委正式批准成立）。从此，明湖堂翻开了安溪解放历史的新篇章。

“玉湖会议”后不久，陈华到玉湖主持革命工作，任命王江岚为长坑人民解放委员会主任兼抗征队长。之后，王江岚带陈华到安漳交界的白石（今福田白桃村）双安（今福田的一村落），陈华等在此负责集训各地选调的人员。一个月后，张连等由香港赶到玉湖并留在玉湖主持工作。

全县抗三征运动在不到三个月时间，就此起彼伏，如火如荼。国民党伪政权在长坑（康）区征不到兵、粮、税，遂派县自卫总团副团长李敬慎（昭言）率兵取道尚卿，经暗坑岭准备到蓝田督催，未想到立马遭到游击队的伏击。于是李敬慎折回改道科名进犯长坑。其抵达长坑后，召开会议，名曰“奉命绥抚长康”，并大筑工事，积水积粮，一场大仗一触即发。此刻，玉湖党总支部成为敌人的首要目标。

在明湖堂里，张连、王江岚等人紧急商议，连夜赶到白石让陈华带领武装集训人员近百人赶到玉湖，又分头派人令各地武装抗征队伍集中到玉湖待命。

4 月 18 日，明湖堂召开军事会议，决定立即开展军事行动，并分头行动。翌日，陈华、王新整等带领近百人星夜抵达三洋，收缴伪崇新警察所的枪支并组织武装力量解放西坪镇，而后会合长坑。张连、王江岚等带领武装人员 300 余人乘夜色进发蓝田包围蓝（田）进（德）乡公所，迫使敌方谈判并上交武器；之后，于 4 月 27 日（农历三月三十日）拂晓，率队绕道包围长坑所有之敌，部队开进长坑街道；控制达摩岩制高点时，与敌军激战，击毙敌军两人。

包围长坑，一昼夜奋战，进展不大。此时，有领导提出以少数兵力牵制，大部分兵力去解放国民党反动中心湖头镇。王江岚提出反对意见，说了解到反动派的兵力有 50%（300 多人）在长坑，若放弃包围战斗，等于放虎归山。大部分人同意王江岚的看法。当然王江岚还有一点小心思，他没说出来：家里已变卖所有财产，连续 3 个月维持部队生活，粮草将尽，若不能尽早拿下长坑，开仓放粮，几百人如何果腹啊，他心里比谁都急。

于是，28 日下午猛烈进攻，消灭上街道一个敌方据点，且逼近李敬慎据守的大碉堡土楼下商店，开挖地洞准备炸毁土楼；另外其余队伍已攻破伪警察所、切断交通路线；在敌方蓄水即将用尽、地洞快挖通之时，加上宣传攻势，第二天，李昭言放下武器投诚。我方缴获敌方机枪7挺、子弹万发、步枪短枪200多杆、手榴弹100多枚，从而极大提升了我武装力量的装备水平。

投诚当晚，大广场举行军民近2000人的庆祝长坑解放大会，会后会餐并分发旅费，大振人心。是晚，伪军除少部分留下外，大部分领了遣散费两块银元自愿回家并离开长坑。就这样，国民党在安溪约50%的反动军事力量被粉碎。

长坑的解放，粉碎了反动派的“绥抚计划”，壮大了我方武装力量，极大震撼了安溪伪政权。各乡镇反动“三青团”、伪党部等重要人员作鸟兽散，纷纷逃往泉州、厦门。

于是，1949年5月1日长坑宣布成立“安溪人民游击队”，李敬慎、王江岚分别任正副队长，陈华、张连分别任正副政委，王新整任政治部主任等等，下设5个中队，每个中队100多人。游击队兵分两路，一路由王江岚、张连等带领取道科名，挺进蓬莱，进发金谷，抵达湖头，6日，湖头伪警长主动缴枪20多杆投诚。另一路，由王新整、杨玉霜等带领向官桥进发。

湖头解放后，各路武装队伍已达千余人，遂召开紧急军事会议，决定分配解放县城的战斗任务：以县城东门（王江岚、王云露等负责）和西门祥云（杨玉霜等负责）为主攻方向，在凤山、岩岭开展阻击，并于北石相机涉水强渡，在后垵渡头山和砖门的小山岗牵制南门敌人。5月9日拂晓，东西两路同时与敌方接触，经过5小时激战，消灭伪自卫队中队1个、分队3个，击毙一分队长并缴械该分队。伪县长丘思串、伪保安副司令汪清龙、伪警察局长等国民党官员及200多敌军仓皇逃跑。缴获轻机枪10挺，各种枪支500余杆，子弹、手榴弹不可胜数。当然，我方在解放长坑、官桥、县城也壮烈牺牲10人。

这是中共安溪中心县委领导的人民武装力量攻克的第一座县城，也是当时福建最早解放的县城。其声势浩大，各地报纸纷纷报道，震撼八闽。

当时，国民党气急败坏，紧急调军驰援安溪，进行反扑。为避开强敌，安溪中心县委决定主动撤出县城，转回长坑，继续领导“安永德大漳”根据地的斗争。后来，于当年8月17日，叶飞等率军解放福州挥师闽南。在闽中游击队的配合下，八支四团及各地游击队，再次进军安溪县城，并于31日进占县城，接管县政府，安溪县城第二次解放。至此，安溪全县解放。

鉴于游击队迅速发展壮大，解放了安溪县城，1949年6月8日，中共安溪中心县委根据闽南地委的指示，在长坑召开大会，宣布成立中国人民解放军闽粤赣边纵队第八支队第四团（简称八支四团），代号为“活泼”，并举行授旗授印仪式。大会宣布闽南地委的决定，任命八支四团的领导成员。团长张振顺（后改郑显玉，两人均未到职），政委陈华（兼），第一副团长王江岚（兼任第一营营长），副团长李敬慎、康明探，副政委张连，参谋长杨玉霜，政治部主任叶森玉、副主任林敏，秘书兼团部机关党委书记陈君实。政治部下设宣传、教育、民运、敌工4个科。全团共有4个营、17个连、2100多人枪。此外，加上永春、大田、南安、同安的游击队，这时期，安溪中心县委领导的武装力量已达2500多人枪。

在八支四团成立并积极抗击国民党军队进犯的同时，安溪中心县委决定加速开展永春、德化、大田各县的武装斗争。

从1949年5月10日至7月6日，不到两个月，中共安溪中心县委及其领导下的武装力量，广泛发动群众，做好地方上层人物的统战工作，适时结合军事压力，连克6座县城，解放了广大农村，使安溪、永春、德化、大田、漳平、宁洋的解放区连成一片，成为配合南下大军彻底解放闽南的一个重要基地。8月6日闽粤赣边党委机关报《大众报》以《闽南打开了一片新天地》为题目，发表了闽南地委书记卢叨对记者丹心的一篇谈话，赞扬闽西南白区党组织在遭受破坏、失掉联系后，坚持斗争，发展革命力量，如“滚雪球一样，愈滚愈大”，并领导武装力量解放了安永德大漳宁一大片地区，好比是“雪掩奇花无人知也”。

鉴于八支四团先后任命的团长实际均未到位，作为第一副团长的王江岚，理所当然挑起了军事指挥的重担。据不完全统计，从安溪的诸多乡镇到周边县区，其亲自率领队伍参与战斗不下几十场，然而，他毫发未伤，这得益于部队指挥得当，当然还有他神准的枪法。

一心求解放，一身满正气，全家支持革命，绝不后悔。心似明月，晋水可鉴，凤山可铭。

随着南下大军顺利推进，为解决大军粮草问题，八支四团发出布告，要求各地加紧开展筹粮、募捐、支前活动。据不完全统计，仅长坑、蓝进、卓坑等乡就筹粮近40万斤，龙涓、福珊等乡募得银元8500元上交县民主政府。（《中国共产党福建省安溪县历史》第一卷P203）1949年9月3日，又是一个大喜日子，八支四团在县城与中国人民解放军第三十一军第九十师侦察营胜利会师。会师后，八支四团又投入支援漳厦解放的战斗中，有功，被解放军第三十一军评为“支前模范队”并予以奖励。

短短时间，筹集40万斤粮食，在当时民众生活那么清苦的情况下，这真是奇迹。由此可见八支四团在广大群众中的公信力和号召力。

在胜利完成其他历史任务后，八支四团指战员或编入野战军，或编入地方部队，或参加地方建设。而王江岚则是调到华东军政大学福建分校干训队受训，后任晋江军分区司令管理参谋。1952年转业到公路部门工作，曾任福建省人民政府工程局第三十工程队队长、交通部公路总局第三工程处劳工科副科长、省公路局第一工程队队长、省交通工程管理局第三工程处工程科副科长、省公路局建筑工程队队长等职，率领施工队转战闽、赣、桂、云、贵、川等省。

在此，不能不让人又浮想联翩一回。原本擅长带兵打仗的“土八路”，竟走上了公路工程建设的岗位，而且是带队奔袭6个省，不远万里，纵横驰骋。他也未料到，人生后半程居然开启了“万里长征”；当然他深知这比起当年红军的爬雪山过草地并不算什么，因为工程建设工作少有生命危险，而红军则是抛头颅洒热血为革命而大转移的。

我想，王江岚能从事道路工程建设工作，应该是谢复三毫无保留教导的结果，毕竟他是“道路专家”，而王江岚有幸随从他身边好几年。有鉴于此，谁能不佩服他这个“土八路”学习知识、运用知识的强大能力呢？

后来，据他侄儿讲，有次王江岚正负责福建到江西的铁路施工，且经过安溪，于是侄儿们赶忙过去，希望能讨点工程做。王江岚招待了侄儿后，严肃告诉他们，这工程需要技术，不是尔等能做的，让你们做，质量无法保证，如何向人交代，绝对不行。侄儿们碰了一鼻子灰，垂头丧气而返。

在从事道路工程建设期间，他不断向党组织提交入党申请，但未能如愿。

到了“文革”，他被关牛棚、写检讨、贴大字报、坐“喷气式”等，接受“再教育”，但他深信这无非是“寸云蔽日，不久自明”，坚信党和政府会还他清白。他绝不相信：自己变卖家产，全身投革命，一心求解放，一心做工程，不逐名利，清白做人，这一切会堙没于魑魅魍魉的胡言乱语中。人格与品行是不畏时间淘洗的。所以，在这十年里，他安心接受“再教育”，而且年年提交入党申请书。然而那时，不管王江岚如何积极改造，“四人帮”当道，申请入党哪有可能。

“心体光明，暗室中有青天。”冬去春回，粉碎“四人帮”后，他重新回到省工程队岗位，一如既往地奔波忙碌于公路工程建设。历经剿匪战争、解放战争、奔袭六省公路工程建设、文革“劳改”等的考验，他终于在离休前如愿加入伟大的党。这正所谓：“人心一真，使霜可飞，城可陨，金石可贯。”

值得一提的是，他一家五口（后来又迎来两个孙女），住在20多平方米的狭小屋子里，一住就是几十年。他儿子结婚时，就在那狭小的空间里用布帘隔出一床位，床铺也是他动手用竹子做成的，这就成了儿子的婚房。而长女王玉明1969年下乡到华安县新圩镇玉山村插队，要知道这800多人小村庄离镇区24公里，距县城35公里，海拔1000多米。当时，其堪称穷乡僻壤之地。作为一个女子，从漳州城里奔赴于此工作，其艰难困苦唯有自己切知。王江岚四川回家探亲，得知长女下乡到玉山，他知道那地方山高路陡又穷又偏，所以特意跟女儿上玉山看看。在途中，他告诉女儿取名为“玉明”的含义：“玉”既指玉石，也指老家“玉湖”；“明”既指明湖堂，也指光明，因为女儿出生时，刚好他解放了安溪县城，全县迎来光明，实是安溪普天同庆的好日子。所以取此名，一是告诫不忘本；二是警示人生如玉，须琢须磨；三是启示人生光明前程是奋斗出来的，不是从天上掉下来的。到达玉山，看到比老家玉湖偏僻得多，堪比长卿之“水缸”、祥华之“崎坑”，于是他鼓励女儿听从组织安排，虚心接受贫下中农再教育。1979年，长女王玉明龙溪师范毕业后，分配到华安沙建镇沙建学校，王江岚此时在外省做工程建设，也不知情。

得知后，怕女儿先前已接受“锻炼”吃了不少苦，而对工作分配会心生怨言和消极情绪，所以写了一封特别的信。其引用陶铸写给陶斯亮的《满江红·赠斯亮》一词：

指点江山，有无数雄英俊杰。鼓风云、斗争深入，凯歌声烈。螳臂当车终破碎，铁轮滚雷即成辙。看全球、到处展红旗，莫疑择。

伤往事，何悲切。女长成，能班接。喜风华正茂，豪气千叠。不为私情萦梦寐，只将贞志凌冰雪。羞昙花、一现误人欢，谨防跌。

信末曰：“敬录老一辈无产阶级革命家陶铸给其女儿陶斯亮的一首词送给玉明作为座右铭。”署名：江岚一九七九年四月廿七日于漳州。

曾经，在玉山接受贫下中农再教育的王玉明回家，听其母亲说：“你爸跟着去玉山回来整夜没合眼，唉声叹气的说让女儿受苦了！”但又说：“你爸又说下乡能锻炼意志力也好。我们枪林弹雨都过来了，女儿吃这点苦也不算什么。”

作为一个有功的革命者，于王江岚来讲，只要开个口，女儿哪里要到那么偏僻的地方去受苦呢？但他服从安排。对于工作严肃认真、廉洁自律、不徇私枉法，这是共产党员的基本底色。对于亲人的教育，他也是从严，要求他们自律自立自强，不要以父辈作挡箭牌、靠山石。长女王玉明 1980 年才调到华安城关附近的一所小学，直至 1992 年才调回漳州市直小学任教；长子，初中毕业，后直接下放漳州龙海县程溪国营农场，离市区十多公里，工作勤恳；次女，高中毕业，在政府文印室工作，直到退休。

然而，他的遗闻轶事也是值得一提的。在二十世纪四十年代，这个叱咤战场的威严老兵，却是一个极为开明的领导，他竟然冒凡俗之大不韪——送嫂再嫁。

1938年的家难，导致二嫂守寡。后来王江岚负责长坑区剿匪，那时，他的侍卫三十来岁，正当壮年，尚未婚配，跟随身边，日久，自然也跟其嫂子认识熟悉了。在长坑区南斗土楼剿匪战斗中，侍卫不慎大腿中枪受伤，从此“退役”。王江岚看到其忠诚无畏，亦看出平时他跟其嫂子互有好感，于是便促成了这桩婚事，送嫂出嫁，不收嫁礼！侍卫名叫王填缘，婚事如其名哉，似乎造化使然。

王填缘者谁，就是我的亲爷爷！可惜，我爷爷在中华人民共和国成立不久后便病逝了，徒留8岁的姑姑和我5岁的父亲与奶奶相依为命，未能真正享受新中国带来的获得感和幸福感。

可以说，没有王江岚的皓月情怀，也就没有我爷爷的婚姻，也就没有我们的今天。而他的做法，在那时，需要承受多少世俗的流言蜚语；但他见过世面，经受过大风大浪，又岂会被世俗所羁绊哉。

1984年，王江岚64岁，上级批准离休。然而正当他要一心投入到撰写回忆录（上级给他的任务）时，1985年，在农场不辞劳累的儿子，搬晒稻谷时突发脑溢血，后经三次开颅手术，勉强保命；中医针灸，康复理疗，残疾半边，吃饭睡觉穿换衣服上卫生间洗澡勉强自理，其余都得别人帮忙，后于2003年去逝。儿子的突发病倒，让他深感惭愧，发现威严的自己，忙于工作，跟子女的交流甚少，更别说呵护关心了。

此时，一家子依旧住在20多平米的房子里，因日间人来人往，孙女玩闹，另外要照顾病号，他根本无法静下心来撰写回忆录等，只能待三更后，家人睡下，才奋笔疾书，而陪伴他的是一根根没过滤嘴的大前门、友谊牌香烟。如她女儿所讲，第二天早上，烟头一贯满烟缸，堆积如小山。而后不久，他咳血了，查出了肺癌。就这样，年仅67岁的他肺癌晚期扩散不救，带着诸多欣慰和些许遗憾离开了人世。

就在其过世前，单位发给他一套70多平米的公寓房，可惜还来不及搬进去，他就走了。奋斗一生，幸福留子孙和他人，就是他最大的欣慰。

他去世后，1987年9月9日下午二时半，福建省公路局有关领导亲自到明湖堂为王江岚召开追悼会。其中悼词曰：

“王江岚同志是福建公路工程基建队伍中的一位好干部，好党员。解放前，他积极支持地下党的工作，并参加地下游击队与反动派进行剧烈的斗争。解放后，一心扑在公路事业上，为战备支前和交通建设，率领施工队伍转战闽、赣、桂、云、贵、川等省，为大三线建设支援前线和国家的经济建设，几十年勤勤恳恳奋斗在公路战线开路架桥。在十年浩劫期间，他历经了严峻的考验，精神上遭受过严重的摧残，在那一恶劣的环境下，他正直为人，实事求是，不做违心事，始终是坚信党，相信人民。粉碎‘四人帮’后，他对党的十一届三中全会所制定的路线、方针和政策深表衷心拥护，并在工作中认真贯彻执行，他积极申请加入中国共产党，并于1982年9月实现了他一生的志愿，光荣地加入了中国共产党。

“王江岚同志在工作上处处以身作则，认真负责，办事公道，工作作风正派；在生活上，他严于律己，对待子女就业和家庭困难，从不要求组织照顾，至今他几个子女仍无一个是国营企业的正式工人。离休后，他仍积极为闽南地区地下游击队撰写回忆录，直至病重来省治疗，当确诊肺癌后，仍念念不忘地对公司机关同志说：‘如能再给我一些时间，就能把回忆录和地方交代的事情办好。’而对自己患了这一不治之症可能给家庭带来一系列的困难都只字未提。他病重住院期间，一再叮嘱家属，企业工作很忙，不要给单位增添麻烦。”

谁又能想到，新世纪，其居住几十年的20多平方的住宅要拆掉重建，儿女们在搬家具时，竟然发现，在那木衣柜内壁，竟有王江岚用毛笔小楷书写着毛泽东的《沁园春·长沙》一词。儿女方才回忆起，父亲在世时，胸前永远佩挂着毛主席像章。原来领袖的胸襟情怀、人格品质早已融入他的骨髓，领袖就是他的偶像，毛泽东思想得用他的一生来践行。

今天，他的遗像悬挂在简陋的明湖堂厅堂之中，没有格龛，没有功德牌位，没有香炉。遗像下面的生卒年月已经模糊淡化不明，以至于无法辨别，只能通过其亲属了解。但何时生已不重要，何时死也非重要之事，关键是生与死之间的操守德行。

有人活着，他已经死了；有人死了，他还活着，活在历史之中，活在百姓的口碑之中。《素书》曰："橛橛梗梗，所以立功；孜孜淑淑，所以保终。"此之谓也。

站在明湖堂大门口，目送龙潭溪淙淙东流，喜看白翠岩旗帜飘扬，谛听寨坂大鼓催人奋进。再正望大门前方，牛溪山与香炉山相向奔腾而来成笔架，笔架之间，玉（湖）（乌）殊两车道公路正如火如荼开工建设，即将完工。

明湖堂的主人啊，这一切，您定然看到了。还有，您也定然早就耳闻目睹：每当夜晚，环村夜灯全部开启，映照着天上的明月繁星，村部的广场戏台上广场舞等夜夜准时翩翩，一派宁静祥和又热闹的景象。这全民小康、太平盛世早就超越了您生前的期望！

伫立龙潭溪畔，翠竹依依，鱼群悠悠。回首瞻望明湖堂，其周围已经矗立起无数的新房别墅，红瓦琉璃，砖石钢挂，在它们的映衬之下，更显得明湖堂简陋，一身土灰色，朴拙无华。然而，村民的新家新宅新气象，仿若一道道闪亮的珠光，汇聚到明湖堂，照得大埕上的花岗岩石碑红字熠熠生辉：

安溪县第七批文物保护单位

解放战争时期中共安溪中心县委成立旧址

明湖堂

安溪县人民政府 2013 年 9 月 13 日公布

安溪县人民政府 2015 年 9 月 30 日立

生前有功，死后为神。九泉之下，待清风朗月，王江岚，您定然会专门探望人生的大恩人、引路人——谢复三，并汇报生前之事。当你们相聚举杯时，谢老定然会欣慰地对您说：“谢某当初果然没看错，不失‘测设’眼光，明月可鉴，我们同是‘道中人’，‘微斯人，吾谁与归？’”言罢，相对大笑，举杯痛饮，一醉方别。

一心事茶，乐于奉献

——“福建好人榜”入选者温文溪事迹

简要事迹

温文溪，男，1978年9月生，汉族，中国共产党党员，安溪县金谷镇景坑村人，安溪县中顿茶叶专业合作社理事长，安溪铁观音制茶专家服务团副团长。从戎复员后，潜心钻研制茶、自学成才，有两项茶叶机器发明专利，编著《茶叶基础与茶文化》，依托华侨职校建立大师工作室，宣传讲解茶技茶艺茶文化，年接待各级各部门参观者近千人。兼任安溪农民讲师团宣传委员和茶学院等校外导师，深入二十四乡镇开展制茶技术培训，年均培训达两千多人次；积极结对贫困茶农，予以技术指导，助力脱贫，成效显著。先后获得“安溪铁观音制茶工艺大师”“国家高级茶叶加工技师”“福建省优秀农村实用人才”“泉州市劳动模范”等荣誉称号。

复员事茶　技艳茶乡

高中毕业，坚决从戎。连续四年被评为优秀士兵、军事训练优等士兵，“九八抗洪抢险”中被评为先进个人，并光荣加入中国共产党。复员后潜心制茶技术研究，自学成才。在各级茶叶赛事中屡次获奖。2007年参加安溪第四届乌龙茶审评、拼配、烘焙大赛夺得桂冠。尔后，又获安溪茶都第五届评茶师培训班评茶技能竞赛第一名、第十届中国海西铁观音茶王赛金奖茶王等；取得国家高级评茶师和茶叶加工技师职业资格。2012 年荣获“安溪铁观音制茶工艺大师”荣誉称号，2016 年被确定为泉州市优秀农村实用人才，2017 年被认定为泉州市高层次人才；2018 年获评“福建省优秀农村实用人才”荣誉称号，入选福建省“百人计划”高端人才。

科研著述 助力茶业

在制茶技艺娴熟的基础上，温文溪开始着手与制茶相关的科研创新。在对茶叶的热化反应和铁观音的烘焙技术进行数年实验研究后，他归纳出安溪铁观音的烘焙技术，总结出了铁观音精加工中的烘焙技巧，其“烘焙茶叶快速散热机”和“自动做青机及其控制方法”等发明获得专利，填补了铁观音烘焙技术的部分空白，荣获第四届海峡茶叶品牌发展交流会茶叶烘焙技术科技创新成果奖。温文溪及时推广这两项技术，促进了铁观音茶叶加工烘焙技术水平的提高，使广大茶农受益。在安（溪）台（湾）茶叶技术交流中，被台湾乐悠茶艺协会聘为技术顾问，不计报酬提供技术指导。2014 年 3 月，在台湾茶业产、制、销论坛上发表了题为《两岸茶业产制销经验分享》的专题演讲，深得台湾茶叶界好评。2015 年，他编著的《茶叶基础与茶文化》在科学出版社出版，作为国家中职示范校建设课程改革创新教材，助力在茶乡以及全国各地普及推广茶叶茶技茶艺知识。

服务三农 助力脱贫

温文溪不仅是茶师，也是位老师。他是安溪华侨职校茶叶专业教师，兼任安溪茶学院制茶工艺导师。他还是安溪农民讲师团宣传委员和安溪铁观音制茶专家团副团长。他将自己所学倾囊授予学生，深入二十四乡镇广泛开展制茶技术培训，培训人数每年多达两千多人次。作为乌龙茶（铁观音）制作技艺“非遗”传承人，他创立安溪铁观音制作技艺传习所，年接待各级部门参观者近千人次，为铁观音传统工艺制作摇旗呐喊。

更让人由衷敬佩的是，他事业风生水起了，并未独自绝尘而去，而是努力践行军人素有的“济世”精神。他积极投身安溪县精准扶贫，用自己独特的制茶工艺带动贫困茶农家庭脱贫致富。2017 年 3 月，他参加由安溪县委组织部等部门主办的“组团扶贫，抱团发展”活动，并现场与祥华乡贫困茶农张艺坤等人签署结对帮扶协议，并于当年春茶进村入户现场进行茶叶加工制作技术指导，大大提升了茶叶质量，帮茶农增加了收入。

2017 年 11 月，在县进修学校副书记苏志文牵桥搭线下，温文溪前往离城二百里的祥华乡福洋村贫困户陈福元家，对其进行传统制茶工艺技术指导。

但陈福元心存疑虑。因为传统制作更费时费力，担心这样的茶叶有市场前景吗？温文溪看出了陈福元的心思，当场做出承诺：2018 年春茶只要严格按照他指导的方法做，将以不低于每斤五十元的价格无条件收购；另外，只要能超出五十元，陈福元可以自由销售。陈福元还是不放心，于是温文溪当场拿出两千元做定金。事后，温文溪说：“这是为建立茶农的品质自信。自己不自信，谁还相信你？”

陈福元春茶开采第一天，温文溪特地驱车赶到福洋村，从晒青、晾青、摇青到杀青甚至烘焙都做了全面指导。午后，茶干，温文溪建议他带去市场试卖，没想到竟然卖每斤八十元。第一天的成功，让陈福元信心满满。此后，他全部按照温文溪指导的方法制作，有疑问，就通过微信、电话交流沟通。温文溪会让他拍摄茶叶视频或照片，观察之后再做具体交流指导。一季春茶，陈福元共做了五百来斤，其中不乏卖了上百元的。两百来斤没拉去卖的，温文溪按每斤六十五元全部收购。看到陈福元连揉捻机都没有，温文溪将两千元定金赠他添置购买揉捻机。当年秋茶，截止到10月中旬，已制作近三百斤，均价近七十元；后续还可以制作二百多斤。陈福元说："今年脱贫是板上钉钉的事。"

为了传统铁观音制作"散叶绽芳华"，当年春茶采摘后，温文溪积极贯彻脱贫攻坚精神，决定在虎邱镇石山村开展传统铁观音制作技术指导，他先确定俩示范户——高植金和高福志，然后从茶园管理到各项制茶技艺给他们做了全面指导，两户茶农秋茶均价达每斤一百元，一季秋茶实现脱贫。温文溪说："一花独放不是春。希望通过示范户，建立茶农对传统工艺的自信，也希望传统铁观音能在脱贫攻坚中贡献一分力量，助力铁观音二次腾飞。"

荀子曰："古之所谓仕士者，厚敦者也，合群者也……乐分施者也，务事理者……也羞独富者也。"温文溪虽不是"仕士者"，但其做法践行了"仕士者"的思想。其奉献精神足以感动人，被茶农亲切地称为"溪先"。他的先进事迹不仅被各级新闻媒体宣传报道，还被泉州市纪委、泉州电视台拍摄成《温文溪：匠心逐梦，做有理想信念的茶人》和《基层一线好支部，群众身边好党员》作专题报道；还被福建省委组织部、福建省电视台拍摄成专题《摆脱贫困——党建促精准扶贫》之《茶农脱贫记》进行报道。

补记：温文溪，全国先进模范人物代表、全国优秀农民工、中国制茶大师、福建农林大学安溪茶学院客座教授、福建省优秀人才"百人计划"人选、福建省技能大师工作室领衔人，曾获"福建省最美退役军人""福建好人榜"等荣誉称号，2022年6月当选为中国共产党第二十次全国代表大会代表。

迈步在山城公益的大道上

——记泉州市第八届“五四青年奖章”获得者胡晓东

《礼记》云：“君子贵人贱己，先人而后己。”孟子曰：“老吾老以及人之老，幼吾幼以及人之幼。”在我国，自古以来，互助互爱已经成为文化基因不断被传承下来。时至今日，恰逢物质、精神文明大发展的新时期，公益活动自然而然应运而生且蓬勃发展。公益的价值，就是点燃希望，温暖别人，照亮自己。

在安溪，胡晓东就是热心公益活动的典型代表。他自 2005 年 3 月底加入“茶乡志愿者服务队”到 2015 年组创“安溪茶乡公益协会”，至今，已迈步在公益事业大道上十来个春秋。2015 年 5 月，胡晓东荣获第八届泉州青年“五四”奖章，面对记者的采访，胡晓东说：“赠人玫瑰，手有余香。每一次对别人伸出援手，也是对自己灵魂的一次洗涤、对自我品格的完善、对自我涵养的提升。奉献是一种社会责任，我们不应该有任何理由拒绝它。”

偶结公益情缘

胡晓东，男，安溪蓬莱镇上智村人，1975 年 7 月生，中专学历，现泰康保险公司保险代理专员。上有古稀父母，下有读小学三、四年级的两个女儿。

说起公益，朋友是他的引路人。2005 年 3 月 15 日，安溪“茶乡志愿者服务队”网络论坛正式开通，原本互不相识的爱心人士纷纷加入。月底召开一次志愿服务活动讨论会，热情积极的他，与朋友一同参加。到了临时办公室，看见一群人在热烈讨论活动所需的资金和物资难题。作为保险人，他认识不少有爱心有经济实力的各界人士，于是便一口答应找人帮忙。在他的奔走下，活动顺利举行。从此，他也成了服务队的“后勤主管”。就这样，他无意间走进了志愿服务的大门。

成为志愿者后，除却工作，周末常常要组织并参加活动。妻子得知后要他保重身体。父母知道后，有点儿不高兴。至于父母妻子彻底理解支持他，那已经是两年后的事了。

坠入公益爱河

初恋总是甜蜜的，凡事乍始总是激情四射。2005 年、2006 年，胡晓东组织志愿服务队先后开展了与同美村结对帮助四位孤寡老人、“情牵狮凤”爱心助学、携手医院为老人义诊、“手拉手”捐书为贫困山区学校建图书室、春节给孤寡老人拜年、义卖春联（情人节玫瑰）助学助老助困等一系列活动。这一切给城里乡下、矜寡孤独、贫困家庭吹来了缕缕春风。到 2006 年年底，志愿者队伍一度达到三百余人。

2007 年，正当胡晓东想大干一场时，志愿服务队很多成员面对父母的唠叨、朋友的不解等诸多原因纷纷选择离开。让胡晓东记忆犹深的是，2007 年世界环境日（6 月 5 日）前几天，安溪县环保局要找志愿服务队一起开展共建活动，他赶忙通过 QQ 等网络平台发出信息，没想到应者寥寥无几，活动效果可想而知。这让一贯热情似火的胡晓东多少有点儿泄气。

但 2007 年冬天的那件事，重新点燃了胡晓东的热情，还使其亲人彻底理解并支持他的做法。那是个星期六，他和几名队员到乡下建图书室，妻子上班，父母在家带孩子。正当他忙活时，母亲打来电话，说父亲突然昏倒。此刻，远水救不了近火，他心急火燎。但也只能叫母亲托邻居帮忙，接着打电话给妻子。后来，当他赶到，妻子说多亏了志愿服务队帮忙把父亲送到医院，还帮忙办手续，否则自己一个人也忙不过来。原来当得知他父亲中风，同行的队员就发出信息。所幸就医及时，一切如常。从此，父母完全赞同了他的公益事业。这件事让胡晓东深有感触，他说："帮助别人也是帮助自己。"那年冬天，他妻子也加入了志愿服务队。经过此事，胡晓东坚定了志愿服务的信念。

2008 年 5 月 12 日，汶川地震牵动全国人民的心。胡晓东立即带领志愿者第一时间进行地震募捐活动，在县团委带领下，携手安溪县邮政局进行义卖募捐活动。接着志愿者分成不同组别，到城里社区、机关企事业单位、乡下学校及集市人员集中地发动募捐，短短三天就筹集了三十多万元，及时捐献灾区。事情并未到此结束，汶川地震一周年，灾区重建正紧锣密鼓地进行，他又带领志愿者开展"爱心包裹"捐赠活动。

自从汶川地震后，"茶乡志愿者服务队"人数不断增加，创历史新高。也是从此之后，胡晓东正式全面接管了"茶乡志愿者服务队"。

2008 年到 2014 年期间，除了平时开展卫生健康、人身安全宣传等小型活动外，"茶乡志愿者服务队"开展的较为大型的活动有地震募捐、肖阳鑫募捐、爱心妈妈湖头助学行、高速道路交通安全宣传、父亲节探访贫困父亲、凤山环保活动等十一场；还组织并参与"让爱重燃希望"救助重症病患公益募捐和"牵手行动·与爱同行"关爱未成年人等系列公益活动。

高扬公益彩旗

自从 2014 年组织参与"让爱重燃希望"救助重症病患公益

募捐系列活动后，胡晓东觉得必须让志愿服务队的活动更加规范有序，于是在2015年春节后成立了“安溪茶乡公益协会”，把志愿服务活动进行模块化，分成四大模块：校园行（包含公益讲座和牵手行动）、乡镇行（包含春联行动和助老助贫助学以及诚信文明）、社区行（包括文艺会演和公益论坛以及宣传正能量）和企业行（包括关注外来务工人员和关爱务工人员子女）。胡晓东说：“我要让这四面公益彩旗飘扬在茶乡的上空。”的确，新成立的协会，改正了先前志愿服务项目小型化、服务时间碎片化、服务群体随机化的缺点。成立协会后，与政府部门、企业单位等之间联系更加密切，安溪儒家茶业公司还提供了专门的办公场所，从此不必再为办公场所操心。

自协会成立以来，他带领队员，多次与县文明办等各部门联合开展各种活动：关爱环卫工人活动、“牵手行动·与爱同行”关爱未成年人活动（此项活动累计到2016年9月已举办达二十五次）、走进县二十四乡镇三十多所偏远乡镇小学创建图书室、“邻里守望”社区公益活动、为社区送文艺演出及家庭和谐公益讲座。还与各部门联合开展“讲文明，行规范”全县文明公约灯谜竞猜活动，参加人数突破十五万，掀起了学习“文明公约”热潮，为建设文明安溪做出了贡献。

前不久，山东的“徐玉玉事件”让安溪处于诚信的风口浪尖，茶乡公益协会及时配合县委、县政府的“诚信建设千人大会”，联合县委文明办、团县委、民政局、公检法等部门，并邀请部分外向型企业共同参与，开展“诚信安溪行”公益活动，在安溪各社区、村居委会开展巡回宣传活动，让广大群众知晓“人无信犹如树无皮”的道理，提高了广大群众的诚信认识。

2016年9月15日，台风“莫兰蒂”横扫安溪，安溪受损严重，城乡街区道路狼藉一片。9月16日，还下着雨，茶乡公益协会马上组织志愿者会同广大干部群众，一起到社区街道马路清除台风过后的残留物，为受灾的家庭提供帮助。胡晓东说："我昨晚一夜无眠，台风无情人有情，为创建'美好安溪'，茶乡公益协会的彩旗必须及时飘扬。"

荀子说，所谓士仕者，厚敦者也，合群者也……乐分施者也……务事理者也，羞独富者也。这本是对一个为官者的高要求，但作为公益组织的创建者，胡晓东恰是一个厚敦、合群、乐分施、务事理、羞独富的公益人，是一个大写的人。正如他自己所说："我做公益，是因为生命有限而公益价值无限；我做公益，是因为想分清善恶帮助弱者；我做公益，是想关注也想引起人们关注自然、社会和人生。"

他，诚心公益，屡获殊荣：2013 年 12 月荣获第三届安溪县助人为乐道德模范称号，2013 年 12 月荣获第三届安溪县十佳美丽安溪人道德模范称号，2014 年 12 月荣获第四届福建青年志愿者优秀个人奖等等。即便如此，胡晓东，一个平凡而又谦虚的安溪人，正一如既往带领着"安溪茶乡公益协会"，昂首迈步在山城的大道上！

（发表于 2017 年 1 月 10 日《泉州网》）

医者仁心　青春无悔

——2018 年 12 月“中国好人榜（敬业奉献）”
入选者吴振恭事迹

吴振恭，男，1980 年 10 月出生，华中科技大学医学硕士，中国共产党党员，安溪县（铭选）医院五官科副主任医师。不忘本心、精益求精的年轻医生，在平凡的岗位上，用心治疗每个患者，不求名利闻达，诚如古贤所云：“身劳而心安，为之；利少而义多，为之。”就此言，吴医生堪称意志修而道义重者矣。其身体力行正是敬业奉献的生动诠释，更是践行社会主义核心价值观的具体体现。

心怀慈悲　立志学医

吴振恭出生在安溪县西坪镇阳星村，父母务农。小时候，他喜欢去舅舅家看书，舅舅是教育名师，总是对他说，不管世界如何变迁，社会总需要两类人，就是医生与教师。医生医治病痛，教师传授知识；农村看病难，要是村里能多出医生就好了。渐渐懂事起，每每看到亲戚因病痛折磨痛苦的样子，他便想着自己要是神医就好了。后来，高三体检，在县医院，恰巧看到急诊处医生护士正与时间赛跑抢救重伤者，内心深为震动。于是，他决心报考医学院校，要让自己成为一个对病人有用的人。1998 年，他如愿就读武汉同济医科大学（现为华中科技大学同济医学院）。

心系桑梓　决意回归

2007年，吴振恭从华中科技大学硕士毕业，成绩优异，被湖北省黄冈市中心医院（三甲医院）耳鼻咽喉头专业颈外科作为突出人才引进，并担任主任助理。2011年8月，他听从内心的呼唤，毅然放弃优厚的工作条件及待遇，又作为人才被引进，回到安溪县医院工作，欲报故土养育之恩。

骨干力量成为科室核心团队的脊梁。自从他加入铭选医院五官科后，团队焕然一新。新理论、新视角和新做法，渐渐在科室中涌动。他始终认为，医者仁心，所有的医疗行为都要以患者为中心。为此，他在五官科常采用“跪式手术法”。2016年8月，祥华乡一位病患被一块猪肺软骨卡住喉咙，说话困难；到五官科就医，适逢其接诊，拍片检查结果显示，必须马上进行急诊食道镜异物取出手术。患者经麻醉后，为了避免伤到患者口腔要害，让手术更顺利，他二话不说，直接跪在地上实施手术，数分钟后顺利从患者食道取出猪肺软骨。一旁的麻醉师看到这一幕，顺手拍下此场景发到微信朋友圈，瞬间爆红网络。次日，患者无特殊不适感，出院回家。“作为一名医生，我只是想尽量减少患者术后不适感，”吴医生说，“医生多会尽自己所能减少患者术后并发症。”

高超的医术，让他声名鹊起，门诊经常碰到有偏远山区和熟人介绍的患者来求治，吴医生尽心尽力帮其治疗，得到了广大患者的肯定。在他上专家门诊时，一天门诊量常不少于五十人，有时达九十多人；如今，五官科住院患者都保持在六十人左右。吴医生说，当前该科室医疗器械相对落后，制约了手术的效率，现设备正筹集资金升级换代。

心记医道　求精无私

人手不够，患者多，手术档期满，这是五官科的实情。因此，有一些患者总误以为动手术前要送红包，手术才能及早安排，医生才会尽责。前年，一位老者住院待第二天手术，却整晚不睡，等到巡病房时，硬是把红包塞给吴医生。医者仁心，他坚决拒收。但患者却又爬起来，居然跪到地上僵持着。这可难为了吴医生。吴医生转而一想，这病人是受流言影响，不送红包不安心，于是他赶紧笑呵呵地扶起老者，暂时让值班护士将红包代为保管。这又让随行者愣住了。等术后出院结账，老者才发现原来吴医生早把红包钱存到他的住院部账号。类似的情形与做法时而有之。吴医生说，若是为钱为利，何必回乡？医生的价值就是在医治患者中得到升华。

正因为满腔正气仁心，为了更好地服务患者，将最先进的技术、最新的理念应用于临床，在工作之余，他勤奋学习，刻苦钻研，以提高学术理论水平。在攻读研究生期间，积极参与并完成“国家自然科学基金项目及湖北省自然科学基金项目”结题，同时在2012年、2013年、2015年获得“泉州市卫生局卫生科研课题资助”在研项目三项；现为中国核心期刊《神经损伤与功能重建》杂志青年审稿专家。截至目前，论文发表共有三十余篇，其中SCI收录三篇，发表于核心期刊《神经损伤与功能重建》的《激光共聚焦显微镜技术和免疫组织化学方法对比观察KCNQ1在小鼠耳蜗血管纹边缘细胞中的表达》获得2013—2014年度安溪县科学进步奖“二等奖”。2014年12月，全票通过副主任医师面试，成为安溪县医院较年轻的高级职称资格的临床医师。

浩气存胸　心怀大义

——记“福建好人榜（见义勇为）”入选者叶庆荣

2017 年元月 10 日，福建省第二十三次见义勇为英雄模范表彰大会在福州隆重召开，叶庆荣被评为福建省见义勇为先进个人。得知消息，朋友在微信里纷纷发来“贺电”，他的回复是：“其实我今天领这个奖，心情复杂，面对烈士家属，面对武警官兵的英雄模范，我做的这点儿小事又算得了什么！”这就是见义勇为又铭记谦德的叶庆荣。

叶庆荣（别名叶明星），男，1968 年 10 月出生，志闽（安溪）旅游开发有限公司总经理。他一米八的个子，方脸，有棱有角，看上去完全是北方风格，不具闽派风味，确乎是个知天命而帅气的大丈夫。

自幼习武　爱憎分明

叶庆荣出生于南平的一个武术世家，九岁前，就跟外公习武强身，还在老家旁的溪潭学会了游泳，因此从小学到中学，其是学校里体育的佼佼者。但他自小秉持家族“武以仁勇”祖训，从不以武骄人，反而常常同情弱者，爱憎分明。

小学三年级夏天，有一回几个同伴一起下潭游泳，一瘦小者抽筋上不来，他急中生智用竹竿把他拉上来。初中时，他们三兄弟在沙县读书，镇上有个地痞放狗咬外来卖冰棍的，看他太欺负人了，哥三个上去狠揍地痞一顿。1993 年，叶庆荣前往北京朝阳区开店卖家具，1999 年年初，朝阳区地痞顺子带八人持械前来收保护费，打伤了公司员工，警察没到前，叶庆荣怒起率人大力还击，最后警方定为正当防卫。

创业转移　初心不改

1999 年，他听从家人建议，南回福建发展。

回来不久，到安溪探访亲戚，途经龙门，发现此地水洌山幽，完全可以发展旅游。遂于当年年底，到安溪龙门投资创建志闽（安溪）旅游开发有限公司，后来的效益证明了他的判断。但该地段处于傍山险路，平时周边难免会发生车辆突发事故。

2007 年夏天，志闽生态园 206 省道旁一辆小轿车坠河，情况不明。叶庆荣闻讯后立即带上员工及救生衣等直奔事发现场，不顾脱衣，扎进水里救人。由于出事前下过大雨，出事地点水流湍急，当他奋力协助救起第三人时，几乎精疲力竭。在同事帮助下，他才得以脱险。当年，安溪县交警大队授予他“奋不顾身舍己救人”称号。

事后，妻子劝他少点儿“英雄主义”，他只是呵呵一笑。但该来的还是会来，该做的还是一样去做。

2014 年，志闽生态园附近省道 206 线内瑶路段一大客车和大型货车相撞，多人受伤。叶庆荣马上组织员工赶到现场，与时间、生命赛跑，迅速破拆大巴车车窗抢救重伤员，疏散乘客，使伤者在第一时间得到救助。为此，厦门汽运公司授予他“无私援助弘扬爱心”锦旗。同年，安溪县一边陲乡镇发生了一家四口灭门惨案。犯罪嫌疑人使用的凶器被丢在湍急的河里，警察组织寻找多时未果。叶庆荣获悉，带领公司专业潜水员赶往事发地，积极配合当地民警，下水巡捞卒获。

2015 年 8 月，安溪龙门隧道附近发生多起“碰瓷”敲诈勒索事件，广大开车路过者人心惶惶，泉厦二地政府高度关注。叶庆荣义愤填膺，决定利用自己对地形熟悉的有利条件，乔装暗探，连续几天后，他发现了嫌疑人的踪迹。2015 年 8 月 25 日中午 1 时许，该伙嫌疑人又出现了，其中一男子藏在路边，身旁还摆放着一辆自行车，形迹可疑；相隔一段距离有接应同伙。该情形与先前发生的“碰瓷”敲诈勒索案件十分相似。叶庆荣立即报警，并在不远处蹲守。当警察赶到现场，叶庆荣一跃而起，配合警察当场抓住一名嫌疑人，并协同警察追捕往深山密林处逃跑的另外两名嫌疑人。他充分发挥熟悉地形的优势，带领警察在密林里穿梭一个多小时后，最终将两名嫌疑人抓获。至此，碰瓷案件终于告破。

乐知天命　顺势而为

如今，叶庆荣已快到知天命的年龄，自从 1999 年到如今，已然在安溪奋斗了十几年。付出总有回报，除却公司生意火热，他善养浩然正气，永葆初心，见义勇为，见义必为，获得了各级党委、政府部门的表彰。2015 年安溪县委、县政府授予其“见义勇为先进个人”称号，2017 年元月被评为福建省见义勇为先进个人。面对各种荣誉，他说：“我只是做了一点力所能及的小事而已，这样高的荣誉令我汗颜。”

他又说，随着年龄的增长，身体素质在下降，但“江山易改，本性难移”，从小养成的“义气”已化成血液奔流在他身体里。为了自己与家人，也为了更好地做好自己，今后，他将会多方配合，合力而为、顺势而为，为社会多贡献一点自己的力量，这样的人生更有价值，永不后悔。

有诺必行 不忘初心

——记 2017 年 1 月“中国好人榜（诚实守信）”
入选者陈主义

带头种植 开诚布公传经验

陈主义，1973 年 8 月出生于长坑乡山格村，现安溪县山格淮山专业合作社理事长，中国共产党党员，泉州市劳动模范，泉州市科普惠农兴村带头人，安溪县优秀共产党员。

现在头顶光环的陈主义，创业初期并非一帆风顺，而是经常被人称为“傻人”。他能一个人带出一个富民的产业，把山格村变成淮山村，没有什么秘诀，靠的就是他的一股“傻劲”。

2003 年近春节的一天，陈主义到县城探望朋友。朋友热情，架起火锅，并不断往锅中加煮老家常见的淮山药，朋友说淮山药在城里很受欢迎的。作为村干部的他立刻有了想法：“种植淮山药可能就是一条脱贫致富的好路啊！”

从城里回来，陈主义马上翻找有关资料并进行了一番调研。他了解到淮山药价值高，粮、药皆可兼用。而且村里的沙土质地很适合种植淮山药。陈主义挨家挨户劝乡亲们种淮山药，乡亲们嘴上答应，但并不见行动。

于是，陈主义决定带头种植，将自己的田地全部种植淮山药。当年他种下的淮山药喜获丰收，陈主义把又粗又直的淮山药装上货车，运往城里，热卖脱销，收益颇丰，羡煞乡亲。第二年、第三年，村民纷纷前来向陈主义学种淮山药，已掌握种植技巧的他，并不计较教学种植技巧方法所花费的时间与心神，不管是土质要求，还是钻孔灌沙种植新技术，抑或是生物有机肥改良土壤方法等等，他统统传授给乡亲。事后，村民都说陈主义是个有一说一、真诚实在的村干部，让大伙在淮山药种植之路上直接绕过弯道。

以质为本　宁缺毋滥守正道

2005 年 1 月，为迅速扩大规模，占领市场，陈主义按每斤高出市场近两元的价格向社员们收购了近五吨的淮山药，准备包装后推向市场。由于没有掌握好真空包装技术，五吨多的淮山药全部变味，陈主义心痛不已。当年淮山药货源紧缺，市场销量好，有人曾建议他把这些变味的淮山药切成薄片，掺杂在好的淮山药里，一起推向市场，以减少损失。陈主义一开始思想曾经动摇过，但是当他想到“己所不欲，勿施于人”“做生意应以诚信为本”时，为合作社的名誉，毅然横下心，把坏掉的淮山药运到山里埋掉。虽然损失七万多元，对于一个刚在发展中的农业企业是一个不小的打击，有人也说他很傻，但他从不后悔。

有诺必行　直将诚信作初心

2015 年年底，由于遭受霜冻，淮山药产量减少，库存量少，价格突飞猛进。年关的一天早晨，客户王建木与陈主义联系好，上午要到合作社购买四吨淮山药，但因车子故障，中午还没有到合作社。同日早晨，泉州的经销商廖总因货源不足，早早地就来到了合作社，也要买四吨淮山药，而仓库里也只有四吨的库存。为此，廖总要以每斤高出五角的价格收购仓库里的淮山药，陈主义摇了摇头说：“答应人家就是欠人家的，我把货给了你，王总来了我怎么办？”廖总笑了笑说：“陈主义，有钱不赚，真是傻子。”但是后来，廖总却成了“傻子”陈主义的大客户。

对待客户，陈主义诚实守信；对待社员，陈主义也是如此。在多年的收购过程中，从来没有人反映过有缺斤短两的情况，淮山药过秤后，马上付钱，从来没有亏欠过社员一分钱，即便是在资金周转困难的时候，他宁愿到信用社贷款也从不欠社员的钱。同时，他还主动为社员解决生产资金困难问题，与社员签订保价订单，保证社员有钱赚。有人说陈主义很傻，他完全可根据每年的行情价收购淮山药，但陈主义却坚持这样做。

当然，众所周知的还有陈主义曾为陈某借贷担保。陈某茶业经营不善资金周转困难，陈主义先为其偿还了本金利息一百多万元。

一次次被戏谑为“傻人”，但他诚实守信的口碑不胫而走。就因为他“主义”择“义”而守之，山格淮山专业合作社理所当然不断发展壮大，现有社员六百三十六人，年种植淮山药三千多亩，年产量六千多吨，产值达六千多万元。山格淮山也先后获得国家级示范合作社、农业部无公害农产品产地认证、中华全国供销合作总社示范合作社、国家地理标志产品、福建省名牌农副产品、福建省龙头企业等一系列荣誉称号。

桐华之子：刘文辉

之所以取名为桐华之子，因为吾乡之铜钹山雅为桐华山，愚欲以不逮之笔力写写奋斗不息之乡人，斯人不必富可敌国，不必功盖一世，不必名震四方，作为家乡人可以借鉴之榜样即可。鄙人自小愚而不敏，后虽进一点学，全凭坚持二字，绝无他法。故眼观耳闻坚持而至于成功者，于心戚戚。人间超世之才，堪谓凤毛麟角，眼羡则可，学则难及。小刘，全凭坚持二字创业如此，我深感敬佩，从实业角度来讲，称得上吾乡之典型之一。就其坚持学业致博士而论，冠以桐华之子，岂过分哉！

记得 2010 年秋，我还在祥华任教，一个周末回家，骑车恰巧到长坑乡珊坪村省道最高点（但凡茶季，很多茶商停车于此拍梯状茶山美景），腰间手机响起，停车一看，不像一个手机号码，前面好几个零，以为是“候鸟”电话，本打算拒接，转而一想，既然停车，也不差那一点儿“青春”了，接上响起：“老师，您好！”一番交谈，原来是玉湖中学 97 届学生，珊坪村的刘文辉。记得他初三时被分流到“慢班”。他说正在加拿大考察学习。几分钟交流后，我归家，他处大洋彼岸。又是许久无消息。

2013 年春，我调往科名中学。那年教师节晚上 8 点左右，接到一个陌生电话，接上，传来：“老师好，节日快乐！我是刘文辉。”说实在的，鸡肋般的节日，能接到学生的短信和电话的祝福，是我莫大的安慰。自以为此生教书问心无愧，身后免做功德。

几句交流之后，知道他现在福州，主要从事饲料添加剂及相应技术等进出口业务。听他的语气，是发展得不错。我话锋一转："你肯定还有好消息要告诉我。"于是，他说收到了中国人民大学畜牧饲料经济专业博士研究生的录取通知书，很开心，正要向我道一声。"你还读书？"我大吃一惊。他倒是平静，淡淡地说："老师，这一路走来真是不容易呀。真忘不了你初中时的鼓励啊！咱要找时间好好聊聊。"我忙说，一定一定。要知道1997年初中毕业，十六年后，还在学海泅渡、书山攀爬的有几？末了，他一再交代，只要到厦门或福州，一定要给他打电话。

时光荏苒，转眼是2014年4月上旬，有幸前往福州参加培训。那天从安溪出发，往微信朋友圈发了"农哥入榕城"的消息，车到半路，就接到了他的电话，力约去榕城一度假山庄相聚，但我要赶去报到当然无法脱身。第二天一早，他就马上约定一起吃晚饭。我确实无法拒绝学生的如此盛情，但答应后却心生忐忑。因为虽在电话微信里聊过，但真面目已十七年未见，少年已而立，已非昨日之记忆。前往饭店途中，我还在想象他的样子。还好，感谢手机，到达目的地，一个电话就直接认人了。他一米七左右的样子，一身风衣及膝，瘦身，几近瓜子脸，天平开朗，鼻子坚挺，眉毛浓密，眼神犀利，鬓角含霜，说话有欲言又止的顿挫感。时光催化成长，当初的少年也已披上些许时光水洗的外衣！入座，从未吃过的海鲜齐上阵，酒足饱饭后，到其公司喝茶聊天。

他说初三时，原本可以进快班的，但当时成绩处于快班靠后，有个别家长"潜规则"了老师，于是他被刷进"慢班"（记得我当时年轻气盛，曾建议学校应该挑两个快班，但人微言轻何足道哉；可是从此后直到我离开玉湖中学都是两个快班了）。初中毕业后，他被安溪湖头慈山农业学校兽医专业录取，职专毕业后，到蓝田乡兽医站当兽医职员。他笑着说，在那几乎全是给农村家猪医治，猪圈脏臭是不用说的，每次出诊，抡袖，握紧大针筒，往猪后腿或猪耳朵后快准狠一插，二十大洋就到手了，还好脚穿长筒水靴，否则裤子就“肥料”多多。当然有时猪发狂乱甩，还是免不了“入圈受污”的。不到半年，自觉不能就这样与“农猪”为伍，他决定继续读书，于是于当年考进福建农林大学高级兽医专科。

2002年专科毕业后，他考上三明市农业局公务员。拿到了“铁饭碗”，自己开心，家人高兴。与先前乡下之“兽医”者较，堪称云泥之别了。

然而，不安分的基因似乎总在他血液里沸腾。机关朝九晚五、一成不变的工作机制让他心怀不畅。于是2003年金秋时节，他瞒着家人，停薪留职，下海到福州泰国正大集团上班。这回，一去就是六年，坚实的脚步、勤奋的汗水、善谋的头脑，让他从逼仄小径迈入了康庄大道：先从普通员工到主任到副经理，再从副经理到经理到副总经理；直至助理副总裁，辖管福州、厦门、永安三个公司。他侃侃而谈又不免流露出一路艰辛的感慨。当然打拼事业的同时，他不忘学习，于2006—2009年就读东北财经大学行政管理本科。

在正大干实业风生水起，羡煞许多人。让人意想不到的是，他又跳槽了。他于2009年加入莆田华江饲料有限公司，负责饲料全面工作。一年后，又转身加入加拿大jefo动物营养公司，负责中国区饲料添加剂运营管理工作，于是也就有了先前来自加拿大的电话。同年，他又考上福建农林大学兽医专业硕士研究生。

但是，他人的篱下长不出自己理想的麦田。2012年，他毅然决定“自立门户”，创立厦门德福仁生物科技有限公司，主要从事饲料添加剂及相应技术等进出口业务，为无抗养殖健康食品提供服务。不出三年，便与国内多家原料生产企业合资，成立多家公司，产品销往国内、东南亚及欧美市场。而在这期间，他2013年硕士毕业，又直接考上中国人民大学的博士研究生！

我笑了笑问：“你都成老总了，还读书，不累啊？”他说，读书是为了让自己跟上时代的节奏，知识更新太快，一眨眼技术更新换代，不学不知道；另外也是为了提升自己把握制高点的能力。

此后，联系渐多，也多次去他公司总部参观，对其有了进一步了解。令我深深佩服的是：一农家出生之人，高中都没考上，而今也成了博士，这怎不是一个传奇！很多人读书考上好大学是为了找到更好的工作，而他读书却是为了更好地创业。

后来，有一次同赴佛头宴席，闲聊间，很多人对他的成功甚是羡慕，他却说，这一路走来，头发都白了。我说：“你一根白头发创造的价值最少十万元。”他微微一笑。此后闲聊知道，他公司2015年营业额是非以万计的。但他低调得很，开一部二十来万的迈腾代步，从来不提公司的盈利情况。若依此计，一根白头发的价值何止十万啊！

志如大水者，万折必东。自独立创业以来，他每年的大部分时间在外面洽谈业务。前天，他在微信上告诉我，公司的发展战略定位是：“立足福建，放眼全球”。目前，全国前二十名的猪、禽、水产领域的集团企业均是他的长期合作者，公司已在厦门、漳州建厂，正努力将农牧相关行业做强做大，整合资本市场资源，争取一至两家公司上市。不做“门内之大虫”，欲为“门外之巨龙”，这就是他而立之身的誓言。

一夜，和儿子聊天，他说今天学校开毕业班誓师大会，讲了荷塘中荷叶的故事：荷塘里开始只有一片荷叶，荷叶的片数每天增长一倍，第二十八天占据了荷塘的四分之一，假设你经常到荷塘的对岸看荷叶生长，等待了二十八天，也只能感受到这一点点的结果，很多人也就在这时候放弃了。其实第二十九天荷叶就占据了荷塘的二分之一，第三十天就荷叶满塘。那些渴求成功又没耐心的人，虽然坚持了二十八天，但没等到这天就放弃了，自然看不到叶满池塘的田田美景！

在我看来，小刘就是那个能坚持到三十天的守望荷塘者！这守望者正印证了苏轼说的："古之立大事者，不唯有超世之才，亦必有坚忍不拔之志……事至不惧，而徐为之图，是以得至于成功。"忆其初学，成绩位列"学渣"，但浮光掠影廿载，其犹泅渡学海，非蚯蚓一心、驽马十驾之不懈不弃不馁而无以至此。

人生跑道上不只是短跑竞技，更是长跑比忍耐。诚哉斯言。

永泉之文朴且真

前天读《全唐诗》，李适之的《罢相作》云：“避贤初罢相，乐圣且衔杯。为问门前客，今朝几个来？”表达了作者罢相后对世态炎凉的讥讽。

就这首五绝，史上评价看法居然迥异。明代诗人敖英认为，钱起的《暮春归故山草堂》“谷口春残黄鸟稀，辛夷花尽杏花飞。始怜幽竹山窗下，不改清阴待我归”含蓄风韵，不落色相，较之李适之《罢相作》深浅自是不同。

然而明末清初文学家毛先舒却说，李适之《罢相作》，敖（英）子发以为不如钱起《暮春归故山草堂》，不知李诗朴直，钱诗便巧。李出钱上自远，子发未审格耳。

乍看，钱诗确实妆好眼特音婉动听，李诗则素颜不饰直言不讳。我想，论读者，好钱当甚于李。因为钱诗词采夺人，更博众眼。而李诗朴真无华，不嚼不知其味。

愚以为创作朴真的文学作品，将生活真实写入作品，尤其是将自己的真实思想做“赤裸”展览，那是需要勇气的，如同李适之那样无畏不忌。庆幸的是，在我们身边就有这样一位安溪本土作家，他就是省作协会员——唐永泉老师。

唐永泉老师已结集出版《爱的声音》一书，他笔耕不辍，又将结集其二，我有幸先赏其文，深切感受到他“朴真”之风。

在唐老师的笔下，不论是“爱的港湾”“感恩尚德”，还是

“古树传情”“美丽乡村”，抑或是“山水风光”“感德印象”，都见不到刻意打扮的绚丽华衣，闻不到专门喷洒的刺鼻香水。俯首可拾的是：真实不隐的敷陈，忠于本源的描画，直言不讳的抒发，朴质不饰的表达。

在“爱的港湾”中叙述因自己下乡支教，“妻子既要上班，又要照顾好老人和孩子”的辛苦坚忍情形，作者深受感动，真诚朴实的情感喷薄而出：“多么勇敢坚强的妻子，多么善解人意的妻子，多么伟大的妻子！我会好好珍惜你的爱！”在“爱的传递”中，操场上学生的一句“老师，我爱你”，向我们直接铺展开一幅师生亲和的动人画面。在“散步”中，写乡间散步，微风拂面如恋人吻脸，全身酥软触电之感引人遐想。在“灵山秀水”中，感德的山是那样的文雅、贤淑、柔情与静美，而采茶女们采完茶，骑着摩托载着一大袋茶青飞驰下山绝尘而去，让人惊为天人。在“古树传情”中，清水岩的千年罗汉松富有“禅心”，煎饼山的古樟树通晓孝心，瑞云桥的古柏见证了异姓的同心……诸如上述等，无不彰显其朴实真切的叙述、遵循“本心”的写作。

李贽说：“非童心自出于言也，言虽工，于我何与？”我想李适之的《罢相作》暗合了李贽倡导的“童心说”，而我们安溪本土作家永泉老师行文恰恰契合了李贽的创作思想。

校长作家吴奋勇之文洒脱潇然

奋勇行文，非耳闻目睹甚至亲历者不写。诚如其言，“乡间、校园、铁观音一直是我写作和阅读的关键词”。他用笔将人们熟视无睹的一切催化成醉人的风景。就如其故乡的茶箍尾山下，年年春香秋韵，尤其是那“石山韵味”，永远游子的“碎碎念”；在“夏夜望月”，祖母的手工扇扇出七夕的凉风，提灯夜游酿诗魂的萤火虫，照亮了作者文学之路；更有力挑一百三十斤稻谷暴走数公里的高二学生，斯人谓谁？吴奋勇也。有人说“苦难出诗人”，那奋勇最少是“半个散文诗人”。

自幼苦过心志，劳过筋骨，能以一颗慈悲心来体察人世，真情入于诗融于文，尽显赤子童心，不虚伪，不矫作，乃其文又一特点。文集中将动人心弦之事尽诉笔端，俯拾皆是。《打出你的风采》中身残志坚、奋力前行的肖同学，《只想看一眼》表现一位学生家长割舍不去的慈母情怀；《这也是一种孝顺》体现了作者的自剖精神，启迪我们“让父母有自主权，做自己开心的事，子女不计较，不干涉，也是一种孝顺”，赋予“孝”的全新内涵等等。

“文如其人”，奋勇为人豁达开朗，故其文多春花秋月的美好，少见夏雷冬雪的肃杀。即便其到最边陲工作也未见抱怨，所写均是“遇见了美好”，堪谓“不以物喜，不以己悲”。

愚窃以为，洒脱潇然之性铺垫了奋勇天然不饰的文风，值得我借鉴学习。

第三辑

茗乡古风

长卿赋

还集古地，长卿乡里。地处县城西北，相去百里有余。其东邻湖尚[①]，西毗祥华，南极蓝田，北通感剑[②]。方三百里，扼咽喉之要塞，迎云霞之商旅。逢圩日，货殖东来西往，商旅南腔北调。自隋唐以降，生息千年；村落廿六，俊民十余万，堪比临县之华安。

仰观古镇之神秀，俯察造化之清幽。遥望桐华[③]如巨钹，巍巍乎擎天，翠翠兮流云；其坐镇西陲，岭分二水，西奔九龙，东注晋江。左怀牛岐山，南峙泰湖岩；侧有大堵山，九十九峰扇展如画屏；另有凤髻、狮峰等；境内山环水绕金鳞潜，峰秀岩峣众鸟翔；终年野芳幽香，杜鹃漫山。聚诸峰之涧水，成晋江之支流，名曰龙潭溪，其于晋水，犹汉水之于长江也；流之万千载，毓乎千百代。

登临鸟瞰，烟村傍山惬意，茶园逐梯竞绿。游目视听，泰湖岩香馨四时同苍松溢翠，补陀寺惠泽千里与幽涧长流；达摩金经玲玲度众生，崇德书声琅琅毓诸贤。优游乡间，黄发垂髫，怡然并乐；厝边邻里，鸡犬相闻。盖其远离闹市，风情略异：正月迎佛祭神，更有妆阁迓[④]乡村，金童玉女哦南音，而后大宴宾客祝顺心；元宵夜迎灯围火，添丁进财望丰收；清明时节无扫墓，田园种瓜忙点豆；端午并非五月五，六二[⑤]包粽祭屈夫；七月初七来月半，游子归家心系祖；八月中秋天下圆，吩咐千里共婵娟；

冬至前后乡里忙，上山扫墓点碑红；春节华夏尽相同，阖家团聚话年丰。

地灵人能杰，风淳民必贤。今之长坑，本称长卿。长卿者，盖寓长久出“公卿”之意。凝眸幽思，古地承祖训学风鼎盛，新乡继宗德贤者云集。王直道，“开闽勋功垂青史，清溪伟绩启后人”；上官献瑶，师承方苞，乾隆进士，官至学政，勤政清廉，翰林修撰，《清史列传》有遗篇；上官光厚，旅外侨胞，倾情助力孙中山，解囊捐建崇德园；王江岚，组织游击闽赣边，解放诸县尽宵旰。数风流，王氏双雄，台塑集团冠全球；永庆丹心，特教学校称古邑。陈门两院士，火旺燃烬耀银河[6]，志坚攻城撼鹰邦[7]。苏家出俊秀，厦大教授有登记，著作等身属永青[8]；跨世纪，丰泉集团陈泽峰，“环保王子”誉国中；桐华山麓刘文辉，生物科技连欧美；王忠武、上官文宾，公益担当大爱心。[9]更有，居庙堂者，上达首府下至县衙；处江湖者，远涉五洲近奔两广……由古而今，盖士农工商学，人才辈出，粲若繁星，不可胜数。

行古镇，尝特产。长卿面线，清捞爆炒随君意；玉湖豆干，水煮油煎任尔行。华美米粉韧，前坪双糕甜；田中山药好，山格淮山香；南斗四季蜂王浆，西溪终年麦芽糖。春秋且看茶王赛，斟尝慢品韵味长。

古镇历风雨，新乡迎彩虹。看今朝，春风十里，漫山新绿；高楼林立，鳞次栉比。长卿乡泼墨写意，新华都挥毫题诗。待明天，长风破浪济沧海，卿辈扬帆越瀛台；乡音不改荣故里，赋得华年逸飞白。

（发表于2016年4月12日《安溪报》）

注：

长坑乡1984年7月起称之，2020年6月，撤销长坑乡，名称恢复长卿镇。

①指湖上和尚卿。

②指感德剑斗。

③指地处长卿珊坪村的铜钹山，海拔1504.8米。

④迓，与“讶”音同，迎的意思。

⑤六二指农历六月初二。

⑥陈火旺（玉南村）院士是银河计算机的首创者之一。

⑦陈志坚（南斗村）美国科学院院士。

⑧苏永青，行伍出身，记者、编辑、作家，已出版《落笔神》《回首悠悠》等17部著作。

⑨刘文辉，长卿镇珊坪村人，西北农林大学兽医博士，厦门德福仁生物科技有限公司董事长，该公司是首家从欧盟国家Vetagro公司引进先进饲料添加剂的中国进口商，其还投资1.2亿元创建福建丰久生物科技有限公司，致力于新型绿色高端饲料添加剂及产品配套的研究与开发。王忠武，长卿镇长卿村人，现为厦门市思明区城市义工协会会长，2012年12月入选“中国好人榜”，2014年被民政部授予“全国首批五星级志愿者”，华侨大学土木工程学院与化工学院志愿服务导师。上官文宾，长卿镇福春村人，厦门大学传播学硕士，担当者行动联合创始人；2008~2019年期间，任担当者行动总干事，长江商学院EMBA、银杏伙伴成员。注：担当者行动是公益助读组织，其足迹遍及全国20多个省市，为上千所乡村小学援助“班班有个图书角”。

尚卿赋

中国茶都，唯是安溪；世界藤铁，则为尚卿。

尚卿者，处安邑之正中。清水祖师佑其东，惠应达摩护其西，相国光地曜其北，观音铁韵萦其南。晋水支流驱奔至此，纳双溪以成“三水汇”奇观；戴云余脉骧腾来兹，环屏嶂而有“鸡髻崎”接天。群峰叠玉，诸水扬波，风光独具。

天清日晏，且游格美。虽无孔雀垂荣、苍鹰击空，却有山雉清啼、乌鸫婉转。葩荣耀三冬，鸟语鸣苍穹。观音埕俯瞰，一乡尽览。龙溪西来，省道东进。栋宇联袂，厂房比肩。君知藤铁工艺否？藤分白赤竹，铁变足背腰。因物赋形，情态毕见。羽振鳞潜，春华秋实，为几为案，成箩成盘……家居装饰，无奇不有。一乡有七淘宝村，已越百亿产业链，商贾岂止尚卿人？日沉星转，一水华灯赛明月，车马如流夜不寐。欣欣此生意，日日是佳节。尚卿藤铁，驰妙誉于华夏，张英风于大洋。创始者谁？大师陈清河。

若夫周流于科名古地，徘徊于工字老街，邈哉奇乎，兹土昔以科举称，文昌同辉武曲星。古木樟中榕，化身章大才，挂榜歌《鹿鸣》之诗；黄家四公子，弃文师纪堂，抡元赴鹰扬之宴。古者不去桑梓，今贤造福乡人。尔乃驰骋于五阆黄岭，流连于国心绿谷。曲水流觞，观音铁韵，唇齿留香，身轻如鸿。何以至此？国心极品。唯斯茶之所生兮，托五阆之崇冈，含天地之精气，沐日月之祥光。滋以山泉，养之土肥；绝以农药，护之荧光。茶草纷纭并茂兮，素颜神跱以永康。摘以纤手，盛之藤萝，制以手工，焙之炭火，施以大师之道，始得禅茶一味。席地对品，飘飘乎欲仙。

拾台阶，上高台。目极遐迩，城入襟怀，高楼如林，笔架隐隐。忆相国，作阆山赋，慨天地无穷兮，谅此山之不老。看今朝，茶垄搭天梯，王孙入青云；云端滑道通山腰，飞毡驱驰任逍遥。更有玻璃栈桥，横架高悬，人于桥上过，身在空中游。胆怯者，两股战战；神勇者，衣袂翩翩。草霸王望此息心，大将军归乡忘尘。胜概谁建？乡贤黄清平。

赞曰：夫尚卿，唯居中以守正，因守正则创新；唯创新已泰康，因泰康遂名扬。

（获“国信绿谷杯”尚卿赋全国征文优秀奖）

注：

相传，清朝年间，有朝廷使者到科名报章大才进士及第之喜，然找不到此人，遂樟中榕下休息，听从村民建议，将喜报挂树而去。《幼学琼林》有言：“鹿鸣宴，款文榜之贤；鹰扬宴，待武科之士。”文中所称黄家四公子指黄培松，清时人，祖籍尚卿乡科名村，兄弟四人居四。少时习文，不第弃文习武，拜晋江大罗溪武举人黄纪堂为师。光绪六年（1880）殿试一甲一名，钦点状元及第。民国二年（1913），任福建护军使，获赠“培威将军”称号，文中所称“大将军”即指黄培松。文中所称“草霸王”指李大，元末安溪农民起义者，今尚卿乡新楼村人，至正十四年（1354）夏七月，他联合南安吕光甫起义军攻下泉州，八月派部属刘广仁等带军进攻仙游，捕杀达鲁花赤（蒙古语，即县长）倒刺沙，后遭镇压自刎。其号称草霸王，在蓬莱龙居村称帝，于科名设科举场。

且赋科名中学并序

鄙于科名中学忝职近五载，实则三年，其间于衙门或跟班或借用两春秋。扪心自问，三载于斯，量斗筲之能，尽驽钝之才，执教之业，未能为人先，亦未敢为人后。然，相较于他人之星耀，吾乃萤火耳。会建校五十年庆，琛师嘱予作赋一篇，乃强力为之。其辞曰：

庚子入秋，相会于宴，乃校庆事也。其时，校友云集，贤达满座，与师同席，幸聆教诲。师曰：城镇日大，乡村渐空，昔长卿镇中学有四，今存其一。而区区科名中学，处僻野之村，耀盘岭之上，何哉？

吾乃叹息，低首浅斟；口无从言，拙笔谨叙：

长卿人口十万，堪比临县华安，忆往昔，集日时，街道摩肩接踵，商贩南腔北调。然人多地少，离乡谋生者众，如今，盖处外者多，居乡者少，遂四校合一矣。

今不言他，且谈科名。

科名中学，地处相国故里以西，盘岭之上；藤铁名乡以北，五阆之下，乃钟灵毓秀之地也。若夫戴云逶迤南来，五阆奇挺，牛宿曜峰，蟠桃蒂落，其拔耸之状、贞祥之美，诚不敢比名山，然亦尽呈“高坪”之壮丽矣。远者，草霸王于此开科取士，遂有科名之雅称；近者，黄培松不第弃文学武，一举状元而及第。举目古地，学子或京畿太学，或求学欧美；儒师学者，出仕巨贾，岂能屈指数哉？此地灵，斯人杰；人杰众，学风盛。此其一也。

“师者，所以传道授业解惑也。”科名中学，为师者无愧于此。数理化，课前小测千金不易；语文，《阆苑》里“均懂将”[①]葩育；英语，“堂堂”“采莲”节节“生”香[②]；地理，绘“宏图”[③]一点皆不能少；历史，“川”[④]流五千年韵味撩；生物，必“曾长记”上帝牌鸡精[⑤]；音乐，南音吟哦腰鼓铿锵；美术，泼墨挥毫风起龙骧……五十个春秋，其师心怀教化，惧名实之不副，忧才能之不及，患教诲之不果，而终日乾乾，夕惕若厉。卒获丰稔，不论市县，省优有二：陈剑平、苏宏图是也。此其二也。

种树者必培其根，求学者必养其心；欲树长删其繁枝，欲学成去夫外好。[⑥]科中全员寄宿管理，乃去求学者外好之妙法。禁智能手机于黉门之外，绝游戏网游于休憩之间。目之所见，耳之所闻，口之所言，心之所思，庶几耽书中；晨起时诵读，午休前练习，黄昏间听力，夜修后自习，时刻求学里。终年书声琅琅，应和穿校之清流，如鸣佩环；夙夜教诲谆谆，萦回屹乡之五阆，似尝山珍。于是乎，五十年来，梅桂森挺于严冬，芝兰芳伫于三春，琪树珠垂于金秋。此其三也。

敬教劝学，兴贤育才，古地蔚然成风。

曾记否，为求学，手提肩挑，带瓜米，携咸菜，披榛莽，陡峭崿，经羊肠，济溪涧，历严寒酷暑，顶烈风苦雨，或往尚卿，或之珍地，其中甘苦，非亲历无以会意。

幸岁在庚戌（1970），办初中班；惜癸丑（1973）孟秋，未料停办；又幸乙卯（1975）复办；又惜辛酉（1981）停办。丙寅（1986）火德，书记连枝[⑦]，首倡筹建，卒获上肯：古井之脚，科中建校。于是乎始，教学楼、宿舍楼、运动场、校门围墙日渐齐整，片区学子，少淹羁旅之苦，多怀月圆之乐。而后，科中乘风驾轻舟，破浪游瀛台。

兹校始于筚路蓝缕，两停三办，亦历五十春秋。跨新世纪，城变乡迁，科中亦属“麻雀”矣。乡之贤达，忧患撤并，解囊偕行。捐献设施，改造操场；出资研学，万金重奖。生源反升，成效煌煌。而今，五十喜庆，乡里一呼，大洋百应，期月未足，金玉满篇。何以至此？敬教劝学之风使然也。有心、恒心、上心、用心若此，于人心有戚戚焉。此其四也。

登五阆，细俯察，今朝科名：学校为炉兮，师者为工；乡人为炭兮，学者为铜。戮力百炼兮，心目寥朗，履缓步而从容；同心一气兮，艮坎[8]克济，道曲折而修通。

（本文应安溪县科名中学五十年校庆专刊而写）

注：

①《阆苑》是2013年春重办的校刊，“均懂将”为谐音，指语文老师黄俊良、董金典、黄江水。

②“堂堂”为谐音，指英语老师唐瑞南，“采莲”“生”指英语老师余彩莲和廖建生。

③“宏图”指地理老师苏宏图，省级优秀教师。

④“川”指历史老师吴镇川。

⑤“曾长记”为谐音，指生物老师陈长吉。“上帝牌鸡精”指人体四种组织，“上”指上皮组织；“帝”为谐音，指“结缔组织”的“缔”；“鸡”为谐音，指“肌肉组织”的“肌”；“精”为谐音，指“神经组织”的“经”。

⑥语出明代著名思想家、文学家、哲学家和军事家王阳明。

⑦时任科名村党支部书记黄连枝，为科名中学创办尽心尽力。

⑧艮坎，这里指山和水，比喻困难坎坷。

补陀岩记

桑梓长卿，自宋以降，肇有三岩，曰泰湖曰达摩曰补陀，前二者奉道释，后者则奉一民女。

补陀岩寺地处安溪县长卿镇山格村大香山脉中，建于宋咸平年间。今之所观，乃重修于庚申，仅四十秋。此后，增旧制，造云亭，架虹桥，辟山径，扩广场，拓路硬化，车马往来任自由。近岁，于广场隔岸，又辟广场，且于内侧恭立南海观音石雕。佛雕高可十米，慈眉慧眼，执柳持瓶，仿若欲将溪涧之甘泉洒与来者。

子曰：“名不正则言不顺。”补陀岩之名大有来历，相传其名本为普陀岩。明朝郡人张瑞图罢官后，恐朝廷降罪，遂游历避祸。沿南安到安溪而游，经蓝田而达长卿，乃至普陀岩。乡里长老得知大官人兼书法大师驾到，诚请墨宝。瑞图方运力挥毫，忽见普陀二字，遂停笔半空，道：“天下一普无二普。”于是改“普”为“补”，写下“补陀岩”便飘然而去。原来，其曾问寿于泉州仙公殿，有萦仙梦云：“瑞图瑞图，寿至普陀。”是故其不曾游历浙江普陀山，安知深山竟有普陀岩？为不拂乡民心意，而题写此名，名称至今。盖舟山普陀为大，吾此深山僻野为小，能为替补，已然万幸，夫复何求？然其所题，未能如蓝田之“白云自在”“津梁大千”有幸留下，惜哉。

殊不知，补陀岩与邻邑永春锦斗之乌髻岩渊源甚深。两岩均奉祀显化大士观音——施秀英。施秀英，何许人也？其乃永春锦斗耕读人家之女，芳龄十八，与吾乡山格卿塬邱姓男子订婚。出嫁前一天上山摘苦菜，坐藤萝休息，竟圆寂化佛，是日适逢观音菩萨修得正果之日（农历九月十九日），众皆以秀英化观世音而去。后施、邱两家相争“法身”，于是让其浮于潭水，若身漂上游归施家，反之归邱家。结果身裂为二段，上则逆漂，下则顺流，于是各取而回。盖今之乡谣“上身孝父母，下身敬夫主”诚之谓矣。临嫁劳作，天地鉴辛勤；死而不已，断身行孝义。后世有联赞曰：“断躯又化佛，问深潭何致神功撼；敬母亦爱夫，答隆恩方知孝义感天。”抑或如此，两地乡民念其德，咸塑金身以祀。

越过广场，沿西北石磡路拾级而上，石径两侧攒枝掩叶，垂阴相荫。若三伏亭午来游，一身清凉。或倚树而休，石径下，溪涧清冽，玉泻淙淙，清风拂面，鸣条律畅；山谷啁啾，树间蝉响，仿若琴瑟并奏，笙竽潇洒。间或钟声巡山，鸟蝉肃静，徒留玉音相和。

过护界亭数十米，山崖内壁屹一红豆杉，粗如米斗，高丈余，蓊郁葳蕤，翠叶柔枝，处山中冒霜停雪不改其色。若夫仲秋登临，邂逅红豆结子，叶间枝下缀满红亮浑圆之珠，润泽色美，惹人涎水。不知食之，可有轻身延年之功效？其大小五分许，近看，成熟者底部“脐”眼嵌黑眸子，昂首观之，仿若万千童眸相对视，煞是有趣。

复上右折，抵岩寺。寺依山而建，屋顶飞檐翘角，剪瓷雕彩，龙腾凤翥。门前长廊丈余，连两旁护厝，护厝探身，岩殿内敛，而呈“凹”型架构，犹如舒臂而怀抱来者。大门有联：“水作潮音风引到，岩如鹫岭石飞来。”此联乃清代里人上官献瑶所撰。其人乾隆年间进士，官至陕甘学政。相传献瑶少时攻读于此，誓于施氏观音大士，若得功名，将图报。其入仕，归梓里，遂为岩寺辟二里山路，卵石铺就，并题对联于其上。

据说此处签诗甚灵，吾不知，囊者官翰林离乡应举前，也是否驳得灵签？但以翰林之所为，孰能不对补陀岩心生虔敬？出生于耕读之家，喜荫力攀书山者，或乃施观音之本心。

前年，一友人游此岩，时其子正读初三，盼及第一中，遂为子求得四十八签：“正好中秋月，蟾蜍皎洁间。浓云如散后，月桂两相攀。”而后，想方设法驱散其子“偏科”之“浓云”，果获一中统招。又云，先前其在僻野教书，至此求调动之签为：“鲲鲸未变时，且守碧潭溪。风云兴巨浪，一息达天衢。”果然，乡下“苦修”十余年，始得调动。随笔实记，非宣扬迷信。窃以为求神求签是求心安而已，若退而不自省求己，烧香求神又何益！应记省，献瑶题名，非借神力，乃晨读暮诵之功矣。若论神之功，则是供一潜心而学之幽境耳。

走进殿内，可见中祀主佛显化大士施药观音及其母，后廊奉如来佛祖及十八罗汉。厅柱有联：“心即佛，佛即心，修到佛心非小补；色是空，空是色，妙臻空色恍弥陀。”弥陀者，无量寿佛也。施秀英者，妙龄坐化，何其寿夭；然则心存孝义，佛颜慈悲，堪比南山。

立殿大门环顾，门迎南山，山似香炉；殿宇两侧，山形则如凤鹫展翅。岩下，有二涧泉汇合东流。举目而望，苍翠欲滴，四时不减；侧耳聆听，琮琮玉鸣，终年不歇。凝神遐思，岩后之山，仙人骑鹤翩翩而飞；岩右侧马鞍已备，待来者御奔；而涧下小潭如官槽，犹待“诸侯”驾临。斯岩可游可赏，岂值些许？其东侧，另有风山水库，堪称深山碧玉，游赏外，垂钓野炊，此乐何极！

或曰：桑梓三岩，泰湖、达摩超然耸立，惜有泉无涧，少却灵韵。而山光水韵人文俱全者，唯有补陀。此乃施女之幸，更是游者之幸。

是以为记。玉湖冷水先生于己亥孟春。

安溪县长卿镇补陀岩寺

达摩岩记

再游达摩岩，已是不惑之身。

达摩岩，构于狮子峰之上；狮子峰，拔立于长卿墟场之南。泉州府志明嘉靖版载：“达摩岩又名‘玳瑁岩’，宋僧达摩居此，上有狮岩，宋令陈宓赠匾曰‘狮子峰’。”何以称狮子峰？因自南而眺，其状如“雄狮卓立”，不怒自威。传言曰，从北而观，状若“老僧入定”，超然物外；西北望之，形似“天马行空”，逍遥天外。盖南眺之景为极致，是以谓之。

岩顶奇石天成，或如禅帽，或似睡枕，或呈巨蛙伏地，或为僧人打坐，或为犀兕护稚，或为蚌蛤吐水……角度不同，形态各异，意趣自得。更有一线天，石壁夹立，仅容一人通过。登巨石顶，一乡之景尽览。自铜钹、太湖山麓，沿省道308西来东渐，至凤髻山、南斗七山下，新房沿路林立，宛如玉藤生于兔子格（漳泉格），一路伸长，于长卿乡里开枝散叶，煞为壮观。环视，五阆东护，铜钹、太湖西镇，朝天南拱，凤髻北顾，其幸居中，难怪清代著名诗人戴敬齐登此而题联曰：“万峰齐俯地，千佛喜朝天。”

山岩奇秀，必有水润，水润则山灵。持水之功，林木大焉。斯岩茂林成荫，四时长翠。松柏、长杉、香樟交错相长，蕈树和杜鹃随处可见。是处杜鹃多杏红，乃为弯蒴杜鹃；间有大红，号称“世界荣光”。弯蒴杜鹃粉红动人，仿若变种之莲花。蕈树之杰，乃闻名于外的“三色树”，长于岩寺西侧山腰。此树集松皮、桦叶、枫蕾于一身，皮粗而灰，叶绿透金，蕾黑灰且圆如小刺猬，各具其色，故称之。其高十米余，腰围两米有半。四米高处往南折生一米余复向上生长，终成伞状。其乃八闽蕈树活标本。树下一泉，旱不涸，雨不涨，终年不竭，美其名曰“三色树神水”，今已被乡民引而用之。

若观达摩岩之树，仅赏“三色树”，未免可惜。人间四月芳菲尽，除却山中杜鹃开，另有白花满树冠之宏伟景象，卿可留意？此树，从山腰直长到山顶，山岩巅峰处石缝间有茁壮正芳华者。花一层层铺上树冠，正烂漫冲天。远观，恰如大棉花覆于树；近察，成穗状密集于枝顶。花形奇特，满树之花活像千只万只小毛刷。其香气浓郁，但绝无夜来香之烈，也无兰之幽雅，亦无桂之清芬，仿若芋头香蕴樟香，味实而不浮，似乎与其耐旱耐热耐冷耐瘦瘠相应。此为何树？名曰白千层。

我更愿意相信这白千层是达摩的化身。达摩祖师有偈云：“吾本来兹土，传法救迷情。一花开五叶，结果自然成。”其自西来，一苇渡江，面壁九载，禅宗渐华。然而，孰知禅宗之徒竟来此僻野构寺传法，且繁盛如此？或以达摩不辞艰辛、不谄权贵、不惧厄难自勉，吾乡人亦如这白千层，随遇而安，依时而芳，从未停下前行的脚步，“铿（坑）锵（腔）”有力，行遍海内外。

今之达摩岩，乡贤集资投入近千万，建有大雄宝殿、文昌阁、护界殿、僧舍等，开通十里环岩公路，车可达寺院。另建狮子峰五百罗汉园。如此，其岩必将成为旅游休闲好去处。

是以为记。戊戌丙辰丙申立夏前日。

安溪县长卿镇达摩岩

铜钹山记

丙申桂秋，愚且随一时之风尚，注册一微信公众平台，名曰铜钹风韵（后改为安溪铜钹）。斯以故乡大山名之，安能不记一铜钹之文哉？

铜钹山，原称同发山，后亦名桐华山。其地处县之西北长卿乡珊坪村北面，祥华乡和春村东南面。海拔1504.8米，为长卿最高峰。清乾隆版县志卷三“山川”有载：“同发山，又称铜钹山。山之大脉行后墘镇尾。”然此县志难觅关于是山之专门诗文，惜哉！

其南峙之泰湖岩，或为乡里名刹，吟咏之诗信手可拈。明进士詹源《登泰湖岩》诗云：“泰湖名特重，腊月更跻攀。好鸟深藏竹，幽僧少出山。骤来如晤道，坐久不知还。童冠讴歌起，遥听夕照间。”明进士詹彬《初登泰湖岩》诗云：“发源自佛耳，名刹难称俦。不雨山长润，无风气亦秋。衔杯僧共坐，穿径月同游。寄语长安客，何如此地幽。”清举人官朝京《泰湖岩次韵》亦有“山中一佛今犹在，谁道真人去不还”“山中花雨连阶积，殿上香风惹袖还”等吟咏之声。文人墨客到此独钟情于泰湖，而无视铜钹。究其因，盖铜钹高出泰湖甚多，辟路难，登顶尤难。然佛耳之高又胜铜钹，吟咏之声居然不绝。何哉？究其本源，或是铜钹无人文之景观而乏人登临。佛耳因詹公清隐而称名，犹如湖头五阆因有相国而著称。通观华夏，名山大抵因名人而起。由此观之，人文在历史长河中会显示无形之伟力。

铜钹山南面而坐，西侧为兔子格（漳泉格），此乃“一岭分二水，西注九龙，东奔晋江”。铜钹为晋江重要支流龙潭溪之发源地。据说，此支流与“晋江源”之西溪相比流长相差甚少。造化如此，铜钹只能眼羡。

此山高，又为气流分界，故非天朗气清不见其顶。天气稍变，山头即云雾缭绕，只见翠腰不见真颜。犹记少时判断晴雨之方，于门口遥望此山之云气即大体知之。春时，山腰绕云见山顶即晴，山顶罩云至山腰或雨。夏季，多雷阵雨，但见此山乌云骤集，需得急收大埕暴晒之稻谷。至于秋天，常晴空万里，其健美身姿尽展。传言，登顶可远眺泉州。读高中时尝偕同登顶，远眺尽苍茫，可惜彼时已近视又无望远镜，错过广角远景。清乾隆版县志倒无记载此类之文字，或许诚如前言乏人问顶而无记。然湖头五阆山海拔仅 1256.7 米，县志竟载：“上有两尖，其中尖高处，清明可眺海，并可望郡东西二塔。”愚曾上五阆山，或以视力不好故，未能见此好景致。倘若五阆观景为实，愚固以为桑梓之铜钹凌顶望泉郡必无疑！闽南冬天甚温和，然大寒时节，但凡下雨，铜钹山顶以下十有其三在飘雪，堪称披银戴玉矣。

铜钹方圆几何？无从知道。但余知其形如巨钹，故得名。然而，吾更愿意称其为母亲山。于故里，绝无哪座山能与其相提并论：其身材俨然黄金比例，肌肉健美而不显；身板坚挺如钢，远观浑圆似乳；干练利落，绝不藕断丝连；却不做孤独之母，伸开臂膀，拥泰湖岩，怀吴岐山、大堵山，眼观朝天，目眺紫云。龙潭溪于其身汩汩而出，纯真雀跃，一路欢歌，直奔晋水，约会东海，融入太平洋。此纯洁甘甜之涧泉，哺育多少晋水子民？先前，看过报道，此山与大堵山蕴有矿产资源，所幸至今未开采，完好如初，河流生态一如既往。算只有山腰茶园翠翠，春秋处处飘香。

铜钹，其向来默默注视脚下之变迁，见惯人们匆忙之身影。一代代故乡人，孰曾停下匆忙之步履，与铜钹对视一回。于吾看来，“相看两不厌，就是铜钹山”。此生愿饮龙溪水，共吟铜钹风。

有感于此，胡云如下：谁上桐华望古津，清源二塔细咨询；涧泉应约温陵去，晋水奔流脆钹匀。

是以为记。丙申农历八月十二日。

铜钹山祥云萦绕

骑虎岩记

临冬至，约不惑者四，偕童子四，往骑虎岩。

骑虎岩者，地处虎邱北侧十里深山处。驱车途中，窃以为：此地山岩或呈人骑虎状而得名。

至虎邱，往北（金榜中学方向）山行，道趋狭，路渐弯，坡益陡，如此八里许，忽闻水声清越，见右侧一帘碎玉于石壁倾泻而下。虽无庐山、壶口、龙潭瀑布之雄浑壮美，亦有山涧玲珑轻盈之妙趣。下有索桥，红装晃而乐焉。

蜿蜒而上二里许，林木蓊郁森然。至板石埕，下车，沿石径而上，“飞凤朝天”耀刻于山门之上，照面扑来。顿生疑。环而视，见旁记之：骑虎岩者，原为飞凤岩，盖地形结穴“飞凤朝天”也。

岩寺始建于南宋，有三殿，主奉骑虎禅师。骑虎禅师者，相传本为数百年前一衙差也。其奉贪官之命征赋，凡所往，农者惧之皆宰禽以宴。适有一老妪家贫，欲将孵十二蛋之母鸡杀之作食。衙差坐而憩，憩而寐，忽梦鸡神求情以保十三命。惊醒问妪，悟而止之。返，遂幡然自省，决意出家。至飞凤岩，绝食七日，心诚受戒。后奉师命下山引火种，遇虎，以为虎欲食之，竟非也。复命，返与虎会，虎蹲踞任之骑驾焉。俄而腾空西去无迹。僧人记此奇闻而使人石雕衙差骑虎状，美其名曰骑虎禅师。自此，“骑虎”锋芒蔽“飞凤”。

入山门，缘石阶而上近百步，方知邻邑永春佛耳茶竟源于此！乃岩寺大道僧之功也。迳上右行，过诗联廊见三殿，掩映于丛林流翠之中。殿门侧开，异之。犹记邑处岩寺均殿对大门。但见殿宇古朴，不若别处琉璃之耀眼。上殿为飞檐燕脊，中下殿则为方头脊。入，中殿奉骑虎禅师，下殿奉观音。拾级而上，上殿奉三神，仅知其中手持稻穗者为神农帝也，余者或曰三清天尊。此与众异，盖邑之清水洪恩泰湖泰山诸岩寺，后殿或正殿均奉西方如来。观碑志，乃知岩寺为三村落戮力筹建。询岩寺住持，殿门侧开何为？曰："岩殿处凤形之地，大门处为凤首，不宜置门；门宜开凤翼下，始不妨凤舞九天。"

出殿，游福地洞天、醉仙石、坐化处、拳头埔等。立拳头埔前之山巅，但见远处茶山层叠，观音晴翠，似与近处葱柏火枫诸林木相呼应，尽呵如兰似桂之气。此地幽，离尘嚣，又可立巅俯瞰凡尘，似在出世入世之间也。上可成佛，下可为人，不亦妙哉！居二时，返。至索桥，细观，见桥尽头置一亭，联曰："凤影仙踪佛手古岩遗神韵，晨钟暮鼓吊桥游子动归心。"

或曰："山间辟岩寺，古已有之，或奉佛祖，或奉大德大功大业者。然此岩寺主奉骑虎禅师，又奉神农，怪哉。"奉神农，盖冀其佑斯民年丰，布衣之愿也。而以怜十三禽命（引火种公私未知也）亦为一方奉祀，足见民之善焉。一衙差改过不害民，民尚念之，况惠泽黔首，功被国中之贤人君子哉！

有道是："山如飞凤朝天去，虎欲参禅向晚来；佛手拈花传大道，心慈即见法门开。"

游之有感记乎斯文。乙未孟冬。

而今，此地又新建玻璃栈道诸景，俨然与洪恩岩、白石岩成鼎峙之势，各具魅力，着迷游者。岩寺之下，碧水清流，夏荷满塘。闲来不妨虎邱同游，三岩赏后，划舟戏水，其乐悠悠；若逢金秋，芳亭摇桂花，另有一番风味。庚子暮春补记。

（本文收录于《飘香虎邱》文集）

游玉湖漈仔坑

久闻故里有一可去处，其名曰漈仔坑（抑或鸟仔坑）。年已不惑，竟未见之，耿怀于心。

乙未荷月廿二日，伏暑未消，秋凉未醒，晴天烈日，待日西斜，携二童往之。

停车于山下人家，问路，缘溪溯之。两岸茶山并立，蜿蜒前行，路仅容一人过。杂草纵横，手持木棒开路，惧虺毒窜出也。复行百余米，忽现滑石水花于眼窗散泄而来。二童惊呼："哎呀，帅酷，到啦！"

见水流徐缓，窃以为非传闻也。乃命前行。渐闻水声淙淙，玉佩激越之音渐明，复趋行，未百米，终见！

不见其发端，盖自泰湖直奔而下，破岩击石几十里至此。此地石壁峭拔，激流顿时一泻而下，倾泻之处状若壶口，私谓玉湖小壶口瀑布。虽无水烟接天，却有白雪堆玉；虽无潭深如碧，却有水澄似洗。漈者，水趋下而不回也。闽南方言"瀑布"之意：如百丈漈，梅花漈。仔，幼小也。至此，漈仔坑之名知之矣。

肌肤融入碧波中，酷暑顿时化秋凉。掬一捧，澄澈如处子；抿几口，甘饴若荔枝。嬉毕，登高处以观，坐石上而思。水声轰鸣，不绝千载，育我百代。

忽忆村民常于夜半三更于此捕野味，多有所获，诸如田鸡、石蛙，甚至龟鳖。而今，不知好事者犹操此否？

转眼间，见水边一金针花摇曳，独娇乱草中，无人赏！回首，乍见一鸟鸣于脚下。原来，壶口处乃禽首也，水潭两侧宽展为翼，水流出者呈凤尾状，难怪村民俗称“鸟仔坑”矣。

得之，日落，归，取车，对村家曰：“此地美，鸟仔坑清幽宜赏！”竟应曰：“无甚，不过一摊水、一壁石而已。”

家乡的小风景漈仔坑（鸟仔坑）

再游漈仔坑

丙申庚寅乙丑（2016年农历正月初五），童子四，而立不惑者四，复往故里漈仔坑。

时值立春后、雨水前，非天朗气清之日，确有乌云半遮蓝天之象。停车于山下人家，沿土路而上，山路口二树夹道相迎，一樟、一槐参天耸立，或已上百年。

缘溪行，溪流依旧清冽，沙石依然净卧。惜无游鱼往来翕忽，莫非东海正月亦佛事宴会，皆相约赴之？信步前行，小径野草多枯，路迹甚明，脚印交错，看来乡人来者不少。流声清越如玉音，少却夏时之激越，仿若潺湲之南音。至“壶口”之瀑，岸上长发披肩西装革履者众。潭鸟振翅依旧，啼鸣如歌漾山谷，夹岸茶园静穆聆听沉醉然。此乃昨年所见之景，乡人谓曰：“向吾所见半景耳，未见全景，复行有连环瀑。”

遂逆上，过小径，翻山岭，跃茶塍，约一里许，忽闻水声噼里啪啦迎风飘来，见一白玉之练从山腰倾泻而下，散银碎玉一般。虽无白烟漫天，亦有雾气盈面。沿茶园拾级而上，登高以望，但见瀑练似乎从空中飞来，层叠而下，落差约三百米。其自山顶而来，蜿蜒似游龙，破山岩，穿石壁，劈山腰，落山麓，浩浩荡荡，瀑水成雾。“哗啦扑啦劈啦”的和弦之音从山麓涧底缠绵着雾气盘旋而上，是要冲出这崇山峻岭，还是要穿透乌云直抵霄汉？此水此瀑何时有？侏罗纪、二叠纪、冰川期之后？不可考。

但是，我知道故乡的悬泉飞瀑，这晋江支流，在我祖先未抵达之前已奔流万千年，不曾停下直奔东海约会太平洋的脚步。故乡的人啊，何尝不是这故乡的水？何曾停下迈向村外大千世界的脚步？解放闽粤赣之王江岚，源流台湾之台塑集团王永庆昆仲，还有当下的士农工商学……君不见，每逢佳节，黑辽吉京津沪粤云贵新甘陕，宝马奔驰奥迪辉腾，飞奔在乡间水泥路上，停驻于乡村古厝新楼的大埕里。故乡的人，怀着清如山涧的心，勇闯大江南北大河上下，也带回了长江黄河的壮阔雄浑！

漈仔坑瀑水奔腾，白厝岩大旗飘扬，寨坂山大鼓响亮，白玉寨飞鸟冲天。玉湖，吾之故乡，正搭上二十一世纪巨轮，乘风破浪会有时！

三宝溪祖宇重建记

晋水之清流，自泰华云中不息而至；三宝溪祖宇，由三王开闽绵延而始。本祖宇乃大长一选天育公（第十世）肇建，坐向卯酉兼甲庚，龙接岱屏清风之胜景，面迎美人照镜之妙称。三宝溪者，堂前有三水汇流。且夫老子曰：上善若水。古语有言“得水为上”，故名称焉。山环水抱，藏风聚气，堪谓地灵人杰之地也。

光阴荏苒，世代更迁，祖宇已繁衍逾千人，其中海外近半，裔孙人才辈出，士农工商学，皆有翘楚。改革东风浩荡，家家奋发有为，户户尽奔小康。

祖宇肇基，薪火相传，迄今已数百载，其间亦曾修缮，然风吹雨打，虽有墙基之固坚，难挡岁月之侵蚀，遂野藤蔓延，杂草丛生，卒至屋老瓦漏，不蔽风日。念吾祖创业之勤艰，感来者承泽之深长，已亥荷月，有徙居马来西亚之裔孙拿督王 ×× 博士等，远涉千里，归乡谒祖，会商乡里裔孙王 ××、王 ×× 等，愿奋力以重修，遂捐巨款，依旧制，绘蓝图，择良木，选石材，待吉时。族人积极，添砖加瓦；老少踊跃，献策建言。庚子正，始动工；菊序时，主体成。此番重建，琉璃耀其上，柱梁坚其中，楹联镌其间，板材铺其下；飞檐翘脊，华灯间饰，夜亮如昼；增大埕，广门庭，美教化。基更固，青山合抱于左；堂尤高，晋水潆洄于右。修成，虽无美轮美奂之誉，亦有新颜新貌之胜。

仰望三王，拓土开疆；敬慕吾祖，太学名扬。思吾王氏，耕读传家，永不止息。今众裔孙勠力重修，以缅祖德宗功，尽显子孝孙贤，亦彰睦族同心。然更期恢宏祖上遗风，砺志经书，修身齐家，心怀天下，龙腾凤翥，盛世建功，垂绩千载，赓续闽王之光。

是以为记。岁次壬寅年春日。

泡温泉记

是日（2016 年 1 月 1 日）已入严冬，暮而食之，欲解疲乏，约三四好友，携浴具，往温泉泡澡。

至之，夜八时，值男浴。此地约，夜六至八时女浴也，虽多为农者，未曾逾矩，盖风淳若此。

此温泉池地处效田之外龙溪之畔。旁有蕉荔，暗影婆娑，别有风致。池边有温泉井，引泉入池，甚烫，遂引冷水注之。池上雾气缭绕，热气盈面，仿佛入仙境。

时池中已有人泡焉。遂解衣，著裈衣，伸脚渐入，至腿根，顿觉烫，跃起。同伴曰，未尝者，多如是。试之，再试之，即自若也。如其言，果然。

又曰，凡浸者，不逾半时，汗淋漓，可祛毒也。遂强忍一刻许，脸热血气似乎欲沸于天门，额冒汗，无法消受，起身，坐岸将歇。同伴笑曰，汝初哥也，再而安之，三而好之。

后，坐池岸，膝下浸入池中，身裸严冬中略无寒意。盖足下热，通身皆暖也。逾半时，擦身着衣，顿觉浑身舒坦，如荷担者释重负。

其间，一伴着衣，天黑，裈衣堕池，无可着。众笑曰：何必拘束，鹏鸟脱笼，一飞冲天。

返，至舍已三更，足底热气犹聚，身暖如春。盖余泡温泉自此始。

躺而思之，温泉村以其温泉而得名，然则非本籍者亦可自在来往，且众皆遵约守时，未尝违也。反观所谓治国平天下者，所颁法令多矣，然饱读诗书而仕，作奸犯科者岂为鲜闻！

第四辑

风物有道

故乡，一夏清凉

放暑假了，爸妈来电话，催促着回乡下消暑，说老家很凉快，半夜还要盖被子呢！

这，我们当然知道。生于斯长于斯，故乡的春夏秋冬早就化为基因存储在身体里，到城里工作也仅两年，即便有所忘却，也不能忘记故乡的一夏清凉。只惜忙于凡尘俗务，居然三个多月未回。

时值立秋，城中暑气尤烈。趁周五公务间隙，携家人驱车回乡。或许是逃离酷热的小城，抑或是归乡兴奋，儿子放起了音乐《回家》，哼哼不停。

58 公里，90 分钟，抵达乡里。正是午后三点，下车，竟不觉热。城里 38 度高温，乡下是无法超越的。600 米的海拔差，俯视的眼神就能轻而易举地逼退高温。

前段时间，适值儿子参加业余培训，下午三点开始。他是个独立者，不喜人带。但自第一天后，每天都要随我摩托车前往。他说太热了，尤其是南门桥到龙津公园，热浪灼人，呼吸难受。他说的，我当然知道。因为夏日上班，我拥有一天两回的“露天桑拿”。他又说，尤其是小汽车前面过，散发出来的热气简直是火上浇油，车内舒服车外苦，要是人们少开汽车，那能降温不少。当然，他未能说出南门桥那里尤热的其他原因。两侧的高楼大厦，商铺、套房、办公楼的空调卖力转动，热气奔涌汇聚到这里，似乎点燃了空气，空气中藏着火苗，扑面而来，虽不至于烫伤，却有窒息之感。或许是颖如桥的暂时封闭，使得这里热气指数以N次方计，那不时堵塞的车流或是证据。夏日，文明的水泥、环保的尾气、无私的空调，配合着副热带高压，让小城“火”了起来。

但这两天，我将暂时告别这热浪，回到故乡清凉的怀抱。

是夜，于长卿文化广场举行巡演晚会，山风习习，怎一个凉字了得！来自泉州的晚会组织者无不说山里凉爽。他们本还担心天气热而少群众来捧场呢。未料当晚来了千余人，完美爆棚！原来，附近的居民每晚都集于此乘凉玩山风，况且有晚会可赏哉！

晚会落幕，归家。洗毕睡觉，不用风扇，更不必空调，一觉到天亮。妻子在半夜后还直叫要盖被子呢。

第二天午饭后，午睡起。掇条长凳，坐于大门处乘凉。父亲盖的房子是土厝七间张，大体南北向，屋右侧溪流淙淙，终年奏乐，而屋后三百米处有小瀑。溪风穿堂而来，老屋好惬意。

正在闲聊着房子翻建的问题，儿子突然叫着要去村子西北处的漈仔坑玩水，他可是刚从白水洋玩回来的，居然还念念不忘老家那条小溪涧。

村里的漈仔坑俗称鸟仔坑，确是一个山幽水洌的好地方。诚如郦道元描写的三峡，“两岸连山，略无阙处，重岩叠嶂……”，那里的山连绵重叠直上泰湖岩。溪流是小家碧玉，不施粉黛，不艳装奇服。水，清澈见底，直视无碍。那蜿蜒欢奔，急流溅霜花，飞瀑成积雪，仿若身着白色连衣裙翩翩起舞的处子。小村庄，小溪流，小飞瀑，绝无黄河的雄浑，也无大江的浩瀚，却不失秀气与玲珑。

于是举家响应前往。欲泊车于山下人家而不得，其家大埕及路边已停豪车近十部，只得退远处停车。

缘溪溯行，忽闻人声鼎沸，见三十多人竟在溪边野炊，吃饭喝啤酒，大鼎置石灶上，烧柴火，鼎中咸饭剩半。突然，一光头汉子叫我名字，直叫我来一碗干一瓶。我可不是《湖心亭看雪》的张岱，能“强饮三大白而别”。忙致谢推辞。交谈得知，原来他是同村的强兄弟，在外省做茶叶生意，赶趁淡季回老家消暑，几个朋友的家庭跟过来，闲着无事在此玩水野炊。难怪外面停放那么多的豪车。

辞了“光头强”，复前行。至漈仔坑“鸟形”小潭，潭上大人小孩廿余人，溪风阵阵，童声雀跃，裙摆招摇。

妻子拿起手机拍个不停，好分享的她，截下夹岸青山的层层翠绿，汲取清如蓝空的溪水，还偷拍了“光头强”的“野炊门”，传到微信朋友圈，霎时引得众多围观点赞，任妻如何解释，就是不信俺这村庄有此天然之景，仿佛清澈如许、翠流域滴只能他乡别县外省才有似的。

正当我要交代下水事宜，儿子已迫不及待脱衣下水，却惊叫一声。急忙赶去，竟说，无他，水太清凉，出乎意料。还说城里的泳池水是温的，二者相差甚远。那时，我在想，这里的水从山底下喷薄而出，冬暖夏凉，纯天然，无污染，岂是城里三五天才换一次水的人工泳池可比的？“光头强”们还直接取水野炊呢。

故乡的溪水，自立秋后就开始转凉。农谚有云：“立秋水恶如鬼。”意思是立秋后，溪水温度明显下降，下溪玩水要控制时间，警惕“着凉感冒之鬼”。我的祖祖辈辈，他们哪能想到，如今的城里，炎热会持续到中秋以后啊！

戏水毕，仰卧于潭边大石壁上，石壁温而不烫，给身子焐热恰到好处。水流往下冲击，扬起水汽，轻抚于身，每寸肌肤，千万个毛孔，都在这溪风水汽中升腾，升腾。

日落，归。妻说，夏天，从城里回乡，就不想回城，城里热得寂寞，乡下凉得自在。我笑着应道，陶渊明就是受不了城里的

“热度”挂印而去，到乡间享受凉快的。

周日晚，乘月色回城。我知道，明天午后的南门桥还将是38度，依然车流不息，依然人潮滚滚，他们都心甘情愿追逐在沟通南北的桥上，哪像我贪图乡下清凉的风，即便风中夹杂着乡村牛圈猪槽的气息。

（发表于《铁观音》）

陋室隐在蕉花里

玉湖豆干，韵在烟火中

离开故乡外出工作已十三年，若问故乡的特殊味道是什么？吾必曰：玉湖豆干味，那是故乡永远令我迷醉的体香！

自小吃着玉湖豆干长大，老家的豆干就是百吃不厌。其可炸可煎可卤可煮可蒸可煲，随君兴起而行，味道亦迥然各异。但是，任尔“平仄”千变万化，它那独特的豆干味定然芳心不改。因此，每次归乡回城，买十几块豆干是我“必做的功课”。

故乡的豆干是布包的，呈方形。但它天生具有自己的特点，绝不与人苟同。它确乎长着不肥不腻的身材，保持着不硬不软的样子，韧白的脸透出薄薄的金黄。它没有官桥豆干不怕摔的“硬功夫”，也没有城里豆腐一触即化的“水水软态”。名震县城的后垵豆干似乎有一比，但买来食之，发现二者仿若孪生姐妹：一个留农村，一个长城里；城里上班的皮肤白，乡下干活儿的皮肤透黄，故乡豆干似乎注定要长着农者的朴素面孔。当然，更重要的是，后垵的豆干除了缺乏老家豆干的“韧性”外，也没有故乡豆干独特的香气。至今，我在异乡真的没尝到过故乡豆干的独特味道，一种让我无词形容的味道。或许是一方水土各有一种天然气息吧，犹如邑中各乡镇的口音也略有不同一样。

故乡的独特风味，原以为理所当然，直到昨日回乡下，才豁然开朗。

黄昏，追逐斜阳回乡下，透过车窗，望见了炊烟，故乡的味道似乎霎时飘来。我知道，已步入电气化时代的故乡，这炊烟几乎快遁入传说的“有厝没火熏”之空门了。我知晓，这炊烟，不可能是烧柴火做饭的，这要么是在煮禽畜食，要么是大鼎煮豆浆做豆干。仔细一看，是从那家“豆干高人”冒出的，于是决定去买几块晚上尝尝，以解那干渴的乡愁。

下车，到其家，邻人正在烧柴火煮豆浆（做豆干的关键程序）。寒暄，坐聊。我直接问他：“老家的豆干味道和别处似乎不同，另有风味，是什么原因？”他笑着说：“你不知我们这里吃的用的都是山泉？这水质不同，味道肯定不一样，正如同种茶叶，县城的自来水和老家的山泉泡出来的味道肯定不一样。”又说，“不只是茶，前天女儿从县城带回大龙湖的鱼，那泥土气味重；家乡的溪水、水库之水又清又淳，溪鱼、水库鱼，味道就是鲜美。”

这种说法还是没有解开我心中的谜团。我又说：“你还是没说出老家豆干气味特殊的原因。”于是，他一本正经道，实际上老家豆干的味道就是烟火的味道。我大吃一惊。他接着说：“小时候吃过豆浆烧开后粘锅的锅巴吧，那是带有焦香味的。”我点头称是。他又说，柴火煮豆浆时，因为豆浆会沉淀，而柴火温度较高，最终大鼎下会形成一层锅巴。这锅巴的焦味会窜入豆浆中，于是便有了这种微微的烟火味。我觉得似乎有理。他又说，前不久，模仿别人用不锈钢蒸汽锅做，结果是，分量增加了，但泉州食客都说少了先前的味道（他的豆干早就快运到泉州，价格不菲），所以又赶紧回归传统。

至此，我终于明白了。原来故乡的豆干除了山泉滋养外，还必须汲取这乡村的烟火，才能形成这烟火韵味。我尚不清楚如今异乡的豆干豆腐是否也是用柴火来烧制，倘若也是，那么，故乡豆干特殊的韵味便是故乡山泉为之做出的特别贡献！

故乡豆干的烟火韵味，就是我魂牵梦绕的滋味！有时我在想，身为一介凡夫俗子，谁能不贪恋一点自己挚爱的凡尘烟火？如今，红尘中，袅袅炊烟已几近销声匿迹，城市的尾气徒增了游子对故乡体香的思念。

（收录于《安溪人笔下的安溪》文集）

备注："有厝没火熏"，闽南传说中"五公谶"预言，意思是有人住的房子居然没炊烟。

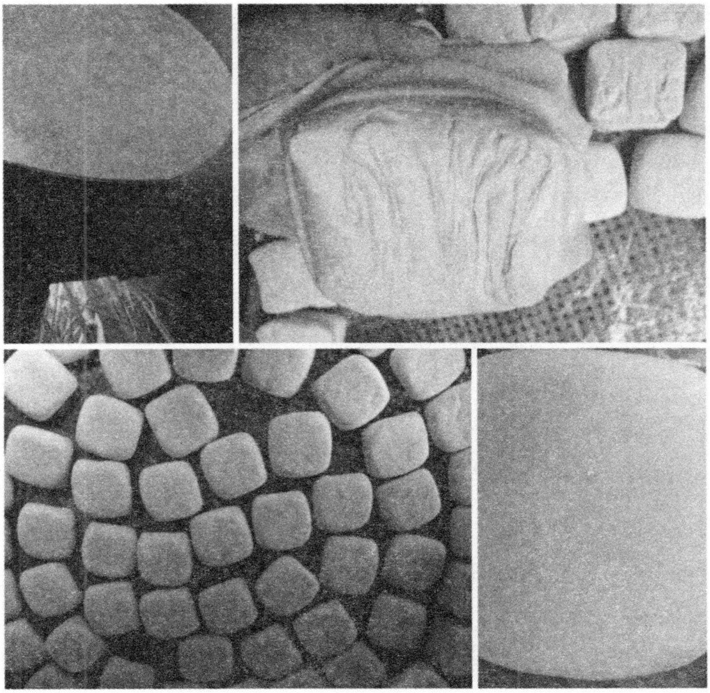

长卿镇玉湖村冷水角落特产豆干——特有的烟火韵味

罗渡如是说

龙湖截流，注定你光荣退休！

喧闹千载，红尘之音早已让你耳背。闭目，掐指细数：一船船月色，一桨桨星辉，一袋袋米香；一拨拨艄公，一群群挑夫，一批批渡客。

你说，生“不由乎我，也不由他”[①]，安山庙的老谢留丹心绝食而去，最后幻化成“叠山隐处”的树根佛，让罗渡人万世敬仰。

你说，明朝的张瑞图[②]一到，就迫不及待地挥写“安山大庙”；清末的黄培松[③]来谒；恭恭敬敬写下“玉行砭人”。你还插了一句，也许武状元之玉言，更多的是“砭自己”。

你引以为豪的是，曾经目睹，李相国[④]临风船首，对月高歌：击叩[⑤]木成舟，乒乓[⑥]水中流。吱呀双荡桨，翕忽到泉州。你说，相国“密蜡奏疏”“举家荐施琅”，他血液里定然流淌着“叠山精神”。

你说，珍山陈万策[⑦]，喜欢背向船头仰望星空，似乎也是在回望佛耳山，欣然诉说着一大堆中西算法的异同，让你云里雾里，懵懵懂懂。

你又说，盐米谷豆，罗渡来流。周老爷的官佬（官定称重石），肃脸公平。童叟无欺，来者欢喜，罗渡[⑧]成集。

黄昏，穿过熙熙攘攘的中国茶都，裹挟于木栈道人群中，你还要自豪地说，朝安路一贯车水马龙，毓英巷也有风流韵事，罗内街素来三更灯明。

但是，你那无牙漏风的絮絮叨叨，霎时被龙湖畔亮起的那一湾灯火抢白。

阅历千载，你何曾想到，单单这湖畔的灯，就足以照亮任何一个封建王朝。宝马香车，楼林霓虹，早就催赶着唐宋秦淮的明月夜退出历史舞台！

后来啊，你独倚观澜石，远眺沉思，喃喃自语：龙湖悠悠，古渡何求？高速贯通，直抵首都！

（收录于黄英进主编《罗洋雅集》）

注：

①语出谢枋得《沁园春（寒食郓州道中）》。谢枋得（1226—1289）为南宋末年爱国诗人，字君直，号叠山，拒绝降元，绝食而死。

②张瑞图（1570—1641）明代四大书法家之一，与董其昌、邢侗、米万钟齐名，有“南张北董”之号。

③黄培松（1855—1925），祖籍安溪，字贤礼，号菊三。武状元出身。精通武艺。清光绪、宣统年间以琼州镇总兵，记名提督驻广东。1913 年被袁世凯任为福建护军使，授陆军中将。1922 年授北洋政府将军府将军——培威将军，加上将衔，1926 年追授陆军上将。

④李光地（1642 年—1718 年），字晋卿，号厚庵，又号榕村，福建省安溪县湖头镇人。康熙九年（1670）登进士，官至直隶巡抚、吏部尚书、文渊阁大学士。1681 年保荐施琅领军，结束明郑；为官期间，政绩显著，贡献巨大，康熙帝曾三次授予御匾，表彰其功。

⑤击叩指木匠做活砍削木料的声音。

⑥乒乓指硬物击水的声音。

⑦陈万策，清著名数学家，字对初，号谦季。安溪崇信里（今祥华乡珍山村）人。

⑧罗渡，古渡口，在安溪县参内乡罗内村罗汉山下。

就恋上安溪这场雪

这几天连续阴雨，时值大寒，西伯利亚的寒流不断御风南袭，沿着京珠高速，翻山越岭，直奔闽南。

即时的天气预报早早宣告：周六周日本县山区有雪。从城里到乡村，从机关到坊间，人们似乎忘了冷，见面语也似乎由先前的“要生吗”变成了“要去看雪吗”，翘首以待雪花纷飞。

周六的午后，县城宽敞了许多，三十六米大街居然显摆着不少停车位。人去哪儿了？或许是被寒气禁锢在家围炉闲聊吧，抑或驱车乡下待赏古县乙未年的第一场雪吧。未及黄昏，刷微信，祥华、龙涓、感德诸处雪景人气暴涨于朋友圈。那洁白的雪，雨的精灵，带给人们的，仿佛不是冷意，而是安详惬意。那一张张的即时快照，也让怕冷宅在家的人享受了一番视觉的饕餮盛宴。

看吧，雾锁山巅，雪落茶园。层层叠叠的青翠，披上了纯洁无瑕的玉菱纱。叶面的水滴也羽化成透明圆润的珍珠。金庸古龙的冰刀雪剑矗立在茶枞下的松土上，大侠仿佛就龟息在安溪铁观音的茶园里。茶园旁的松树兀立，松针召集着霜雪，圆成玲珑的曲线，仿若绽开朵朵白里透绿的春花。层层缀上，松树披鳞戴甲，迎风高歌，犹如古之燕赵英豪，守护着这万亩茶园。树下的铁山芒，此刻，浑身携带短兵器，虽伏于地，却满脸威武。其间还有鲜红冷艳的杜鹃和错判时节的桃蕾，笑靥隐约在企图冻僵的冰晶里。

走出茶园，路边一水牛，浑身披雪，踽踽独行，是赶着去春耕吗？不久，抵达祥华村的伏鼎潭。潭边植被早已披玉戴银，潭水清澈见底，不见游鱼往来。天冷，鱼深藏，潭寂寞。水流倒是泠泠作响，不激越，算只有浅吟低唱。潭西北而行，见水瀑犹泻，少却轻盈之芭蕾，迟缓若慢三。细观，两岸石壁静水处皆凝成冰。瀑口倾泻处，旁均悬参差之冰柱冰锥冰剑冰刀。长者三尺许，或仿若屠龙倚天。流瀑不忍冻上，在轻拍节奏迎接立春呢！

我看见，此刻，太华尖峰、佛耳山上、鹤顶峰、泰湖岩顶、铜钹山巅，无处不飞雪，无处不银装。我听见，此时，山路上、涧水旁、茶园里、翠柏青衫下，艳妆夹克提携者，往来而不绝，嬉笑漾山谷。

城里是无雪的。好雪者，早已驱车乡下赏雪，来回无非半日，堪称玩转雪景。历久而来的雪，于县邑众生，犹如吃惯了大鱼大肉，顿上山野蔌肴，惹得惊奇兴奋不已。

殊不知，北国的雪，冰封三尺，飘雪数日。泼水即冰，尿者成柱，谑言带钳以剪。南国，羡慕着北国的飘雪；北国，嫉妒着南国的温存。

南国，还是降点儿小雪吧，增点儿生活情趣则可；要下狂雪，是受不住的。南国的身骨多为水做的，过于单薄，是承载不起大雪的。要再下大雪，我第一个骂娘。

九月，桂花开

好久未见到桂花开得如此盛大繁华。

今年中秋，月光倒是依旧皎洁清亮，长卿的绿豆饼依然走俏。千里共婵娟是永恒的话题。可惜，中秋时节，不见桂枝吐蕊，不闻桂香来袭。有道是候鸟知时来去，难道植物竟忘了自己的时节？

或许是绽放的力量不够，尚需用时间来积蓄喷薄。就在中秋过后四十多天，校园里的桂树，不论老少，不论高矮，不论大小，不论胖瘦，悉数炸出一树如冠如伞的花香。这花香，充盈着校园的每一个角落。操场上，花香紧随每一个人的身后，萦绕在每个人的周身，仿佛要让全校师生的细胞也冒出香气。教室里，此起彼伏的琅琅之音，都飘化成金黄的桂花酿；抑扬顿挫的节奏，仿若嫦娥挥袖的舞蹈。食堂、宿舍，在氤氲的香气中沉醉。

三楼的一位老师说，他一大早便醒过来，因为桂香侵入宿舍，门关不住，窗挡不住，惹得自己睡意全无，于是起床赏桂闻香。

是啊，校园如此馥郁。如此馥郁的境界，需要多少桂树才能营造出来啊！

且看食堂前的五棵廿余岁的桂树，呈曲尺形排列，腰径达二十厘米以上，高达五米许，均呈伞状。这里的花开得最热闹，从伞沿到伞顶，每一片绿叶下，都缀满了花簇，挨挨挤挤，甚至不见桂枝，只见花茸茸的一握。间或花间含露，晶莹剔透，是花蕊“挤油”额头冒出的香汗，还是花团齐心协力酿造出来的“花蜜”?

站在树下，不必刻意呼吸，花香正借凉风，一阵一阵直沁你的心脾，莫非是要狠狠地补偿你四十五天的等待?花蕊飘落在你青丝微霜里，洒缀在你摇曳的裙裾上，粘在你锃亮的新鞋上，请不要拒绝，那是迟到的桂花致歉的表白。

午后，好事者于树下围铺洁白的布巾，不久，布巾就绣上层层叠叠的金黄，他们欲将落花收集晒干，做桂花茶甚至桂花酿或花囊。此举令人遥想邑中虎邱芳亭的摇桂花，那里此刻，应该是纷纷扬扬下着桂花雨，迟到的桂蕊一定抹平了花农因等待而新增的皱纹。

环顾四周，操场边、教室前，树龄仅五六者，亦俯仰尽情绽放，一同演奏一曲“九月桂花开”的交响曲。

操场西边，围墙根下，水沟旁，那四株当然也应时而开，即使内侧瘦骨伶仃那一株，树干不过一握，擎着只不过五六十片叶子，却从下到上开满花蕊。或许是繁花过重，它身子欹斜着，似乎连脚跟都站不稳了。正当我诧异于它枯瘦的身板却冒出这么多花时，一旁的老师说，此树下面本是水泥地，当时特意让人用铁钎凿破，然后填上土，才栽种的，可能地下土薄肥少，无法长大。初种时，四棵都围上篱笆，一年后，篱笆坏，此树独瘦。

盖此堪谓“天时不如地利”矣。想当初，同类同物同时种；看今天，身姿气象各不同。荀子云，蓬生麻中，不扶而直；白沙在涅，与之俱黑。诚然，土层厚薄、肥沃贫瘠决定了其后天成材之大小。

不禁想起家里养的仙人柱，那是二十多年前从经岭村一亲戚处带回的。那时，见到长得比我还高的茂密仙人柱从“柱”中炸出淡紫色的奇葩，深受震撼。于是幻想着，种植在一个直径不满二十厘米小花盆里的仙人柱，也能开出花来。这仙人柱从玉湖中学到安溪十中，再到科名中学一路随我辗转，直到2018年调往湖上，我才决定让它进城住套房。二十多年来，它一分而七，努力生长，如今近八十厘米高，却显得清瘦，从未开过花。盆小土少肥不足，我怎能苛求它开出花来？能存活二十多年，已是不易！况且，一直以来，我从未想过给它换一个更大更合适的生长空间，当然，它也无法责怪我的固执与无情。

草木无语，草木莫辩，草木能怨谁恨谁？它们只能自适环境，要么生，要么死！

慨叹之余，忽然发现，此瘦桂根部与泥土有间隙，细看之下，其常遭摇动。旁视之，有一乒乓球桌，原来课余学生于此打球，而顽童们打球之余顺手摇此树，难怪树腰有汗渍迹象。

俗语说，女怕撩，树怕摇。此树生不逢地，长遇不淑，能活下来且开出花来，已属万幸，夫复何求！

举目四望，满园桂蕊灿灿。二十多年来，每一个植桂人，种下时都是为了未来的“八月桂花开”，他们哪儿会想到今年的桂花却是在九月里繁华。但他们当然知道，树窟的土层厚薄、肥沃与否直接影响了桂树的生长！

2019年春湖上中学开学典礼上的演讲

藤

藤的缘起

应县里的古诗爱好者之约，曾胡写过有关“咏尚卿藤铁工艺”的所谓古体诗：“凤髻接天去，三龙绕地回。晨兴入嶂觅，夕照携藤归。门派白赤竹，玛瑙自成堆。日曝忧心裂，阴干喜风吹。藤王有本心，铁后来相约。或几或成椅，男女老少歇。或为堂上架，花枝沿脊垂。车流似蓝水，装箱若奔飞。漂洋至五洲，笑靥映星晖。欣欣此生意，日日是佳节。”从而不仅仅知道“藤”可以做家具，还进一步知晓其名称甚至功用：玛瑙藤号称藤中王，白藤号称鬼索，鸡血藤可通经络，黄藤可清热解毒；常春藤既常做景观绿化，又可活气消肿……

可惜，藤的功效多为人们所略，而如今的藤铁工艺家具也常铁架是实，藤条是虚。因为原本用山藤缠编的，大抵已经被现代化的仿制藤所替代。因此，坐下总有下垂松弛之感，没有先前那种坚韧的意趣。

藤的故事

于廿载前，在玉湖中学（该中学如今也快遁入空门了）任教，曾让同学在祥华多卿专做一套泡茶坐的藤椅，两只独座，一横排三人座，通体由木棍（板）和藤条做成，纯手工的。一个座位一百元，总共五百大洋（如今据说藤条稀缺，价格翻番了，具体不明）。做工虽非精致，还有刮刀迟钝遗留的微微毛糙感（后来自己用清油给它润擦一下，好多了），但坐着舒服。尤其是独坐，扶手略低，背部略高，更人性化的是，支撑腰部的藤被编织得略呈弧形，这样人坐着往后靠，腰部被顶着很具舒适感。那时，但凡来宿舍泡茶的，很多人是特好那座位的，那时号称“太师椅”。有时没时间午睡，就把两只独坐椅子对面而靠，一朝南，一向北，人则坐北朝南，身往后靠，后脑勺刚好靠在椅沿高出部分，双脚向南屈伸，如此假寐几分钟也甚为爽神。2003 年秋，调往祥华十中时，这套老家具跟我去了新单位，可惜在运送过程中磨断了椅沿的一些藤。直到 2013 年春调往科名中学，这套座椅还用之如常，如今它好好地待在玉湖老家，静候我归家随时一坐。一用廿余年，堪称老而用之弥坚。而套房 2008 年冬买的布艺沙发，在前年已老气横秋了，若非妻子擅长打理，早就弃之如敝屣了。

种藤的经历

喜欢自然的东西，不造作，不隐恶，尤喜藤翠翠地攀援。于是在去冬从山上拔回一藤种于阳台盆中，不知其所属，姑且称之为藤。

记得刚种下，它不够半米长，末分二杈，长短略同，各自缀着四片（左右各一对，末对两片叶）绿油油的叶子。我在想，立春过后，二者开始萌发，竞相冒芽伸展，攀网而上，二而四，四而八，八八六十四……枝条叶子将以 2 的 N 次方壮大，赶在盛夏前，把我向南的阳台织得严严实实，赐我三伏之清凉。于是，每天晨起，一壶茶后，捧一经书，到其前书呆子般吟咏一番，企图用琅琅书声催化它生长的进程。

日子一天天在漂白我苦待的青丝，竟不见两枝杈冒芽的意思。主干倒是青翠了点儿。我真疑心这山上移下的藤，是不是离开了故土就荒废了迎春生长的武功，似乎连基本的节气口诀都已忘却。若是，那只能怪我人为伤害了它，害它唱不出成长的调子。

泄气，不在意！

忽有一天，儿子大声叫喊："爸，发芽了！"我应道："发什么芽，大呼小叫。"原来是藤冒芽了！这时节已经是谷雨后了。这芽，长在哪里？我在二枝杈末端逡巡，不见。原来这鬼精灵长在分叉的下面。这芽还蛮粗壮的，仿佛小妇人居然生了个大胖小子。我在想，这藤也蛮拼的，竟然要三箭齐发！芽，既长出，这会儿不再谦虚了，赶趁春天，没几天，便和老枝一样长。可是，两老枝竟呆若木鸡，全无发芽之意。接下来，新芽已蹿到阳台了，抬头于栏杆之上，窥视外面的世界。老枝呀，没有奋起直追，仿佛自甘停滞。

再后来，新枝攀上铁丝网，叶下长出了触须，仿佛蜗牛的触角，每条触须又一分为三，各自缠绕着铁丝网，枝芽呈 45 度角斜着向上。这新绿一节节往上攀。叶片下的触须恪尽职守，死死绕住钢丝。于是，不到一个月，便攀到阳台护网的顶端，接着在那里近乎疯狂地分枝杈。我搞不懂的是，它为什么非得那么高才突然繁殖众多流派？难道也是要等成熟之后才优生优育？

不管这些了，我只知原先夏日成荫的愿望几为虚望。先前那两老枝，日渐清瘦，到现在已枯掉一枝，犹存的也只是挂着两片黄叶子，枝细脚伶仃的样子，估计也大限不远矣！或许，为了强大未来，老的枝条心甘情愿让路吧！

现在，它们倒挂在阳台正上方，铁丝护栏网为其提供了攀援的立足点，它们为这片丝网缀上几缕夏的绿荫。前天"莫兰蒂"猖狂，众多大树倒伏，这野藤竟若无其事，风雨后，依然在上面油油地招摇，似乎诗意地目眺远方。金风吹，轻轻问：藤攀网而上，网因藤而翠，它们相依相偎，前生今世，谁欠谁？

也说清源“第一山”

丁酉立春前日，携家人往郡之名胜清源山。时光荏苒廿余载，昔日求学于郡，游山尚历历在目。购票，入。

先拜访“神龙见首不见尾”的老君先生。如今，此处已修平平仄仄之幽径，南方绿树终年成阴，这看来更合乎先生道法自然的脾气。南腔北调之客溢途。见门前石，刻有“青牛西去，紫气东来”。拾级而上，乃见老君先生。其席地背清源山南面而坐，平视泉郡，目眺东海；长眉善眼，睿额高耸，双耳垂肩，髯须飘散胸前；竖其左膝，左手抚膝；屈右膝，右手横放几案，中指、无名指内屈，食指、小指轻触几沿，似呈兰花指状。其嘴微张，似曰：“道可道，非常道；名可名，非常名；无名天地之始，有名万物之母……”此巨雕像何来？据《泉州府志》记载：“石像天成，好事者为略施雕琢。”好事者“无意”为之，其大其久，绝无仅有，遂传“老子天下第一”之大名。

出老君岩，沿路上山。入旧山门，见胜概：此已是5A级景区，素有“北武夷，南清源”之誉，其开发于秦汉，中兴于唐宋，鼎盛于元明清；存有大量文物古迹，诸如宋元时期大型石刻七处九尊，历代摩崖石刻六百余方；其中享誉华夏文物之最有四：宋代道教石雕老君造像（前述），元代“三世佛”造像，唐代伊斯兰教圣墓和宋代祈风石刻群。人文胜迹与清源胜景偎依相生，山因人而著，文以石而彰。

复上，过“幽谷梵音”，到“第一山”。碑插立卧石巅。“第一山”三字乃宋代书法大家米芾所写。镀上红漆，艳艳夺目。对书法有兴趣者即知，米芾自云其书为“刷”字，“刷”即运笔迅疾、酣畅淋漓，所谓“快剑斫阵”“强弩千里”“天马脱衔”是也。人评，“第”字运笔酣畅，一气呵成，尽显米南宫癫狂之态，却结构严谨，间架得当，疏密恰好；“一”字壮硕遒劲，多露飞白，灵动不板；“山”字粗犷稳重坚实，端居底部，扎稳马步，牢牢托起“第一”，大有清源屹然岿然之意趣。

后，游弥陀岩、弘一大师舍利塔、三世佛、闽中第一大“寿”字；读“泉山铭”而知林藻、林蕴兄弟与友欧阳詹首倡“结志攻文，同指此山，誓报山灵。不四五年，继踵登第，天下改观，大光州间，美名声馨，鼓动群彦。三十年内，文星在闽，东堂桂枝，折无虚岁”，郡之学风从此鼎盛不绝。感悟“心即是佛”而终享“福”报；观瀑台浮想夏时“水声潺潺泻于石壁”之妙景。沿栈道而上，见清源“天池”清冽如洗。穿小径复上，极顶，至百丈坪，俯瞰一郡楼密如林。立坪间，追思往昔有志之士于此勤诵诗书、苦练武功的拳拳之意。

然而游赏中始终存疑：清源何以冠名“第一山”？放眼华夏，名山之多不可胜数，不管历史人文，还是自然景观，就是五岳，名头不知胜我几倍。我区区清源竟敢冒天下之大不韪而僭越？莫非好奇石成癖、遇石称兄的“米巅”，来泉游赏，见老君端坐于此，心生震撼，于是兴起挥毫，便把“第一山”名号送给了清源？

归，思之。查资料，大惊，米先生未曾来泉，更别说题字了。

“第一山”三个字确是米芾所写，但不是题给清源山的。原来，米芾从汴梁南下就任涟水知县，入淮时见南山清奇丽秀，写下《第一山怀古》：“京洛风尘千里还，船头出汴翠屏间。莫论横霍撞星斗，且是东南第一山。”并大书“第一山”三个大字。

从此南山易名“第一山”。这“第一山”就在江苏省盱眙县。宋绍兴年间，酷爱书画的尚书李邴，保存了这一墨迹。后来，李邴落职寓居泉州，于清源山龟山下“醉月岩”构室隐居，见清源山川俊秀，便把“第一山”刻碑立于妙觉岩下。清道光《晋江县志·清源山》载：“又东为妙觉岩，在倒旗峰下，下有亭匾曰‘第一山’，摹米元章书刻石亭，今废。”可见，此碑原立妙觉岩无疑。明末战乱，盱眙南山“第一山”碑被毁。清代，泉州人氏郭某为盱眙县令，遂将清源“第一山”字拓回盱眙，刻碑立原处。是故，今之盱眙南山“第一山”与郡之清源毫无二致。而今，网络搜索知之，勒石“第一山”的景区不下廿余处，且字体多类似，甚至一样，盖以米芾名故。

平心而论，山高不过珠峰，伟不过昆仑，雄不过泰山，险不过华山，绝不过嵩山……就名山而言，各有奇趣，各成风格，各具“第一”之处。然则窃以为，其他名山，大抵宗派森严；而吾郡之清源，儒释道与伊斯兰教和谐共处不纷争，若依此论，冠以清源包容“第一山”则未尝不可。

但，俯首顿思，端坐的老君似乎默默告诉我们，世上本无名，有名、头名、大名、出名、功名、威名、令名、才名等等，只是凡尘的执念罢了。

神奇的冷水窟

只要打开手机地图，输入安溪冷水窟，就立马跳出坐标点在安溪长卿镇玉湖村。

我是冷水窟的土著，觉得有必要讲讲老家角落一窟神奇的泉水。此窟泉水位处三落大厝右护厝的后面，临山麓，深定然不够两米，宽一米左右，底部周边用石头砌垒，泉水自底部石缝汩汩而出，清冽甘甜，冬暖夏凉。

自角落开基以来，其哺育了百多邻人几百年，从不懈怠。如今，尚有人家从此接水饮之。据说用此水做出来的豆干味道尤好。

以上若说神奇，那就夸大其词了。此水窟有一不可思议现象，但凡汲水，男的爱咋汲就咋汲，女的可就有讲究了。凡是女的，只能弯腰或蹲下汲水，要是水位下降，不能脚跨水窟舀水，否则，泉水就停滞不出。倘若出现这种情况，那就需要各家各户拿出贡品，再由角落长者来祭拜水窟旁的土地神，祭拜后，泉水又汩汩如旧。若非小时亲眼看见，绝不相信。对造化的神奇，有时只能心存敬畏！

盖因有此神奇之一窟泉水，故此地名曰冷水窟也。

正月时的冷水窟，龙潭溪支流从人家屋前淙淙南去直奔晋江

第五辑

情动形言

我的娘，真直肠

20 年前，我家与邻人有田地小纠纷，我家的田地与邻人相邻，我们“上丘”（上垄）他们“下丘”（下垄），其种作时，向来直将田壁狠劈，让你田埂年年变窄。有时田埂崩下，其顺便扩大“势力范围”，说掉到他的田里，就是他的。那时多以田地为生，妻子心疼，让我去理论一下，我将不过，硬起头皮，委婉地告诉说，以后种作时，应尽量劈壁草，少劈点儿田埂壁土，以免田埂窄而崩了。然而，邻人不以为然，说“下丘”种作都是这样，谁不是如此？我说，我们从来不会狠劈“上丘”的田壁。于是争吵起来，邻人直骂我诬他们故意使坏，贪小便宜，还要我当众放鞭炮道歉。真是秀才遇到兵了！妻子于是与他们争吵，说天在头上，谁使坏一清二楚。于是你来我往，不可开交。

这时，母亲来了，我们暗喜，以为救兵到了。没想到母亲竟直接说：“我和某某家已相识相交几十年，他们为人我清楚，哪里会做那种事？”转身对媳妇说，“你才入门几年，乱说话。”一听这话，妻子当场崩溃，泪如雨下，直接跑回家。而邻人则哈哈大笑说：“你们看你们听，她‘搭家’（婆婆）都说了，还不服。”其喜洋洋矣，一副胜利者的尊容！

回家后，妻子真无法理解（我也是），直质问我：“你是你娘亲生的吗？有这胳膊肘往外拐的母亲吗？”我默默无语，任凭妻子数落，因为她也是为了这个家啊！

在百思不得其解时，忽然想起，母亲不时会在我面前直接“讨人情”。说我当时读初中高中时（1987—1993），她每星期都会给我五块零花钱，说那是她做豆干，挑着翻山越岭远到十公里之外的村庄去卖，才赚回来的。还说每个星期都会让我带一大罐的咸菜焯肉去学校吃（当时寄宿，家离校六公里多）。还说，每次过年都会给我们买新衣服买新鞋……反正就是说，从来没让我们饿过冷过，有吃的、有穿的已经很好了。

想想这些，自己不觉哑然失笑。妻子说：“你还笑得出来？”我如此告诉她，她顿了顿说：“田螺为仔死，父母疼子在心头，自古如此，今天，我真无法理解你母亲的言行。”我说，我也一样不理解。

于是又记起，小时候调皮不听话，惹母亲生气，她会拿起竹枝欲打，我赶紧跑。她追几步就停下，我会说：“来打呀，你追不上我！”这时她会破口大骂，什么“夭寿仔”“盖土筛”“做罗溪”“刣头仔”“打枪仔”，诸如此类的词语，仿若机关枪一扫而出。然后高声警告：“有才调汝下午甭回来吃。”然而当我真赌气躲在外面不回去吃，她又在房前高地大声呼喊：“阿松，汝还不回来吃啊，再不回来，就是欠打！”于是，只好一步三摇地回家吃饭了。

当时，还小，也不知这些闽南骂人话的含义。后来，有一次，她又开骂，刚好父亲在场，直接斥责她说：“你作为母亲，骂那种话像什么话！”此后，再也少听到母亲那种开机关枪的声音。

长大后，才知道那些都是咒人的最高级别语言了，难怪父亲生气，哪儿有母亲咒儿子的啊！

后来，我住到城里，父母也进城共同生活。母亲保持早起的习惯，无论是否周末。她起床后的第一件事就是拖地板，搞得咔咔响。我和妻子睡眠轻浅，总是被“咔”醒，平时上班还好，周末无法睡懒觉。于是会呵责母亲，但她直怼说：“怎要睡那久啊，‘精神’（醒来）就起来，‘事头’（事情）找些做。”再后来，我无意发现，母亲拖地板，是从进户大门开始拖进来，我觉得她“起拖点”弄错了，就像看到写字作文“起笔”弄错成败笔一样难受，于是“训导”她，入户门内，一向比较脏甚至有沙粒，其余的会比较干净，应从比较干净的地方拖起，然后把垃圾拖到入户门，这样不会让更脏的印染了干净的，也不会让沙粒刮划了瓷砖。她直接怼我：“我吃的盐比你‘卡多’（更多），连扫地板也要你教啊，大门口（入户门）众人“脚两位肥”（脚踩过的位置），从那里扫起，‘卡有钱’哦。”我以为她会有所改变，但她涛声依旧，依然故我！

今年，我抱病，术后在家休养。妻子上班，大儿子出外求学。年逾古稀的母亲既要负责我的饮食起居，又要照顾小宝，一身二用，忙得不可开交。小宝三岁，正当幼儿“叛逆期”，有了一些自己的想法，常不听奶奶的唠叨话（经常是闽南话夹杂着生硬的普通话），尤其是喂三餐时，不能安心坐着，如此时间长了，母亲怒形于色，直接在客厅冲小宝说：“‘无路用’（不中用），气死我，你爸生病要照顾，你又不听话，我没法‘度’（过）。”

然而，前不久，我术后化疗第四期（因疫情未往协和），出院后，医院所派服用药相对简单，服后不久，胃肠胀气梗阻引起腹疼，另购药服用两天，犹未见效。有时疼痛难忍，躺在椅上呻吟。母亲见状，忧戚溢于言表，说：“阿松，赶紧去住院吧，这样子不行！”我说，明早看看。她，坐在椅子上，唉的一声。我分明看见她眼泪流到腮边。我赶紧说：“没事的，我明早就去办住院。”她这才欣慰许多。

我怎能不知道，她最担心的是：白发人送黑发人！

于今回想起来，母亲肯定是个吃苦耐劳的人，其为长女，丁字不识，嫁给五岁无父六岁无母的父亲，父亲农闲印瓦于外，母亲则学会做豆干卖豆干于内，共同支撑一家六口的生活（后来同厝的年仅十余岁的堂兄及其傻母亲也与我们共同生活），还同别人合盖了七间张的房子，上栋也飞檐翘脊。后来，为供我们兄弟上大学，还借高利贷，实是当时农者重视教育的开化者了。

母亲还是个节俭的人。住在套房，为了节水，可以将洗菜水舀起来冲马桶；洗碗盆时，怕浪费水，总是到浴室接热水，说从热水器到厨房，距离远，要浪费掉一盆热水。但她没想到常常将浴室弄油腻了，我们冲洗时，何止一盆水，但是，这我们没告诉她，反正她年逾古稀，顺其所为，何必改变？

母亲竟是善于“统筹方法”的人。做饭时，充分利用电饭煲电饭锅的空间，常常将鸡蛋、地瓜、肉丝等放进大杯子，直接置于其中，待饭粥熟，一切都熟了，省电节能又省工。

再细思前事，与邻人相争，其做法表面偏袒“敌方”，实则如她后来说的，吃亏不爽一两日，亏心甘苦“一世人”（一生），况且我们都领工资，邻居又搬不走，抬头不见低头见。我刹那间想到老子的“大直若曲”应改为“大曲是直”啊！这简直有“让人三尺又何妨”的气魄！至于诉我零花钱等诸事，无非是告诉我生活不易，要珍惜要铭记，因为后来有邻人偷偷告诉我说：“你妈总是等你们读书回来才买肉，平时都没买。”我明白了，出生于二十世纪五十年代的她，啥苦没吃过？让儿女吃好穿好就是她最大的欣慰！当然，开口大骂，成人者都能理解，那是母亲极度生气时的口头禅（不止于我，姐弟都受过的），就像男人生气时的“国骂”而已。

唉，这就是我的母亲，我的亲娘！一个直而有爱、勤而不息、俭而至老的农村妇女。愿她一如既往的矫健，安享天伦之乐，颐养天年！

（本文发表于 2023 年 2 月《文学月报》）

母亲帮带我那 3 岁的二宝

父亲，有“皇气”

父亲，已年逾古稀，寸发几乎全白，清瘦的脸透出农民具有的阳光色调。最有特色的莫过于眉毛，依然密而挺立，倒八字形。或许这眉毛，让个子不过160厘米的父亲，浑身透出一股“皇气”（威严之意）。

父亲身世尤为可怜，五岁丧父，六岁丧母，靠同厝的阿婆拉扯长大。

父亲育有四个子女。为了养家糊口，除了冬天会外出“印瓦”，就是大力发展茶叶。他说，我们若要好好读书，砸锅卖铁都要供，并告诉我们要争取“穿皮鞋”“不穿草鞋”，争取“拿五寸（指笔）”“不拿五尺（指锄头）”。所以，对于中途有辍学思想的，父亲会用威严的“土方”，让孩子体会干活儿与读书两者谁更苦。

那年冬天，已降霜，冷。弟弟读小学三年级，怕冷，不上学。虽然父亲一脸威严，下达命令，但弟弟（他自小体质较差）拒绝接受“圣旨”。父亲扳着脸，面无表情地说：“好，你可以不上学了。”弟弟信以为真。没想到，不一会儿，父亲带来一只小畚箕和一根竹竿，让弟弟左手提着畚箕，右手拿着竹竿，说：“从今天开始，你就去捡狗粪、牛粪作肥料，一天一畚箕。”说完，强押着弟弟出门开工。“捡粪”的过程我不得而知，但那天下午弟弟就自觉去上课了。试想，霜晨，一双小手拿着冰冷的竹竿，提着畚箕，在乡间小路寻寻觅觅狗、牛遗落的踪迹，臭气萦身，这次第，怎一个忍字了得？

要知道，弟弟成绩在年级中历来是数一数二的，那可是父亲最大的希望！哪里像我成绩如烂泥塘，父亲常说准备一根十斤的“五尺”等我回家帮忙。当然，自“捡粪事件”后，弟弟不再心生杂念，也不负所望，中考以片区第一考入一中，轰动了小山村。至于后来，他剑走偏锋甘心为农，我想这或许跟他高中期间脱离父亲的严督有关。

我的改变，是在初三。那时生产队分田地，父亲遭邻人望族汹汹威胁，我亲眼看见。事后，父亲铁青着脸说：“你不再好好读书，就准备拿锄头这样与人争食吗？”命令我从今往后星期六、日必须起床晨读一小时，并严格督促。从此，我如同惊醒之鸟，奋飞四年。勤于拍打的翅膀注定越来越有力，到高三居然也应届考上。那会儿，父亲灿烂近两个月，是最和蔼可亲的，为庆祝我考上所谓大学，还大宴宾客。

不只是读书，在为人处世方面，父亲绝不许我们有失当的言行。小学时，一次暑假，父亲让我去小街道买东西，买后还剩一块多钱，不小心丢了，被一个高年级的同学捡了，我可不敢找他要。正当我不知如何是好时，一邻居向我出谋划策：就对父亲说那人抢了我的钱，这样，父亲肯定会找他拿。我按计行事，父亲果然去找人家询问。但结果出乎我意料，那人由他父亲带着来我家，当场说出我和谁在一起玩儿，在哪里丢了，发下毒誓，还把一块多钱还回来。我只能实说。父亲赶忙向人道歉。接着勃然大怒，骂我居然会冤枉人。当着他们，拿起竹篾狠狠打了我一顿，打得我号啕大哭。这是父亲有史以来打我的第一次！那时我只恨自己说谎，对父亲绝没有丝毫怨气。

父亲不仅要求子女要言行得当，也不容许子女给外人留下闲言碎语。姐姐大我三岁，记得我上高一的那年冬天，姐和邻居们到外面打工，不知道哪条长舌告诉父亲说，姐姐在外面不像样，瞎混。父亲听后，很是光火，马上捎人带话叫姐姐回来。那个晚上，父亲直截了当质问姐姐有没有如他人所说的那样，姐姐气得痛哭，甚至要喝药上吊。至此父亲才缓下脸色说，没有最好，身正不怕影子斜。这就是眼里揉不得沙子的父亲。

如今，自己也成了父亲，严于教的基因已遗传下来。儿子读小学三年级时，未经同意，私下把上千元的压岁钱拿出去瞎买东西，全花光。得知如此，我毫不客气狠狠教训了儿子一顿。之后，儿子再也没出现过类似的事情。但读初一时，又吊儿郎当叛逆起来，我坚决把他带在身边（当时我在乡村中学）严加看管。最终，他幡然醒悟，搭上了安溪一中的班车。

虽然我们兄弟姐妹四人工作生活均是平凡的，但都能靠自己的双手吃饭，坦然面对生活，不求富贵，但求无愧。

有人说，母爱是藏在唠唠叨叨里的。对于我们，父爱定然是藏在那威严的目光背后。感谢父亲，就是父亲的“皇气”，让我们避过了人生的诸多歧路。

（本文获安溪作协、文化馆等举办的“家风家训”征文比赛三等奖）

爷孙俩

读书，让人生拐过弯道

或许自小在泥土里滚爬，我多的是土气，缺的是书气。

上小学时，我对于读书是不感兴趣的，但很喜欢看连环画，家穷买得少借得多。尚没被记忆删除的诸如众所周知的方世玉、一代豪侠“大刀王五”、迷踪拳霍元甲、一心抗日复仇的陈真、自然门拳法一代宗师万籁声、先出家后从戎而成为共和国大将的许世友……他们都在这期间一个个向我走来。那时，我在房后树上挂一沙包，幻想着长大后当大侠。可惜连环画被当作闲书，竟都丢弃，一本不留。时下，书店也难觅倩影芳踪。

就这样被时间裹挟着，跌跌撞撞进入初中（当时初中录取要分数线的）。初一、初二，仍然改不了贪玩儿的野性，学习成绩全线飘红。课内书没读进去，课外的却读得不少。梁羽生、古龙、金庸、卧龙生、温瑞安等等怀着壮志豪情、挟着刀光剑影、炫着儿女缠绵纷至沓来；隋唐宋演义中的英雄至今历历在目：三板斧定瓦岗的程咬金，为李唐立下赫赫战功后成了门神的秦琼和尉迟恭，从一介伙夫到元帅的薛仁贵，耿耿忠心的杨家男女将帅……那曲折的情节、鲜活的人物都惹得我魂牵梦绕。

尤其记得上初二时，一个降霜的早晨，饭后，我赶忙拿起借来的《杨家将》往教室跑。到了操场，我让校长给叫住，他顺手拿走了“不该看”的课外书，杨家将的丰功伟绩就这样让他给收缴了，说等期末考完再去拿。那一天是最难熬的日子，我被同学逼得无处藏身。庆幸的是校长言而有信。如今身为人师，只要学生喜欢阅读，只要不读低级庸俗的，我从不没收。窃以为不好阅读的人生终将是一潭不起波澜的死水。

到了初三，一个周末，我正沉浸于《小李飞刀》刀不虚发的快意之中，家父却因分田地而遭邻里旺族汹汹欺骂，他默默忍受。我虽年少，那时却义愤填膺，心想我要是李寻欢多好！那晚，郁闷的父亲发话："你不努力读书，就等着让人踩吧！"那一夜，我辗转难眠，决心埋头苦读，梦想着将来要像李寻欢那样让人敬畏。

算起来，在学校真正专心苦读，也就初三到高三那四年。那时每晚我都几乎学到 11 点，连周六周日都早起晨读。汗水不会白流，高二读文科以后，我的成绩竟然在偏僻的中学里居前列。到了高考，终究地基太薄，只考了个师范院校。但对于全班同学来说，我不啻一匹黑马。四年的坚持，也换来了 300 多度的近视眼。我厚着脸说了句："盖余勤且艰若此。"

终于考上了大学，是我们角落的第一个，父亲为此还特意宴请宾客，家里确实风光了一回。但这荣光于我并没保持太久。

到了泉州，认识了来自各县的同学。同桌的是市区的洪同学。他人高马大，古铜色的脸种着不少青春痘，宽阔的嘴巴声如洪钟。课后，他会主动挑话题，印象最深的是他谈电影和名著。记得他问我：《巴黎圣母院》看过没？《红与黑》看过没？《哈姆雷特》看过没……我连书名都闻所未闻，只能摇头。他叹了口气："唉，什么都不知道。"我想，他当时可能最想说的是：你真是山里的 × 或者是土老冒。那时那地，突然发觉自己诚如鲁迅所言："只看见四角高墙的天空。"这差距足足让我怀痛多年。

刚毕业那些年，鉴于自己的经历，我把自己的书毫无保留地借给学生阅读，记得《鲁迅选集》几乎翻烂。大前年，得知第一届学生上官同学（当时是最常找我借书者之一）研究生毕业后放弃新华社记者的岗位，在厦门创建“担当者行动”，为农村中小学募捐阅读图书角，且很受支持与欢迎，我由衷为之高兴。不知道也长于山村的他，求学时是否也有过和我一样的土老冒经历？

如今，我已届不惑，除却初出茅庐急功近利的心态，把先前束之高阁的书一本本请出来，书架、床头、沙发无处不摆。周末时间，假期之暇，信手拿来，读到哪儿就读到哪儿，没有升学压力而读书，那叫一个自在啊：让唐风宋韵滋养自己干枯的文笔，让先秦诸子来厘清自己的思想，让二十四史来指点为人处世的迷津，让古老的《易经》来开启智慧的大门……

古人道：食不可无肉，居不可无竹。愚妄言：静坐不可无茶，独处不可无书；茶解口舌之渴，书解灵魂之渴。

（本文获安溪作协等举办的“读吧，安溪”读书征文比赛二等奖）

我的母亲

母亲出生于二十世纪五十年代，那是一个温饱常成问题的饥荒年代，在“多子多福”“一根草一点露”传统观念的影响下，外公居然养育了九子四女。母亲是老三，上有两大姐。外婆生了母亲后，外曾祖父嫌外婆专生女儿，给母亲取名“满花”，意即女儿已满，希望她下一胎不再生“花”而是生“草”——男的。

母亲出生几天后，外公从漳州龙海带回一男婴与母亲同吃外婆的母乳。说来也怪，外婆生了母亲后还真不再生女儿，连生八子。后来外公又带回一小女儿，如此，母亲身下便有了“九弟一妹”。

在那穷苦的年代，母亲连校门也没进过。也许是对于知识的渴望，有一回，她边看牛边跑到学校去偷听课，学校有个叫郑火锻的老师见她聪明伶俐，问她是否想上学，她眨巴着大眼睛说想，老师告诉她只需交“五毛钱”。回家后，母亲跟外婆讲了此事，外婆说：“想读书，可以。但那头牛照样由你看，每天上学前要去割牛草一担，不论霜雪多厚。如果不去读，那么可奖励几个鸡蛋。”也许是外婆家当时付不起“五毛钱”的学费，也许是当时重男轻女的观念，也许是人手不够，所以外婆尽量唆使母亲别去上学。当然，也可能是母亲当时少不更事，且常受饥肠辘辘之苦，于是要了那几个蛋，此后她再没提上学之事，而是留在家干活儿、带弟弟妹妹。

出身无法选择，命运唯有去适应或改变。母亲说，当时只靠外公一人出工到生产队去赚工分，而仅他一人的工分又怎能养活一大家子呢？为了能多领点儿工分粮，母亲九岁就开始到生产队干活儿，捡土坯烧土粪，一天工分 1.5，1 工分 2—3 分钱。到了十七八岁时，一天已能赚得 6 工分。母亲说，彼时男劳动力最高是 10 工分，女的最高只评 6 分工分。有好事者嫉妒，说母亲如此矮小怎能给最高分，但评工分、记工分者却一致认为母亲应得最高工分，说她人小志不小，干起活儿来动作麻利，是劳动的好把式，干的活儿又快又好。

母亲不但是个劳动能手，还能歌善舞。十几岁时被选到乡公社作宣传队成员。白天，充当劳动力在田里劳作，在山上一边看牛吃草，一边采猪食，赚工分；晚上，除了参加演出宣传外，则大都于昏暗的油灯下编织草袋以贴补家用。母亲的童年和豆蔻年华，几乎无暇顾及蓝天白云，桃红柳绿。在那食不果腹的年代里，母亲养成了吃苦耐劳、自强自立的性格。

二十二岁那年，母亲与父亲结婚。父亲排行老四，前面的三个大哥已依次完婚，此时，爷爷已家徒四壁，三个大哥也分家各过自己的日子。听大姨讲，父亲结婚那天，穿一双军用布鞋，但两脚布鞋前面大脚趾处都已破洞，人家笑话说，父亲穷得连脚趾头也要伸出来“乞食”了。

母亲说，那年腊月，天寒地冻。大寒时节的早上，爷爷穿着短裤去田里干活儿。邻人见了笑着说：“W 某安，你真是勤作啊，春天未到就耕田，抢时间想亩产万斤啊！”据说，爷爷只是哈哈一笑了之。我听后觉得爷爷犯傻。妈妈却说，是爷爷家太穷，穷得没更多的衣服可以御寒，与其坐着受冻，倒不如去挖田，以劳动避冷。若非母亲亲口陈述，我又怎能相信。此事，让我深深地理解“衣不蔽体”的含义。可想而知，母亲嫁给父亲后，日子过得如何清苦。母亲说，婚后只分到了十二斤米、一木桌一木凳、一水缸和几个碗，再没什么像样的家什了。那时生火靠火柴，一盒火柴 2 分钱，分家后，母亲连火柴都没有，于是，做饭时，总要忍气吞声、低眉顺眼找妯娌或邻人借火。

唉，贫穷，让人学会坚守与隐忍。

自小起，母亲就常对我们说，不管“搭铺查某”（男的女的），都要“吃志”（有志气）。那时，我一直不懂“吃志”为何意，当每次与小伙伴一起玩，被他们欺负、耻笑了后，母亲就会说：“人穷就会人笑，看你无（瞧不起你），你要吃志！要认真读册（书），长大了才能‘吃工作’（吃工作意即在单位上班，就是所谓的铁饭碗）。”

母亲绝对是一个“吃志”的农村妇女。她善良、勤劳、务实。她一向不分寒暑，起早贪黑地忙着，做完家务就下地干农活儿，一刻也闲不住。她的勤劳，使得我们一家四季均有“应节”的蔬菜。除了自家需要外，她还隔三岔五地把蔬菜送与邻居。种植了蔬菜果蔬，还养了一大群鸡鸭、三两头猪等，就这样，日子虽不是小康，但温饱已然不在话下。当然，父亲也勤劳、能干，二十世纪八十年代后，在外做了点儿茶叶生意，增添了收入，到 1990 年年初，盖起了七间张的二层房子，地板铺砖墙壁贴瓷砖，飞檐翘脊，确是好看。家里录音机、彩色电视机、缝纫机一应俱全，引得邻人夜里常来听唱“陈三五娘”或看电视。

勤劳的汗水换来了幸福滋润的生活，六口之家的小日子还是有滋有味的。

福兮祸之所倚。正当我们还沉醉在甜蜜的生活里，天起不测风云。我怎能忘记这个酸楚的日子，那是 1995 年农历七月十一，天雨，父亲难得休闲一下，正坐在沙发上看报纸。此时，四舅妈急匆匆到我家来：“三姐夫，你家有电吗？我家怎么没电呢？”一向热心的父亲二话不说，便扛了竹梯到屋旁的变压器帮忙检查电源。刚上去，父亲就触电摔了下来（后来得知，父亲根本不知道何处是高压何处是低压，而他恰好从高压那边上去，才会至此。仗义有时代价是惨重的），除了头脑清醒外，手脚已失去知觉且无法动弹。后经医生鉴定：高位截瘫。

这个巨大的变故，让母亲一“吃志”便是几十年。

父亲是家里的顶梁柱，当时我们姐弟四人都在上学。他如果倒下了，家里的天就塌了。往后，我们姐弟怎么办？日子可怎么过？

得知医院的鉴定结果后，母亲伤心欲绝，哭肿了眼，哭干了泪。她一再乞求医生尽力让父亲站起来，可是医生只叫母亲把他带回家养伤，说是多增加点儿营养，别无他法。母亲坚决不肯带父亲回家，她相信只要坚持医治一定能让父亲站起来。于是再三哀求医生让父亲住院治疗。医者仁心，禁不住哀求，答应了母亲。可是，待在医院时间长了，需要大量的费用（要是那时有医保、网筹就好了）。母亲说，那时家里只有两千块钱，父亲第一天进医院后，做了许多检查——血压、血常规、尿常规、心电图、血电解质、血糖，尿素氮、颅底部摄片、脑脊液、胸透、超声波、CT、核磁共振等等，当天就已经不够用了。若要继续住院，需要巨额的医疗费，怎么办？于是，母亲开始四处筹钱，借遍了亲戚朋友、左邻右舍，可惜只借到了万把块钱罢了。或许是当时大家的日子都不宽裕，或许是惧怕母亲不知何时才能还得起，还有人说父亲可能没办法活下来……但我知道，自此，父亲的生意全部中断，外人欠的茶款要不回，欠人的则不时有人来“探视”。

“只要有一线希望，哪怕是借高利贷，也要治好你！”母亲坚决地对父亲说。刚开始，父亲还只是手脚没知觉、动弹不得，后来连肚子也肿胀得老高了。父亲眼见着自己的妻儿如此辛苦，得知医生的诊断结果后，彻底地绝望了。父亲哭求："我已经是个废人，你们把我扔进河里吧，死了算了，我只会拖累你们！"

此刻，母亲怒了，自父亲住院以来，我唯一一次听到她凶父亲："一个大搭铺（男人），说死就死啊，死还不容易，一包药一根绳的事，没志没气，活下去过得好才是真本事。""况且医生说了，只要坚持治疗，你会站起来的！"父亲默默无语，他直挺挺躺在病床上，只能祈祷上天的保佑！

一日夫妻百日恩，重情重义的母亲怎么可能在危难时刻与父亲决裂？等到夜阑时分，父亲睡着了，她又偷偷在床沿无声地流泪，或到走廊独自呜咽。但此刻，在父亲面前，母亲绝对是一个坚强屹立不倒的家长。我们知道，要是母亲也倒下，那么，这个家将彻底成为"无完卵的覆巢"。

接下来的日子，母亲寸步不离地照顾着父亲，每两个小时给父亲翻一次身，间隔几分钟就给父亲活动手脚。当时父亲的手脚跟抽筋似的，关节僵硬，帮他活动起来要花费不小的力气。除此外，还要经常给他擦洗身体以加速血液流动，以免引起褥疮。

帮父亲翻身实在是一件不容易的事，瘫痪后的父亲就像一个木头人，浑身僵硬，关节几乎无法活动。为了不伤他的肌肉，翻身时，得把他稍稍抬起来再轻轻放下去，至少要有两个人才行，四个人最好，由于长时间卧床，父亲臀部有了褥疮，这下翻身更是难办，还好暑假我们能帮忙。可近两个月的暑假很快就过去了，我们又开学了，母亲只身一人怎么给父亲翻身？有人提议我们几个孩子中的一个辍学帮忙，但母亲坚决不肯。她说自己是"青冥牛"（不识字），吃尽了不识字的苦，家中只要有字的纸张她都不敢扔，生怕会把有用的东西扔掉了。"咱们要吃志，要打拼，只要你们想读书，哪怕敲铜敲铁（意即砸锅卖铁），我也要让你们读书读到自己不读。"这话，她对我们说过无数次。

见此艰难状，父亲内心痛苦难抑，再次哭求母亲别理他，说让他自生自灭。可坚韧的母亲还是坚持下来了，几经辗转于各医院治疗，先是乡镇医院，后来转到泉州一八零医院，病情不见好转，未果。听父亲的朋友说，有相识的较权威的骨科医生在安溪中山医院，又转至此院，治疗几个月后，病情依旧。再后来，母亲听父亲的朋友说漳州一七四医院乃军医院，兴许可以医治。又转至此院，医生说要动手术，于是，母亲借了高利贷继续为父亲治疗。

皇天不负有心人，在母亲的悉心照顾下，父亲在治疗四个多月后，手脚开始有了一点点知觉。这多么令人振奋啊！看到希望后，母亲更是无微不至地照顾着父亲，没日没夜地帮父亲活动手指头，活动四肢。隔个把小时就帮他按摩身体以促进血液循环。一天凌晨四点多，父亲左手的食指突然微微动了一下，母亲高兴得像个小孩儿，她含泪高喊："阿仙，你爸爸的手指会动了！你看，真的会动了，会动了！"

过了几星期，父亲左手的中指、无名指也能微微摆动。又过了几个月，父亲右手的手指头也能微微摆动了。母亲更是从父亲那一根根微微能摆动的手指上得到巨大的力量。她开始教父亲拿东西，就像教幼儿拿东西一样。刚开始是拿面纸、钥匙扣，纸张一次次地从父亲的手中滑落，母亲一次次地把它捡回父亲的手中。在无数次的手把手地训练中，父亲终于能拿住纸张、钥匙扣了，在父亲受伤后母亲首次露出了笑容。可是母亲却瘦得皮包骨，就连爬楼梯也得靠着扶手才能艰难地爬上去。在医院里，为给父亲增加营养，母亲坚持每天爬好几层的楼梯，到市场上去买新鲜的鱼炖给父亲吃，而她则津津有味地吃着父亲吃剩的鱼骨头，嚼得一根不剩，说这样补钙。

因为母亲精心照顾，医治一年多以后，父亲的腿脚也渐渐有了知觉。终于也会动了，刚开始时只能稍稍抖动，再后来能一点点伸缩，接着竟能坐起来了。母亲依然夜以继日地帮助他活动筋骨，把屎把尿，再后来，父亲能弓着背站着。虽然只能站上一小会儿，可这一小会儿又给了母亲莫大的希望。父亲一天天、一点点地进步着。母亲满怀期待地陪伴着他，她用矮小的身躯帮着他学走路。教父亲学走路真比教婴幼儿走路还难，因为父亲的脚根本无法向前伸出，加上长时间躺在床上增加的体重，瘦弱的母亲只好站在父亲身后抱着他，再用自己的一只脚推父亲的一只脚，等被推出的这只脚站好后，再把另一只脚和父亲的身体往前推。与其说是父亲在学走路，倒不如说是母亲在推移着父亲前行。本就瘦小的母亲常累得气喘吁吁，走两三步歇一会儿，再走两三步再歇一会儿。

也不知过了几个月，父亲终于能自己挪出一小步，母亲再次露出了欣慰的笑容，这笑比夏天的烈日还耀眼还灿烂。这回母亲只需用肩托着父亲走，再后来，只要牵着他的手走，最后只要拿个扫把给父亲当扶手，他也能移动双脚了。就这样，父亲终于站起来了，可以靠着扶手慢慢挪动。苦心人天不负，诚然！

这样，母亲才带着父亲出院。回家后，父亲就靠着椅子慢慢地挪动双脚，锻炼手脚。回家后，母亲又手把手地教会了父亲洗脸、刷牙、换衣服、洗头、上洗手间……父亲终于有了一定的生活自理能力。

可是此次变故，家里欠下了十几万的债务，其中有好几万是高利贷，这在二十几年前对一个普通家庭而言无异于天文数字！

从此，生活的重担全部落在了母亲一个人肩上。四个孩子的学费，十几万的债务，一家人的生计，手脚不便的父亲，这四座沉重的大山全都压在母亲八十多斤的身板上。但是，“吃志”的母亲没有被击倒，她在艰难中毅然支撑着这个家。当时，除了一年几千块的茶叶收入外，再也没有其他收入了，而这一点收入总要先用来还欠下的高利贷。很难想象，在这样的条件下，母亲一个人是如何养家度日的。我们四个兄弟姐妹依旧在学校学习。我在南安师范上普师，大弟读高中，小妹上初中，小弟读小学。邻居、亲戚、朋友等再三劝说母亲，让我们孩子中的几个辍学在家帮忙农事，可母亲却死活不肯耽误孩子的学业。她一向说："我是青冥牛，绝不会再让我的孩子成为青冥牛。再苦再累，我也要让孩子们继续上学。"

女虽柔弱，为母则刚！

试想一下，二十多年前，一个家庭举债十几万，已是难以承受的重压，加上四个孩子上学，还要缴不少的学费，我师范三年七千二百元的委培费，高中、初中一年也要五六百元的学费，另有伙食费等等。这些学习费用简直就能成为压死骆驼的最后一根稻草。但是母亲却坚决挑起这个重担。为此，母亲常是白天下地干活儿，晚上在家做家务。每逢茶季，更是忙得晕头转向。她白天采茶、做饭、照顾我父亲，到了晚上又要做茶叶。加之铁观音制作工序又特别繁杂，因此，母亲在茶忙季节里常一天只睡三四个小时，偶尔还只睡两个小时。如此忙碌下来，以至于有一次忙到个把月都没有去买肉吃，最后还病倒了，不得不请医生来打点滴。医生说她是日夜操劳，睡眠严重不足，上火了，加上营养不良才病倒的。此事我们也是后来才知晓，当时我们都在外面上学。

这般艰辛、坎坷的道路，是什么一直支撑着母亲走下来？毫无疑问，是母亲对家无私而伟大的爱。爱的力量，让她坚韧不拔，勇往直前。

父亲，最终还是落下残疾，右脚无力支撑，左手行动不便，只能扶着椅子走路。尽管如此，母亲廿年余如一日照顾着父亲，毫无怨言。

后来，由于种种原因，大弟弟与小妹都放弃学业而外出打工，再后来便开始从事茶叶经营。这些年母亲亦是独自一人在家不停地劳作着。也许是秉承母亲乐观、坚强、务实的性格，他们的生意渐渐好了起来。乘着安溪铁观音飘香的翅膀，经过几年的拼搏，他们终于有了自己的店铺、房子、车子以及自己幸福的家。我也过上了自己想要的生活，小弟则攻读完浙江大学博士，作为人才引进回到泉州工作。二十多年的煎熬，母亲终于可以松一口气了，当邻居投来羡慕的目光，说着赞许的话，母亲总是说，没什么，还好孩子没成青冥牛，能靠自己的双手"趁食"（赚钱养家糊口）而已。

然而好景不长，平地惊雷。2013 年夏天，大弟媳被查出了脑瘤。为了延长她的生命，去医院做了开颅手术。但术后仅一个月，她的脑瘤复发，年仅三十四岁的大弟媳便魂赴仙乡。一朵怒放的花儿就此凋谢了！徒留两个不更事的孩子，还有我那可怜的大弟。

人间最苦莫过于白发人送黑发人，这个骤然的变故，如晴天霹雳，给了母亲更沉重的打击。谁能知道她心中的痛楚与无奈？上天不公啊！母亲才刚刚松了一口气，又遭遇了这样的不幸。可怜天下父母心！为了大弟弟与两个小孙孙，她每周往返于城乡之间。周一到周五在城里照顾大弟弟一家的生活起居，而家中则由我帮忙照看。母亲周末又赶回乡下照顾父亲（父亲手脚不便，住不惯城里的房子）。母亲还晕车，如此奔波劳累，心力交瘁。年逾六旬的母亲愈加憔悴苍老。岁月无情地在她的脸上刻上了深深的印记，伤痛染白了她的黑发。只有她自己知道自己有几多愁苦、几多心碎。

大弟媳离世一年多，大弟弟却未能找到合适的贤内助。这对于母亲来说也是一大煎熬，她夜以继日盼望儿子能早日找个善良的妻子，好帮他打理那个家。直到三年后，大弟终于找到心仪的人，母亲终于松了一口气。

饱经痛苦折磨的母亲，依然保持辛勤劳作的本色。她依旧一再告诫我们——“做人要吃志”。她每逢周末回乡下便见缝插针，在房前屋后的土地种上各种蔬菜。人勤地不懒，菜园里常有各种时令蔬菜，西红柿、佛手瓜、冬瓜、青椒、长豆挂满架。淮山药、番薯、玉米、姜、芋头种满地。菜园里一派丰收的景象。每逢周末，她总会让我带上各种蔬菜回城。

有这样的母亲，是我三生修来的福气。

面对家庭的两次变故，“吃志”的母亲没有被击倒。相反，母亲用她矮小、瘦弱的身躯为我们遮风挡雨，给我们撑起了一片天。“青冥”的母亲，于我们看来，是伟大的、可敬的。她那坚贞的意志、乐观的精神，时刻是我们在人生旅途上前进的催化剂、推进器。虽然我们过得平凡，没有耀眼的成绩，但是我们都传承了母亲的人格和精神。未来，即使面对不测，我们也会直面人生，勇敢跨过坎坷沟壑和暗渠！

如今，母亲打电话时，常常唠叨如流，作为儿女，除了物质的供给外，我们何以为报？不妨以感恩的心聆听母亲的“面线话”；也常回家看看吧，不厌其烦地聆听母亲的“吃志”心语，让母亲慰藉的笑容绽放在眉心里、额头上。

补记：本文为糟糠吴秀清为其母亲我的丈母娘而撰写，本题为《母亲颂歌》，我见此文写得甚是感人，反正我读一遍就泫然一次，有时竟不忍再读。于是基本顺其原思路，略作修改调整，将其发出，很多读者回复表示亦受感动。闻此，我们深表感谢。祝福天下所有的母亲幸福安康。

岳母和她的果园

在茶香中拐过弯道

晨起，不胜春节酒，火气上蹿，忽思老茶。翻箱倒箧，遂于冰箱底层把他请了出来：一盒1994年1月安溪三村洋登茶叶加工厂的铁观音。

这是乔迁那年，一老茶商送的，他当时说，老茶当药用，有祛火去胀之效。对此，我曾耳闻，但将信将疑。后犬子贪食腹胀，依老茶泡盐法服下，果然。于是视其为臻品，藏之箱底，不轻易示人。而今天，这条形松散容老色衰的纯手工茶，又要发挥疗效。感谢你，洋登铁观音。

言及此，就不能不说说这个老茶商了，春节期间特地去拜访过。他姓吴，年已花甲又五。他说，自己的一生多在与铁观音打交道，若无铁观音，自己厝内的鼎就要吊起来（意思是生活无法过下去），四个小孩儿都要做“青冥牛”（意思是文盲）。听其一席言，不能不为他的人生经历所感叹、折服。

原来，他自幼长于山村，小学肄业后，跟人外出“挑土杵墙”或搬石砌墙基，一天工资不超两元。结婚生子，分家不久，幸逢改革开放，允许个体经商，允许“单干”，于是他立马借钱买茶卖茶，发现凭借自己出类拔萃的鼻子，买回的茶叶竟然都是超值的，这样一进一出，一袋茶叶竟然可以赚上好几天的工钱！于是他决定从事茶业。后来成立了“洋登茶厂”，专做包装茶，销往厦漳泉，生意红火。一直到1993年，经过十余年的努力，他盖了“七间张”的大厝，屋顶飞檐翘脊，屋内瓷砖装修，家里福日彩电、双卡录音机、缝纫机等应有尽有。

飘香的铁观音，让老吴实现了人生的第一次飞跃。然而福兮祸所伏，似乎亘古不变。

时光走到了1995年7月，老吴的生意犹如七月的烈日一样火热。正当他备好货要出门的前一天，天大雨，雨停，邻人断电，问之。老吴家里有电，其应邀去帮忙，毕竟是出过门有见识的人嘛。老吴直接爬上变压器查视，当然他不知道哪里高压哪里低压，未料是从高压那边上去，于是触电仰摔落地。赶忙送医就诊，颈椎摔坏。经一年多的救治，未能痊愈，落下左腿高位截瘫的困厄。

这一年，大女儿上师范，大儿子上高中，小女儿上初中，小儿子上小学，那时还没实行义务教育啊！突遭横厄，生意全断，加上治疗费，欠下十几万债务。

但坚韧者永远自强。命运可以屈服人的肉体，决不能打垮人的意志。生活总得继续，哭诉哀号唤不回生路。老吴决定自己做茶叶技术指导，内人管理茶园事务，制作茶叶。他深信凭借自己买茶积累下来的经验，做出好茶不是神话！茶忙时节，幸好小孩都放假，可以帮忙。老吴则坐在轮椅上观茶颜闻茶味把茶脉，然后下达指令，啥时摇青摇多久、啥时杀青炒到啥火候，妻儿悉听尊便。如此一来，茶叶质量果然不出预料。其间当然也有过失败，另外其中做茶之甘苦也只有亲历者才能明了。到2000年，我结识他的时候，他秋茶均价已经一百三十元左右。就这样，他还清了债务，生活的齿轮又润滑运转了起来。再后来，其小女儿和大儿子分别在南京和安溪开了茶店，生意不错。大女儿教书，小儿子呢，今春浙大博士毕业。

香飘世界的铁观音，又让老吴实现了人生的第二次华丽转身。

老吴说，在这太平盛世中，铁观音是他这一生的贵人。是啊，自改革开放以来，在“工业强县，茶叶富民”思想的指导下，这一片神奇的树叶让多少安溪人顺利拐过了人生弯道，从而迈向了富裕生活的坦途？它是多少人生命中的贵人啊！

神奇的南方嘉木，飘香的安溪铁观音，永远是安溪人的钻石商标，永远是茶乡人的骄傲！

补叙：老吴者，吾之泰岳也。中道罹祸，身残志坚；凭一茶技，乘茶业东风，顺时而为，脱贫致富，堪为典型；尤尚育子女，次子博士，亦是乡村难得。其不嫌吾五短丑陋，吾幸为其东床，是吾三生之福也。

岳父与岳母

“甩脚勇”也盖房子了

去年冬天，乡下翻建的房子装修好了，身为“督工”的父亲，终于松了一口气，来到县城探望他的儿孙。

小酌几杯，打开话匣，从建造版筑七间张土坯房子谈到翻建的钢筋水泥房，父亲说从此再也免于担心“风台”刮走屋瓦而“床头屋漏”“半夜无眠”了。

一口米酒万千话。父亲忽然说道：“对了，‘甩脚勇’也盖房子了！”

我忙问：“盖哪儿？”

“我们对面，他的老房子东侧护厝翻建。”

“太好了！和他仿佛年纪的，估计他是最晚盖房子的了。”

“甩脚勇”是我们角落的厨师，年近花甲。之所以称“甩脚”，是因为他两腿左长右短，右膝盖异常，走起路来，右腿仿佛由内向外猛地扫出去，然后“啪”的一声脚掌着地，接着费力踮起脚尖，左腿前迈。就这样，他走路，总是在后仰前倾和前倾后仰中不断循环，速度自然不快。造成这样，据说是十来岁去卖豆干不慎摔倒，伤了膝盖“灯火盏”（髌骨）未及时医治，最终髌骨废弃，小腿不能灵活屈伸。因为他的名字带“勇”字，于是邻人就称他“甩脚勇”了。

上苍似乎有好生之德。腿脚不便的“甩脚勇”，嗅觉、味觉出众，双手灵活。于是，二十多岁时，他去三明学“厨艺”，毕竟这职业对“腿脚功夫”要求不高。学成后，在长坑老街道一家餐馆当厨师。虽有一技之长，但脚腿异常，三十多岁未婚。终于，店里来了一个人高马大的洗碗女工，在店老板的极力撮合下，二人登记办证，后生育二女。于是，邻居都说，“甩脚勇”的老婆是用“煎匙（锅铲）”煎回来的。

再后来，他在村里路旁开了一家简陋的饭馆。起初，恰逢茶叶行情好，生意火爆。而最近几年，村人多外出谋生，门可罗雀，算彻底关门了。他也只有在乡里邻居红白事时才去操刀切配、临灶烹调了。而两个女儿都在外面读书，收入锐减，生活困难可知。庆幸的是，受资助读幼师的大女儿去年毕业上班了。

转眼春节到，我们回到乡下。就在我房子的对面，“甩脚勇”的房子一层已建好，不锈钢卷闸门也装上了。我必须去看看，毕竟他是我父亲的“红五牌友”。

大年初一一早，乘着浓浓的鞭炮气息，我来到了“甩脚勇”的新家。我的到来，令他大吃一惊，然后欢喜道：“松的，新年好！汝今天这么早能来我这！快坐快坐。”他大概也认同大年初一先拜访谁有讲究的风俗。我忙说：“你盖了新房，我能不来看看？况且我一年也难得回来几次，自己也刚翻建房子，无法帮你什么忙，如若需要我动点儿笔，那尽我所能。”

坐定，泡茶。他说：“盖个房子真不容易，一层就花掉近十万。”

接着他竟然神秘地俯到我耳边说，他无意中“捡到”了八万八千元，于是就赶紧盖房子了。我起先一脸懵，突然想到他是一个好开玩笑的人。于是断定他是“中彩发财”。他竟然哈哈大笑，说差不多。

原来，他盖这房子，是政府特别关照特批的。他是二女户，经济又困难。近年来，政府出台关爱二女户政策，申请到的每户每人批二十平宅基地，每人建房补贴两万两千元，他家四口人，刚好八万八千元。

他说，今年政府有人“牵线当红娘”，让他到城里去做厨师，争取赚点钱，二楼也盖上，顺便简单装修一下，这样生活更方便。只见门外正堆摞着“毛板”和“毛拄”，看来只待元宵后开工了。他笑道，等有钱了，也像别人在门口种种花草，不过要种“菜花”“苦菜”“芫荽”等，方便摘食。说得令我忍俊不禁。正聊着，我堂兄打来电话，约去泡茶。

辞别了“甩脚勇”，来到堂兄家。才发现，堂兄的房子一改先前的装修，顶楼仿古构造屋脊，纯木材建造，屋顶琉璃瓦红艳艳熠熠夺目。门庭外，桂树茁茂于南北，诸兰婀娜于东西。一楼大门换成了钛金精雕玻璃门，内部吊顶置中央空调，悬水晶灯，时值初一，顶灯全亮，“皓壁曜如月照”。其设计“温房承其东序，凉室处其西偏”，冬不寒，夏不热。

我笑着说：“堂兄，看来你发财了！”

“去年生意还不错。铁观音销量减少，其他茶却卖得火。”他笑了笑。

堂兄一家子在广东东莞开茶店已十年，十年来，他从茶农华丽转身为茶老板。

聊着聊着，不觉聊到了“甩脚勇”。

堂兄说：“甩脚的，挺不容易啊，也盖了房子。据村干部说，他是扶贫对象，政府有补助。不过他连“佛头”也不做，有族亲意见挺大的。”

我忙接过话：“既然是贫困户，他把钱用在盖房子上就是对的。这两年不是倡导移风易俗吗？这样既移风易俗带头模范，又改善居住条件，何乐不为？”

堂兄点了点头。正又闲聊些村落土厝翻建新房的事，妻子来电话，有客来。赶忙告辞。走在环村水泥路上，映入河流的，是如春笋般拔地而起的楼房，乌瓦土墙七间张的老式房子几乎被“剪切”并“替换”了。飞檐翘脊皇宫似的房子，却是村落两座重修的祖祠，掩映在钢筋水泥建筑中，显得慈祥而矍铄。

归途转弯处，忽见一新立石碑：某某角落路灯捐款碑记，落款“写着 2018 年腊月”。这是去年年底村落的长者，借移风易俗之机，大倡“路灯工程”，应者云集，很多人将本预备做“佛头”的钱拿出来捐资，仅几天就集资数十万，并于春节前完成河两岸环村公路照明工程，结束了村落夜幕降临即“黑暗”的历史。眼神掠过捐资者名单：王某勇赫然在列，他就是“甩脚勇”，被扶贫的他，竟也慷慨解囊。

夜幕降临，河两岸的 LED 路灯亮起，那路灯仿佛是颗颗闪亮的水晶，规则有序地镶嵌在山脚之下河流之上的夜空中，山村宁静而祥和。

吃完晚饭，父亲接到电话，要到祖祠去开会：关于明天“迎佛”人事安排事宜。我开车带他去。主持会议的是国叔。家庭代表都来了，除了“甩脚勇”。会议开始，国叔宣读了抬轿、敲锣打鼓、放炮举旗等人手名单。突然，身材高大的贵叔站了出来，质问道：“‘甩脚勇’的安排呢？他腿脚不便可以理解，但他先前不轮做‘佛醮’，你解释一下，他是你弟弟，你都安排不了，你现在安排别人干活儿，这“头”咋当的？”国叔一脸尴尬，解释说他一再叫他弟要“做”，但“甩脚勇”坚决不做。

正说着，“甩脚勇”进来了。他大概知道了个别族亲对他的非议，甩着脚走到大厅中间，道：“谁有意见？有种的跟我一起不做佛头，看谁脸皮薄？今年做佛头，我就是不杀猪，不买香烛金帛，不拜佛，不请客。我就是要像政府说的：移风易俗，神事不办。我要把钱省下盖二楼，总比住‘草棚’好！佛公能给我盖房吗？若不是政府扶持，我哪儿能盖房？政府比佛公‘卡尧’（更牛）。”接着，又愤愤不平道，“个别人有钱了，爱攀比，好面子，不惜福，乱浪费。一个垃圾清运工说，去年正月，垃圾箱里居然有猪头。那是佛事过后扔掉的！造孽啊，造孽啊。你们免为难我二兄，做与不做是你们自己的事。”

说完，甩起脚拂袖离去。祖祠寂静。

我在想，他收入有限，身体残疾，养家糊口已不易，求神求佛不若求自己，何错之有？移风易俗竟然是一个贫困户做得最彻底，令人汗颜！正沉思着，出门在外的豪兄弟打破沉默说，现在信仰自由，没必要强人所难。社会进步，思想也要与时俱进，更何况今天初一，有事好商量。年轻人纷纷附和，于是各领所排，散会回去。

回到家，举目望去，新居别墅灯光似乎更加闪亮，人影憧憧，或许都在团聚起坐喧哗吧。“甩脚勇”门外红色的天灯也亮着，虽然低了一点儿，但我深信，明年的此时，这天灯定然“更上一层楼”，与河岸的路灯一样高，交相辉映。

致科名中学

——写在犬子北上泉城求学前夕

犬子，今年考上山东财经大学。虽然不是985，也非211，但对这个成绩我们还是很欣慰的。

我私下常对小子说，能考上山东财经，科名中学功不可没。他深表赞同，说是在科名中学夯实了基础，后来才有可能考上一中，而因为考上一中，才坚定上本一线的目标，所以，要特别感谢科中。

事情必须从2013年春说起。

那年春天，我从安溪第十中学（祥华）调任科名中学教导主任。时新任黄校长，本地人，具事业心，勇担责任。因为本地村民多为族亲，教学质量抓不好，会让族人戳脊梁骨的。记得上任伊始，黄校长就交代我编印材料，准备深入基层小学做招生宣传，这对于盘岭之上的初中来讲可能是第一回。

原来，2012年中考，科名中学遭遇一中统招滑铁卢，中考成绩下滑，加上城镇化兴起，村民多有前往恒兴中学或城里中学就读的想法。为了留住六年级优质生源，树立他们对科中的信心，我们将科名中学近十年达到一级达标水平以及后来考上大学的学生名单整理出来印发出去，然后将新年后学校如何管理、如何抓教学质量毫无保留地告诉学生和家长。尤其是全员寄宿制封闭管理和一对一辅导，让家长信心倍增。信心源于事实，2013年的市质检后，我们将成绩（为反映学生真实水平，每科考完后由教导处组织将试卷统一混装，全校流水作业批改）与慈山学校作比较，记得当时成绩能处于慈山学校前 50 名的有 3 人，而当时慈山学校能考上一中的人数在 50 名左右。再后来，加上不厌其烦登门入户动员，优质生源多无外流。而当年中考成绩证明了先前的判断，一中统招 2 人，定向 1 人，定向的还 9A 呢。到了 2014 年春，黄惠贞考上一中自主招生，创下盘岭之上的纪录。到了中考，一中又统招三个，定向两个，霎时轰动内安溪，因为考生仅三十一人。从此，片区民众对科中信心满格，初一招生进入了良性循环。当然，老师的辛勤汗水，乡里人看在眼里，黄文忠、黄清平等贤达人士慷慨解囊奖教奖学，甚至每年暑假带全体老师出去旅游。连续三年成绩显著，科名中学全员寄宿制管理模式被《中国教育报》推介。而今，科名中学的办学成效在内安溪依然超拔耸立。

有人说，假如一个校长不敢将自己的孩子放在本校培养，那就说明他对自己的学校没有信心。对这个观点，我深以为然。

2014 年秋，黄校长把他的儿子带到科名中学借读，后来也考上一中。或许是这一把火，也点燃了科中教职工对科中的信心。此后，教师子女多来科中就读，考上一中、铭选中学的，非屈指能数的。

这一年秋，犬子上初一，就读城里最好的公办初中。当时，内人在长卿镇（长坑）三村任教，犬子由其祖母带，套房距离学校近两公里，他骑自行车自己上下学。我跟他约定，期中考如果没进入年段 500 名以内，就跟我去科名中学（其小升初入学成绩排在 700 多名，时该校初一 20 班，1100 个学生左右）。期中考成绩出来，语数英只有 353 分，其他科目更是惨不忍睹，如地理生物不及格，排 600 多名。于是被带到科名中学，他内心极不情愿，因为“狐朋狗友”全在城里。但，当进入教室，班级响起热烈的掌声，让他感动，加上乡下同学淳朴热情，顿时融化了他对乡下中学疑虑的坚冰。

从此，犬子开启了新的学习生活模式，早上6点起床，6点20分参加晨读，中午饭后练字一张，之后午休，晚上6点英语听力，接着四节晚自修。时间得到保证，不再野浪蛮游，加上同学的关心呵护鼓励，期末考时，不用说其他科目，单单语数英就394.5分。于是，他自信起来，不再把“学渣”挂在嘴边。后来，初一下学期，语数英还考过400多分，进入科名中学前四名。

我一直在想，犬子能有如此进步，除了寄宿制管理学习时间得到保证外，还有极其重要的一条：那时，科名中学教师已经兢兢业业地做到了“三磨”（磨课、磨卷、磨学情）。

至今还记得，那时，教犬子的数学李文贤老师、化学转教物理的陈清招老师，一贯课前10分钟小测，每个学生印发半张A4纸的前节课内容小测题，测完后再逐一批改订正辅导（这种做法要花费老师多少心力啊！只有亲身这样做的老师才能体会其中滋味。局外人，尤其是那些说教师工作轻松工资高的，应该闭嘴）。这种做法极其有效扎实了学科基础。犬子数学唯一上过140分、物理常在90分以上的，都是在科名中学。我要感谢科名中学，感谢科名中学的所有老师。后来，犬子初二下学期再回城里就读，数学、物理，甚至政治，都大滑坡。当然，这里绝不是否认城里这所中学的办学成效，我要说的是，像犬子这样的学生更适合于科名中学这样的学校就读，我戏称为“小尾鱼勿会适应大窟水”。至于后来也考上一中，一则是他自己觉醒发奋起来，二则是跟随潮流——及时课外补缺补漏，尤其是物理，幸有老同学专攻，否则，不堪设想。诚如犬子自己所说，在科名学的物理是最扎实的，还是化学老师教的。我那时在想，要是在科名，或许就不用忙着周末去补课了。

我私下认为，科名中学的特质就是不服输，有韧性战斗精神。记得跨学科教学的，除了陈清招外，还有李继宗老师，语文科任教地理，连续几年地理会考成绩均在全县前列，县里地理学科会叫他上台介绍经验，谁也没想到他是“半路出家”的地理老师。

除了老师，科名中学的学生不服输坚韧不拔者，比比皆是。记得2014届，有一位同学勤奋努力，熬夜太多而上火秘结到差点儿生痔疮，好在后来及时调理，但正是凭着这种韧劲，最终考上安溪一中。另外，印象深刻的还有，与犬子同班的黄智扬，刚上初一时，英语单词听写常常不过关，换成别人，早就放弃了。然而，他拾起午饭后晚饭后的碎片时间，独自待在106宿舍里大声读英语，硬是将这些碎花布缀成英语花衣。上天总是眷顾勤奋的人。到了期末考，记得他英语也是120分以上。后来，黄智扬同学考上铭选中学自主招生，今年又超出本一线几十分而钟情于闽南师范大学物理系。

实际上，这种不服输的基因，自古及今就流淌在科名人的血液里。远一点儿的，元末农民起义领袖李大，号称草霸王，就在科名设科举场，足见当时学风之盛。近一点儿的，清代科名村人黄培松，少时习文，不第弃文习武，拜晋江大罗溪武举人黄纪堂为师。光绪六年殿试一甲一名，钦点状元及第。民国二年，任福建护军使，获赠“培威将军”称号。从文不成，“半路出家”习武而名扬天下，非常人之毅力韧劲无以至此。而今天，科名人坚定的脚步走遍华夏，铿锵的乡音跨越大洋。

2018年7月，我调往湖上中学任职，临行前曾胡诌《辞樟中榕》：“古木阴阴千百载，山风习习何尝绝。叶藏啼鸟多含情，欸乃一声惆怅别。”

如今归来，科名中学已旧貌换新颜，泥土跑道变成了塑胶操场，周遭泥灰的围墙刷上了靓丽的校园文化，崭新的综合楼拔地而起……真是“对照过去认不出了你，科名中学换新衣”。但是，我知道，科名中学永恒不变的就是不服输的韧性战斗精神，这精神诚如五阆山，勇屹不倒！

庚子孟秋，长卿镇玉湖后学拙叙谨致。

（本文应安溪县科名中学五十年校庆专刊之邀而写）

非师胜于师

——追忆王金荣老师

在2016年教师节来临之际，暂时脱离本职工作的我，觉得有必要写一点儿怀念老师的文字，以告慰那段永铭于心的如风往事。

至今，在我平生所遇老师中，最让我铭记的当推同村的代课老师王金荣。要是上天更怜悯一点儿，那他今年是八十六岁。可惜上天也需要老师，于十二年前带走了他。

说起王老师，就不能不先谈谈其一点儿遗闻轶事了。他出生于一个技艺高超的木匠之家，其父匠艺闻名三乡五里，其家时乃小康。但他似乎没有继承老子的衣钵，而是勤于攻读。奈何，天堂似乎也需要建造华美的宫殿，于是在他十来岁时，父亲便一鹤天去。然而，毕竟家中殷实，身为长子，他不辍学业，十五岁那年参加南京海疆军校招生考试，却因感冒发挥不佳。旋归，又参加南安师范的考试，一试中的！录取后欣然前往交学费，这可是能当老师的。当时中华人民共和国未成立哦！但，国家岂能没有老师？不久，居然收到军校的录取通知书，作为长子，为了照顾家庭，只好舍弃，况且学费已交。这在我们村，那时估计也是未有的事情。他“弃武从文”了。命运有时就是好开玩笑，否则，我村说不定就出了一个海军高级将领！

村中老人说，根据我们村的地理风水，玉湖为龙虾形，且有石旗石鼓，这可是虾将军的地形！可惜了。

但感谢命运，否则我们也就错过了这样一位好老师。

小学三年级时，深秋的一个早上，一个五十来岁的沧桑男人，“晃”着上半身“扫”着左腿走进教室。站到讲台前，微微一笑，皱纹显得更比油条深，脸带庄稼汉的色泽，但斑白的头发三七开，枝枝朝北，配着高隆的额头，分明不自觉冒出一种与泥土不一样的气息。然后，他开门见山地说担任我们的数学课老师。同学们有点儿意外，因为先前的数学老师可是年轻的吴校长！

在疑惑之际，新课开始。当时，正值教万位以上数字的读法，他极有耐性，先把数字写在黑板上，然后和同学一起分析了从个位到万位，再和同学分别算出万位到个位的数量，最后合起来，然后把数的读法用汉字工工整整地写在数字右侧。一向数学恐惧症的我，居然听懂。他有一个特有的闽南口头语：“这样听有也无？听无，再讲一遍。”讲到兴奋处，唾沫横飞，嘴角留白。几堂课下来，便得到大家认可。

印象深刻的是：他在班上特别表扬一个叫“火烟”的同学，该同学在严冬结冰的晚上连续加班数学，“鼻水横流”而不知，在测试中破天荒考出90分，震惊“朝野”。王老师特别以他为典型，希望所有同学能发奋如此。

榜样的力量有时确乎惊人。记得那时语文抽查背诵《为人民服务》，我呆若木鸡而挨批，于是决心也来烧一把“烟火”。听说天未亮起床背诵的效果特好，于是回家后，特别交代父亲大人如此如此。那时没有电灯，还是点煤油灯来读书的。没想到，在煤油特有的气息中，居然两遍之后背下来，我自己都不相信！该不会是煤油灯，点燃了我记忆力的火焰？

在他富有耐心的任教下，一向数学如烂泥塘的我，在五年级上学期期中考试中居然也考了76分，而且是班里较好的！如此

“大跃进”，理所当然得到公开表扬。但同学们不买账，说我是坐在第一块桌子偷看到了老师的答案。那时老师确实在讲台上做，但我看不到，可惜，否则估计上 90。老师并没有应和“嫉妒”者的观点，而是说：“尧（闽南话厉害之意），你也给我偷一次。”这回，总算轮到我扬眉吐气一回。

但这表扬的催化剂似乎并不耐久，好玩的我，课外溪里捕鱼，山上摘野果，树上掏鸟窝，还有打扑克等等，样样在行，作业成旱田，练习本成荒野，成绩自然还是惨不忍睹。

到了五年级下学期期中考试结束，成绩非常差！语文老师公开在班上笑着说：“×××，汝简直是担油过石壁。”言外之意我几乎不可能考上初中（那时还不是义务教育哦，否则我可不用担心的呀）。我很是泄气，于是打算留级，便把这想法告诉金荣老师。他特意叫我去宿舍，说：“想留级，说明你心里觉醒了，想好好读下去了。但是留级不是要紧的事，当前，你先好好努力一下，也去参加初考，试试看，考不上，再留也不迟，这样对毕业考更熟悉，也是有好处的。”我听从了他的建议，最终两科合计 139 分考上初中，总算把“油”担过了“石壁”。

可惜，上了初中，初一、初二，我还是玩心十足。那时，家里为了奖励我考上初中（在家人看来，我考上初中也是丰功伟绩的），专门给我配备专车——自行车，1987 年，一部二手的永久牌自行车。那会儿，课外，和同学骑着车四处“旅游”，哪里有“热闹”（诸如佛事普渡演电影之类），也定然骑着车欣然前往。

如果说优点仅存的话，那大概就是好看课外书了。如此近乎浪荡的做法，焉能有好成绩？记得初二第一次几何考试，30 分仅得其 6，脸皮也厚得可以了。

还好，每逢假期，总是和邻居的高个子同学（他是学霸）一起去找王老师聊天。二人相形之下，高的就是高，矮个就是矮。老师鼓励我要向高个子学习，况且那时我们寄宿还同宿舍！暗淡的我，下决心让自己闪光起来。

从初三开始，决定跟随学霸作息时间的脚步，每晚读到近十一点，早上五点左右起床。上帝果真会为勤苦的人所感动。于是，我初三成绩渐渐起色，虽然距离学霸还很远。努力，坚持。两年后，在高二选读文科后，期中考居然第一，成了那所农村高中的学霸，老师同学都震惊不已。但终因地基太薄，高考只考上一所师范院校。虽然如此，记得去拜访王老师时，他是非常高兴的，连续说了几个“好”。毕竟“歹竹长出了笋”，而原先高个子的学霸这回落榜了，听说他得知成绩后关家里落泪。

到后来，才知道，他只是一个代课老师。一个曾经是老师，变成不是老师，而后成了代课老师的老师。从这点来看，他又颇具传奇色彩。除却先前差点儿去军校外，他还有令人惊叹的举动。当时他十七岁从南安师范毕业分配到蓝田后清小学任教，居然把原本学区垫底的班级教成全学区第一（当时长坑、祥华、蓝田都同属一个学区），而后听说学区领导要把他调到中心校，他不愿意，因此与领导有隙。而后，因家里人多，他又是长子，工资不够养活，于是任教不到两年，他学起陶渊明，归家荷锄挑月。回家后，身为长子，不到十九岁，便统筹家务。十九岁，居然主持盖起农村七间张大厝。据说盖屋期间，因田地纠纷，他只身舌战望族，望族那时是有人在部队里为官的。最后以其盖上屋而告终。

务农期间，据说，有一次他到山里抬木头，不小心摔了一跤，木头压坏了左脚，留下后遗症，导致后来走路不灵便。在上高二时，有一次作文题为《难忘的老师》，我全班夺魁。那是以王老师为原型来写的，但艺术化地把他腿瘸归罪于文革因富农成分受批斗。现在想来，是自己一厢情愿让他承受苦难！

三十余年后，时值二十世纪八十年代改革开放，华夏处处缺师资。于是当时小学校长把他给“三顾”了出来。那真是村庄的福气。一个好老师可以造就多少心存善心的学生啊！后来，他多方争取转正，但终因其离职太久，被取消了编制。而后政府给他每月八元的补助，到后来听说是提到每月三十元。

等到我高中上完，他也从代课岗位上“光荣退休”。此后，上大学乃至毕业后，几乎每年都要去他家聊天谈心。因职业单纯，彼此交往如水非为醴，羞言于能为他帮上什么忙。庆幸的是，在任教二十年余，我敢斗胆告诉他，定然不负于教学！

他悄然离开，默无声息，也不舍得让我这没出息的学生知晓。一介农夫兼代课老师，就这样走了，没有丰功伟绩，没有壮观的送行队伍，没有达官显贵的吊唁，堪谓“一切从简”。他，活在世上，活出自己的样子：敢担当，勤于事，乐于业；随境而安，不怨天尤人；与人为善，不妄下断语。这就是王金荣老师，一个代课的老师，远胜过许多正式的老师！其生，平凡如村里的小山，隐而不拔；历程，却亦如村里众山，起伏若浪，引人遐想！

浮躁的年代，有多少人能真正读懂广大老师的初心！谁还会不作秀地拨出一点时间，从内心感激一下当初鼓励过你的师魂？

最后，套用大师的一句话来做迟来的吊挽：仁慈的地母啊，愿在你怀里永安他的魂灵！

好人，或来凡间报恩

——回忆安溪第十中学吴灵哲老师

吴灵哲老师走了，走于壬寅中秋后第二天——八月十七日。留下大学学业未完的女儿，留下尚小的儿子……我无法想象他的依恋与不舍。

我与他是安溪十中的十年同事，但已近三年没见面。他女儿与我儿子高中同班，每次家长会都能见面聊天，熟料，2019年秋的安溪一中高三年级二班的家长会竟成了我们最后一次见面。

他是到哪里都会醒目的人，因为个子确实高——近一米八，家长会在班里一坐，显得鹤立鸡群。倘若打篮球，必做中锋，篮下一站，接球伸手一探，球进，真是让人羡慕的身高优势。他女儿也争气，如同他朴实勤奋，成绩一向在班级十名左右，可惜临门一脚发挥失常，但也考上省内一所不错的高校。

今夏，本人抱病，经历一场大劫。有安溪十中同事来关心，聊天得知，吴老师去岁发现得肌肉渐冻症，手脚日渐不灵活，但今春仍坚持上课，无力站着讲，就坐着讲；后来实在无力讲，就PPT上比画着讲。敬业者，敬业应刻入他的墓志铭！

未曾想到，其病情发展如此迅猛，冻住其手脚，冻住其口舌，冻住其躯体，逼停其心跳……这么一个可敬可爱的老师，竟要受如此折磨！难道真是天地不仁，以万物为刍狗吗？

我多想呼喊：苍天，睁眼看看，他是好老师，他是好丈夫，他是好父亲，是个无瑕的好人！善有善报，难道此刻这是人间谎言！

说实在的，我们俩交往不深，堪谓君子之交。但是，在安溪十中十年，他给我留下了深刻的印象。

2003 年 8 月，我调到安溪十中任教导处副主任，后来任教导主任，一直到 2013 年 2 月调往科名中学。

做教导处工作，首先面临的问题便是排功课表。一张课表决定了每个老师一学年的出行安排，是教师最基本的切身利益所系。这十年间，城镇化快速推进，很多老师购房于城里，周末住城里。然而，安溪十中是寄宿制学校，学生周日晚到校，需要老师到班级督修。城居者，除了个别人，要是安排周日督修，他就会跟你急，因为当时拥有私家车者尚寥寥无几，县城到祥华近百公里，要坐车半天啊。这样顺带的结果是，周一早上的功课也几乎不能安排城居者了。

然而，安溪十中就是有一批诸如吴灵哲老师这样的“土著”，当时他们几乎住在当地，不计较课表安排，为我的课表能够灵活地“乾坤大挪移”奠下基础。印象最深的是，吴老师从来不会向我提出功课安排方面的要求，任由我给他塞“萝卜坑”，有时确乎进度无法协调了，才会知会我一声。他说，反正住在学校附近，上下班方便，让外乡或住城里的老师方便一些，这也是本地人该做的。就这样，他一如既往、无怨无悔、宽容支持呵护我十年！就是因为有这样的老师默默配合支持，我的工作才得以顺利开展，城居者生活也才更便利舒心。

我在十中这十年，也是祥华铁观音走向辉煌的十年。每当春秋茶季，街道真是摩肩接踵、万头攒动。当时，随便贩卖点儿茶叶也能赚点儿比工资多的钱。传闻祥华后坑仔一制茶高手曾豪迈地对某正科级干部说：“× × 长，您一个月的工资还不及我这个茶丸。”可见当时茶叶经济影响之大。

吴老师是教物理的，常年担负毕业班教学工作。作为本地人，他当时也很忙，因为是学物理的，发挥所长，乘着茶叶东风，课外时间代理帮人安装制茶空调，赚点儿钱补贴家用（内人在家带小孩儿并看店）。要知道，茶忙时节，制茶空调常常要赶时间维护，才能确保茶农的利益。然而，他从来没有因为茶忙时节而耽误一节课，也从不会借故请假，更绝无迟到早退与旷课。当时，为“发展经济”而做点儿茶生意借故请假或旷课的绝非个别。从这点来看，灵哲老师真乃公私分明，不因私以废公。

教学上，他素来敬业有加，身为教研组长，完全不需要学校私下交代他注意学科长短脚问题。他自己会主动利用晚自修、午休等时间跟学生交流并进行辅导。在与他合作的毕业班中，从没见过学生学业因物理“腿短”而“残疾”的。尤其是 2009 届，单单安溪一中统招的就就九人，堪称安溪十中历届最辉煌的成绩之一。其中吴鹏和后来以安溪 2012 年高考状元考入清华大学。这其中，也有吴老师的一份沉甸甸的血汗之功。

除了教学勤勉敬业外，吴老师还是一个热心公益、乐于助人的人。

当时，学校的英语听力训练材料是用录音机和功放来播放。那十年，英语听力训练用的是磁带。磁带不堪用，用不了多久就绞带，录音机、功放用一段时间磁头就脏，有时教室喇叭就发哑。听力又是必考要训练的内容，不能耽误。好在学校有吴灵哲老师，他不愧是学物理的，修理录音机、电视、功放等，对他来说都是小菜一碟。凡是听力无法正常播放，一声“吴老师”，他就赶到学校“救驾”，也从不计较报酬多少。这十年的学生，他们可能不知道，当时英语听力训练的暗中守护神就是吴灵哲老师，但学校老师们知道，知道得都习以为常了。

让人更难忘记的是，同事每每有电器坏了，也常常找他，他只收零件工本费，不收工钱。我曾让他修过两次电磁炉，绝对是免费修理。一次是磁化弱加强一下，绝对免费服务；另一次是换线圈，起先连工本费也不收，说小意思而已，在我坚持下，才收下工本费。反正今天送去，明天修好，不拖延，急人所急，想人所想。

吴老师虽住在本地，却非正宗祥华村本地人。他是祥地村人（与祥华邻村，今相隔一条千米长的隧道）。然而他自毕业后勤俭持家，早在二十一世纪初就在祥华街道买了门面盖了房子。在那时的老师中，他绝对是靠技术致富的人了。然而，要知道，他是祥地村的，而非祥华村的“土著”。这样的“外族”能在祥华街道落脚生根，除了本地的民风总体不错外，实际上与吴老师的宽宏大度、与人为善、乐于守望相助、不斤斤计较的性格也定然密切相关。说实在的，我挺佩服他这种“头顶别人天，脚踏别处地”不畏宗族势力的购地建房的勇气。要知道，城里的金钱山一侧，二十一世纪初开发的房地产，当时外乡人买了，根本无法正常居住，据说一些“土著”夸张到连母猪生仔都要来请客，让购房者不堪其扰，最终集体逃离。不信且观，现在很多房子放空无人居住，甚至徒留门窗洞了。这种现象，在内安溪传得沸沸扬扬，吴老师必然知道。当然，乡下与城里的风俗人情有异，有时不能相提并论。

令人扼腕，吴灵哲老师走了，带着遗憾与不舍离开了氤氲茶香的红土地。可恨的肌肉渐冻症带走了他，带走了一个善良大度、勤勉自持、满腔热忱的好老师、好丈夫、好父亲，带走了一个同事、乡里心目中的好人。

都说好人一生平安，我想平安应该是好人的福报。然而，或许好人是来人间报恩的，而天堂也需要好人去守望相助，所以当上帝发觉人间的好人典型，也就带走了他，况且他还可兼修电器，如今电子信息化的天堂，或许正缺此类专业人才。

吴老师，要是我没记错的话，你我皆是 1995 年毕业参加工作，您长我两岁，今年恰是您的知天命之年。然，虽年逾半百，子犹待哺；如今竟去，秋阳惊雷；哭煞妻儿，悲及邻里。愚且拙辞，恭而吊挽。

诗敬挽云："惊闻灵去泪沾裳，今夜哲思谁断肠？驾鹤飞天应弃病，溪流空泣屋凝霜。"

又联敬挽："灵台无计逃神矢，哲匠用心筑杏坛。"

您巍峨的高度、亲和的浓度以及宽宏的气度，都值得亲朋邻里、同事学生深切怀念！

愿您在天堂没有病痛，祈愿您在天有灵，保佑家庭、荫庇杏园！

呜呼哀哉，尚飨！

“老懂”先生

“老懂”先生就是董老师，本是湖上中学的生物老师，2022年秋调回故里湖头慈山学校。已入天命之年，回家乡贡献余力去了。

说起董老师，湖上中学无师不知、无生不晓，其人在湖头片区生物学科中的硬功夫、软实力也堪称翘楚。“老懂”先生这外号是一届届学生口口相传赠送的礼物，对此，他欣然接受。

原来，他上课过程中，讲完知识点，习惯用一句“闽南话”问一下学生：晓得吗？因为他姓董，学生故意拉长声音回答：“董（懂）得了。”接着便是相视一笑，课堂霎时连空气都活泼起来。又因为他上课根本无须看课本教案，直接让学生打开第几页，于是开课，边讲边板演，关键处，一声喝令“请把第 × 页第 × 行画起来”，让学生惊为神人。原来他对教材早已烂熟于胸，于是学生“赐”他外号“老懂”先生。

若论年龄，他已知天命，是有点儿“老”了；但若只凭熟悉教材，那他还不算真“老懂”。作为市级骨干教师，每在片区上示范课，都能展现他传道授业的“老道”之处。2019 年秋，在慈山学校举行公开课，课题是“细胞分化形成组织”，当讲到人体四种组织时，董老师说记住四种组织的方法很简单，于是板书四个大字——上帝鸡精。学生正感到惊诧时，他娓娓道来：“上”指上皮组织，“帝”谐音为“结缔组织”的“缔”，“鸡”谐音为“肌肉组织”的“肌”，而“精”谐音为“神经组织”的“经”。学生一下子哄堂大笑，却在笑声中记住了知识。下课铃响，学生掌声雷动，经久不息。学生感叹：唉，这是别人的生物老师！评课时，同行者说，学生自发的热烈掌声就是示范课成功的力证。

董老师在教研交流会上说，像这种口诀式的记忆方法还有很多。诸如，植物的保护、营养、输导、分生组织可以简单记成“保养书生”；显微镜操作的口诀是：一取二放三安装，四转低倍五对光，六上玻片七下降，八升镜筒细观赏，看完低倍看高倍，九退整理后归箱。就这样用一到九的顺序词，配上押韵，朗朗上口，容易记住，动手操作不会乱了顺序。口诀式记忆法，让学生更省力更乐学。

凡是上过董老师课的同学都会觉得，能上“老懂”先生的生物课是幸运的。因为“老懂”上课时不仅让他们学会口诀式记忆，还善于联系生活作类比，妙趣横生。诸如教学“体内的物资运输”中的“血液”时，针对摸不着看不到的体内血管血液，董老师来了个比喻：血管就像河流，血细胞就像各种船只，血浆就像流水。讲到血红蛋白男女正常值分别为120 ~ 160g/L和110 ~ 150g/L时，老师就开玩笑说，女人打架时先打110报警，男人打架比女人凶猛，最后要打120急救才了结。抽象知识形象化、生活化，同学们就记得更牢了。

风趣的课堂，高效的方法，“老懂”赢得了同学们的“芳心”。然而，山区学生的基础不扎实，是否掌握，有待及时检查。于是，他采取课前五分钟检测法，将上节课知识转化成考题当场检测，以测促读。他注重培养学生的实验动手能力，学生实验考查合格率达100%。针对会考，他依据“十大主题”且吃透各考点内容及要求，将主题知识分类：基础类和提高类，要求基础好的要全面掌握学会运用，后进生掌握基础，争取及格。对于后进生，利用中午或晚自修，单独指导。尤其令人感动的是，每年春季面临会考，他都会放弃午休时间，走进教室做专门辅导，二十八年皆如此。也难怪，先前每年其所教班级生物会考成绩及格率均在县前十名，优秀率均在全县前二十名内，堪称内安溪初中生物的一面旗帜，即使在后来优质生源外流的情况下，其所教生物学科依旧“坚挺”，足以让人叹服。

实际上，能有这优秀的成绩，除了“老懂”先生专业的过硬功夫外，还得益于他擅长教育沟通的软实力。他平时主动与家长联系，深入家访，了解学生及其各自家庭情况，及时掌握学生思想动态，维护学生自尊，争取家长配合，让学生觉得不给“老懂”读书就是对不住他。“老懂”说，这叫发挥学生非智力因素的正向作用。2019 年春，看到初二年级 2 班陈某发上课走神，作业未完成，出现叛逆苗头，他利用周末，亲自带其回家顺便家访。原来该生其母离家出走，父务工，由祖父母照看。董老师一下子打消“告状”的想法，转而在他祖父母面前表扬该生在校的各种良好表现，只字不提“劣迹”。然后他发挥自己熟悉乡村方言俗语的优势，用“水不急鱼不跳”“地瘦栽松柏，家穷要读册”等闽南俗语譬喻讲道理，鼓励其做一个有志气有骨气的男子汉。家访后，该生思想立刻转变，会考双 A。

“老懂”曾对我说：在教育教学中，对于先进生，应当防范他们骄傲自满心理，时刻提醒他们：图垂成之功，如挽上滩之舟，休稍停一棹；而对于后进生、厌学生，老师则应该呵护他们容易破碎的玻璃心，时刻告诉自己：救既败之事，如临岩御马，休轻加一鞭。

然而，大多数人只知“老懂”敬业乐业，殊不知他还有一颗“仗义”之心。在片区教研中，他发现白濑中学李老师讲课充满激情有干劲，于是极力向时任校长推荐，而后又向李老师倾囊相授自己的教学经验与方法，催化其快速成长。如今李老师已成为泉州市初中生物学科带头人。不仅如此，当“老懂”得知东方中学生物学科田老师身患重病，欣然接受代课，每周增加十四课时。田老师去世后，“老懂”父母得知其去代课一事，很是生气，责备他年已半百不惜身子，坚决反对他再去代课。因那学校生物老师正紧缺，于是“老懂”嘴上答应不去，又偷偷去代课，但特意交代同事们勿言之于父母。“老懂”说：闲人无剩力。片区生物老师不多，一贯相互帮助扶持，能为生物教学出点儿微薄之力，何乐不为？

当然，“老懂”先生绝非一个完美的“圣人”。他这人啥都好，就是“嘴巴”锋利，看到不合“礼仪”、枉屈“公序良俗”的人或事，就会“嚣然”抨击，管你领导不领导，觉得正气正义才是王道。唉，知天命之人，颧骨额头依旧如山棱，本性难移啊！所以，交恶者，窃谓之为“反动派”。有道是：“千人诺诺，不如一士谔谔。”我却喜欢这样明明白白的“反动派”，因为比起很多“正人君子”来，他啊，虽是明面的“小人”，却是暗地里的“大人”。

这就是“老懂”的故事，平凡岗位上的故事。

再见，“老懂”，愿你在新学校里展现新气象，人如半百再逢春，在春风中播撒你的热切希望，永葆激情，不负如来不负生。

致粲儿 18 岁的信

亲爱的粲儿：

日升月落，寒来暑往，回首一望，你已 18 岁，转眼间就迈入了成人的门槛。

在这成人礼举行之际，姑且和你聊一聊你一路走来的情形。

还记得你刚出生时，狭长的脸蛋，有点儿尖，我心想：这么丑。护士却说：好帅的男孩儿。随着哇的一声啼哭，小鸡鸡尿柱擎天淋湿了接产的护士。那一刻是多么叫人兴奋啊。从此，家庭增添了许多热闹与欢乐。

在你妈妈的哺育下，尤其是你外婆等的帮忙照料下，你健康成长。印象最深的是，你周岁零五个月时，竟能背出“一二三四五，上山打老虎”；三岁时，竟然喝了啤酒（邻居叔叔让你喝的），回来说头晕想睡觉；四五岁时，专门迷动画片《猫和老鼠》《奥特曼》；五岁时，去上幼儿园哭丧着脸，后来，干脆在三村小学上幼儿班了。

2010 年秋，你妈妈到滔涛实验小学支教，你这“乡野的风”也吹进了滔涛实验小学，但一下子迷失了方向，因为该校是英语特色校，从一年级就开始教学了，“鸭子听雷”，啥也不懂，是你当时的状态。但后来利用周末去“小新星英语”参加培训，终于狂补上来，到了期中考，你英语竟然考了 90 多分。老师还说你英语基础不错，我都快笑岔气了。我们深知你的语言能力是比较强的。从此，“乡野的风”在城里“自在”吹拂。

一年后，你妈妈又回到乡下了，你“留学”城里，奶奶给你做饭，邻居叔叔应聘带你上学。而到了五年级，你就自告奋勇搭公交车上学去了，这样直到小学毕业。再后来，初中、高中你都独立骑车上学。你这种自立的精神让我们很欣慰，作为男人必定要独立支撑许多大事，倘若连这点精神也不具备，有何面目立世？

尤其记得的是上四年级那会儿，每当周一早上或者周日下午，我们要回乡下上课时，你总是依依不舍，站在前阳台的水槽上挥着手，冲着下面喊：“爸爸、妈妈，再见。”车启动了，然后你目光送着我们离开，而后回到套房里黯然神伤。这我们又岂能不知？为了让子女有更好的学习环境，有多少家庭和我们一样。唉，城镇化使然。

在近乎放养式的学习环境中，你的学习成绩并不显山露水。但课余时间，吉他、架子鼓玩儿得风生水起，令人叹服；尤其是吉他练习到了指肚结茧而不自知，一练就是八年。一把吉他，让你感受到了生活的诸多乐趣，驱走了内心多少的负面情绪。当你举起琴行首届吉他弹唱比赛冠军奖杯时，当你凭借吉他斩获县初中生西洋乐器比赛二等奖、获得安溪一中特招资格时，你或许就领悟到了，一切的成功皆缘于日积月累的坚持。那时，韩国的郑成河、日本的押尾桑等吉他大师都是你崇拜的偶像，你也从中汲取了前行的正能量。

亲爱的儿子，你一定记得初一年级入学时的字号数字 26 号，这是你入学成绩的排位号，男生的；而从 37 号（记得是这样子）往后则是女生成绩从高到低的排位号。换句话说，你的入学成绩处于班级 40 名左右，年段 800 名左右。诚如你自己说的是“学渣”，当初一年级上学期期中考试成绩出来，除了英语有可观之处，其他学科尽是“寒蝉凄切”。

于是，你被我带到了科名中学。感谢科名中学老师、同学的接纳、关照、爱护，你迅速融入了新的集体。到了期末考试，你以语数英 394.5 分进入了该中学的前八名。另外，每天练字一张，每天晨起六点，如此坚持一年多，成绩稳步向前。2016 年春重回凤城中学，或许是从寄宿制到走读学习，你又不太适应，成绩又下降明显，物理化学竟然仅在及格线徘徊。好在及时上物理补习班，而化学你全凭自练。那时你每夜加班到夜半三更。功夫不负有心人，中考成绩出来，除了数学，其他科目均超常发挥，就这样，你获一中统招，特招之备胎没有派上用场。

我想，应该特别感谢当时的班主任陈老师，是他不吝鼓励和督促。尤其是在市质检后，他私下叫你去谈话，说："看看其他班级的 26 号，都已经成废材了，而你还奔跑在前往安溪一中的路上。"就是这句话让你铆足干劲，披荆斩棘，砥砺前行。26 号最终获一中统招，这肯定是黑马之一了。

据了解，你和三村小学时的同学中，最终考上安溪一中的似乎只有你一个，而你当时的成绩并非班里翘楚，这是你不轻言放弃、坚持到底的结晶。

历史总是惊人的相似。进入高一，你在班级中的排位是 37 号，这与初一时的入学成绩排名是何等的雷同，而且你的学习状态也似乎与初一时相类：缺乏自信，无所适从。好在尚有英语为你撑点儿门面，此刻，估计"学渣的幽灵"又飘荡到你头顶的上空。

跛脚的数理化让你选择文科。我当时在想，或许是遗传力量太强大，我就是深受数理化压迫而忍无可忍，才选择文科的。分科后，你又是 26 号。然而，我私底下认为，选择文科的你定然会脱胎换骨，一鸣惊人的。因为你老爸在崇德中学高二期中考试就考得了文科第一，震惊了老师同学（有人还怀疑我偷看作弊，我一直在想，第一名还要找谁去"偷"呢），照此，你应该有所表现才对。

但现实有时不忍直视，高二上学期期中考，你竟然排到了第187名。好在你知耻而后勇，期末终于前进到了第112名。人生道路上似乎满是辩证法，前行路上多螺旋式。高二下学期期中考，你第179名；而到了期末考，第119名；然而，到了暑假返校考，第108名。那时，我笑着说，你终于成为一百〇八条好汉了，虽然这距离你所设定的一百名以内的目标尚有距离。

逝者如斯夫，不舍昼夜，感叹着时光如流时，你就已经成为毕业班的学生，于是你认识到平台高低、名校与否关系到的是命运前途的走向。于是你开始收拾情绪，全身心投入学习当中（后来我们知道，吉他社长、社联部长的头衔等，让你在校出尽风头，你将爱好当主业，把学业当副业了）。

生活总有意想不到。高三上学期中考前的平地惊雷，让我们知道你高二下学期思想开小差，心灵蒙上情感的灰尘，好在及时拂拭，莲台清静如初，谢天谢地！

经此波折，高三上学期期中考排名为第132名。虽然略有后退，但是我们看到的是英语再次突破131.5分，为全班第一。我们为你高兴时，也替你担忧，因为数学依然波澜不惊，要是数学考个及格，你就是前80名了。

期中考后，转入了文综统练，周日下午小测，你小子不赖啊，排名班级前列，甚至达到了班级第六，这可是好消息，诚如你自己说的，从高二时不断坚持的强化训练，终于开出了花朵。

2019年秋市单科质检成绩出来时，你以486.5分居年段第109名，居全县第153名。虽然仍然未进入前100名，但曙光已经乍现，文综201.5分，列全班第四名，英语全班第三名，文综、英语已经浮出水面，亭亭而立了，只待躲藏在冬天里的数学“冰融雪化”，何愁看不见春天的姹紫嫣红？况且文科本一的切线，才 479.5 呢。

综观你初中、高中一路走来，26 号依旧，但已不可同日而语，你敢想象初中时的 26 号到高三时能将成绩提到全县文科第 153 名吗？这一切都得益于你“驽马十驾，功在不舍”。我们不是骐骥，不是骅骝，不是汗血马，我们只是“驽马”，“十驾”亦可抵达丰茂的草原。

孩子，人生本是一场不可逆转的长跑，比的是耐力恒心意志品质，而绝非小聪明小手段。

苏轼说过，古今成大事者，不唯有超世之才，亦必有坚韧不拔之志。西谚有云，能抵达金字塔顶端的只有雄鹰和蜗牛。亲爱的孩子，如今你已成年，往后的责任与担子，将由你自己承担。男人可生得轰轰烈烈，也可以平平凡凡，这取决于自己的志向情趣和后天的努力程度。我和你妈妈并不渴求你成为雄鹰，但我们希望你成为一只坚韧不拔的蜗牛，朝着金字塔顶端稳步前行，最终能仰望苍穹，俯瞰大地。

爱你的爸爸妈妈

2020 年元月 18 日晚

后记：经过努力，数学高考 109 分，出乎意料又在意料之中，除了老师的鼓励点拨，更因高三下学期，他每晚从 11：30 到 12：30 专门练习数学一小时，笨鸟先飞，熟能生巧，信然。最终，虽未能考上双一流，但足以令人欣慰。儿子今已大三，主修经济学辅修会计，冀其勤而习之，自愤自悱。

参加儿子 18 岁成人礼

第六辑

蜂蚁垒巢

从“功狗”“功人”扯谈去

“功狗”“功人”这两个词非王某所创造，草创者谁？汉高祖刘邦也。

“流氓”刘邦在萧何、张良、韩信、彭越等的帮助下，最终逼得楚霸王刎颈自杀而夺得天下。

俗语说得好，共难易，同甘难。何哉？盖论功行赏、不偏不倚、均衡平易之难。这即便对善于耍流氓有计策的刘邦来说，也是一个大难题。

天下平定，论功行赏，分羹安抚将士，提振鼓舞人心士气，理所当然。否则，臣下会认为主子是在过河拆桥呢。然而，刘邦为论功行赏一事，整整费时一年多，其间如何听取意见建议，私下与谁商量，我们不得而知，在高祖本纪也言之不详，反而是在《史记·萧相国世家》中作了一点记载：

汉五年（前202年），既杀项羽，定天下，论功行封。群臣争功，岁余功不决。高祖以萧何功最盛，封为酂侯，所食邑多。功臣皆曰：“臣等身被坚执锐，多者百余战，少者数十合，攻城略地，大小各有差。今萧何未尝有汗马之劳，徒持文墨议论，不战，顾反居臣等上，何也？”高帝曰：“诸君知猎乎？”曰：“知之。”“知猎狗乎？”曰：“知之。”高帝曰：“夫猎，追杀兽兔者狗也，而发踪指示兽处者人也。今诸君徒能得走兽耳，功狗也。至如萧何，发踪指示，功人也。且诸君独以身随我，多者两三人。今萧何举宗数十人皆随我，功不可忘也。”群臣皆莫敢言。

这就是“功狗”“功人”的出处了。刘邦认为，作战如打猎，战将们追杀而得兽兔者为“功狗”（有功之狗），而萧何之类发踪指示战将们兽兔在何处的是“功人”（有功之人）。简而言之，战将们是听从命令的“猎狗”，而萧何则是发令的“猎人”。

刘邦如此类比，固然有损将军们的尊严。也难怪，叔孙通有一次在皇帝宴请时，借酒假醉，狂呼乱叫，甚至拔剑乱砍，好在是砍柱子。（《汉书·叔孙通传》记载：“群臣饮，争功，醉或妄呼，拔剑击柱。”）这就是拔剑论功或拔剑击柱典故的来源。我想，当时韩信估计内心有千万只马哒哒哒奔袭而过。要是当初听从了谋士蒯通建议，现在最少是三分天下的“齐天大圣”了，何至于令人羞辱如此。

汉六年，有人上书告楚王韩信造反，刘邦用陈平计，假借天子游云梦巡狩会诸侯，实则暗行袭击韩信秘事。韩信这人战场料事如神，政治却混沌迷茫、后知后觉，还以为功高无罪，且还用归降的项王亡将钟离眛的人头献媚于汉高祖，钟离眛自刎前对他说：“汉所以不击取楚，以眛在公所。若欲捕我以自媚于汉，吾今日死，公亦随手亡矣。”韩信傻傻地还想着得到刘邦的赞赏。没想到手持钟离眛的头颅拜见，刘邦马上令武士五花大绑了韩信，关起来，专车押送回京。此刻韩信对刘邦说了一句千古名言：“果若人言，‘狡兔死，良狗烹；高鸟尽，良弓藏；敌国破，谋臣亡’，天下已定，我固当烹！”到了洛阳，刘邦赦免了韩信之罪（实际上韩信要是想谋反，他早就听从蒯通的建议，何至今日？），但降韩信楚王为淮阴侯。

汉十年，刘邦亲征陈豨叛乱，韩信以身体有恙回绝了随皇帝御驾亲征。但竟然事先与陈豨约定，要做内应，推翻新政权。估计被人诬告后，降为淮阴侯，又不能回封地，软禁于京城，满肚子的怨气，开始谋“功人”之事。没想到，当他一切准备妥当，准备袭击太子、吕后（刘邦的老婆）时，其一家臣得罪韩信，韩信因之欲杀，家臣的弟弟第一时间向吕后告发秘密。唉，物必自腐而虫生，堡垒总是先从内部被攻破，自古皆然！

于是，吕后赶紧与萧何商量谋划，令人假说皇上传来战报：陈豨已被俘获处死，请列侯群臣来祝贺。萧相国欺骗韩信说：“即使有病，也要强打精神进宫祝贺吧。”韩信进宫，吕后即刻命令武士把韩信捆起来，在长乐宫的钟室直接杀掉，管你什么廷尉不廷尉，三下五除二解除了刘邦的后顾之忧。

先前为了给韩信封坛拜将，萧何亲自月下追韩信，韩信也为大汉江山立下汗马功劳；而如今，也就萧何再施一计，大将军便身死魂散。这就是“成败一萧何”了。

韩信临死时说：“我后悔没有采纳蒯通的计谋，以至被妇女小人所欺骗，难道不是天意吗？”（《史记·淮阴侯列传》原文为：“信方斩，曰：‘吾悔不用蒯通之计，乃为儿女子所诈，岂非天哉！’”）更惨的是，韩信三族被诛杀。

实际上，此刻，韩信更应回想起先前刘邦论功行赏时的“功狗”“功人”之高论，萧何真“功人”也。若非萧何计，刘邦可能就妻子不存，江山易主，只能再回汉中当王了。

然而不管“功狗”论，还是“兔死狗烹”论，实际上早在先秦的韩非子就讲了相关故事。具体如下：

《韩非子·内储说下六微》：“越王（勾践）攻吴王（夫差），吴王谢而告服，越王欲许之。范蠡、大夫种曰：‘不可。昔天以越与吴，吴不受，今天反夫差，亦天祸也。以吴予越，再拜受之，不可许也。’太宰嚭遗大夫种书曰：‘狡兔尽则良犬烹，敌国灭则谋臣亡。大夫何不释吴而患越乎？’大夫种受书读之，太息而叹曰：‘杀之，越与吴同命。’”

吴国的太宰嚭（pǐ），虽是佞臣，但对于君上与功臣之间的关系还是看得一清二楚的。勾践战胜吴王夫差后，范蠡就离开勾践避居江湖去了（孰能想到，他也是一个经商奇才，三次巨富，三散家财，后世尊为陶朱公，这就是华夏古今商贾敬奉的经商之神）。范蠡到齐地写信给大夫种说：“蜚（飞）鸟尽，良弓藏；狡兔死，走狗烹。越王（勾践）为人长颈鸟喙，可与共患难，不可与共乐。子何不去？”大夫种于是称病不朝。后来有人诬告他作乱（瞧瞧，君上欲加臣下之罪，此法大夫种、韩信通用），越王就赐给他一把剑说：“子教寡人伐吴七术，寡人用其三而败吴，其四在子，子为我从先王试之。”于是大夫种在家自杀。

由此可见，“兔死狗烹”论在汉朝之前可能已是流行俗语，并非某人的创造。但我们今天所熟悉的，还是韩信被抓时的悲怆呼喊，或许我们是感动于一个贫穷子弟奋斗终成三军统帅，而对其悲惨的下场深感扼腕，所以对其一句“狡兔死，良狗烹；高鸟尽，良弓藏；敌国破，谋臣亡”的愤恨告白也就铭记在心了。

愚以为，刘邦这人还是流氓得有点儿可爱的。最少，他直言不讳，认为发号施令的人就是“功人”，听令的就是“功狗”，而对于“功狗”韩信，他也是持爱惜之心，尚未想过要杀死他（《史记》载：“高祖已从豨军来，至，见信死，且喜且怜之。”）。若照刘邦论，最大的“功人”当然就是皇帝，就连萧何也是忠诚有加的“功狗”，除非像范蠡、张良一样及时功成身退的人，才超越了“功人”“功狗”的范畴，那就是“神人”了。可惜，现实生活中能超然功名利禄之外而得善终者有几？

最后，还要再肯定一下刘邦，这人心中“秤花”分明，没有糊涂账，对于一开始就举族追随他的萧何（又是稳定大后方，善于抓生产供粮草的人）的倾心贡献，从来没有忘记，一心将其列为封侯第一。这让人想起清康熙年间乡人李光地，举族作保举荐施琅为将出战收复台湾，这需要多大的勇气和决心！

自古及今，不论是“功人”者，还是“功狗”者，关键还是合适自己就好。韩信完全有机会做“功人”，却因“汉王遇我甚厚，载我以其车，衣我以其衣，食我以其食。吾闻之，乘人之车者载人之患，衣人之衣者怀人之忧，食人之食者死人之事，吾岂可以向利倍义乎”，最终甘为“功狗”，等到临死才醒悟自己应该做个“功人”，但为时已晚。倘若他一条“功狗”走到黑，也不至于丢了性命，被灭三族。

难怪司马迁感叹说：“吾如淮阴，淮阴人为余言，韩信虽为布衣时，其志与众异。其母死，贫无以葬，然乃行营高敞地，令其旁可置万家。余视其母冢，良然。假令韩信学道谦让，不伐己功，不矜其能，则庶几哉，于汉家勋可以比周、召、太公之徒，后世血食矣。不务出此，而天下已集（同辑），乃谋畔逆，夷灭宗族，不亦宜乎！”

看来，谋事行事确应趋时而动，若逆时而动，严重者家毁身灭。诚如《易经》所言，“变通者，趣时者也”“动静不失其时，其道光明”。

活在人世间，该当能当“功人”就去担当，该做要做“功狗”的也不必怨天尤人，这至少表明自己还有“狗”的价值。

当仰望成为习惯

前不久，参加一聚会，才入座，忽一男呼道：“你是 ×× 老师吧！”我赶忙应道：“是的，是的。”一番寒暄，始知其乃昔日学生，今事茶业。

席间闲聊，他说：“老师你常跑步锻炼养身，好坚持。”说有两次遇到呼我，我无反应，以为认错了人。又说我跑步时抬头仰天、挺胸向前、目不斜视、专心致志，那种威气令人敬畏。闻此，我急忙解释，跑步时，我从不戴眼镜（近视）而目中无人了，即便身旁有美景丽人，于我皆为模糊的意象；另外仰望的姿态，是为了锻炼脖子。席中，酒酣耳热，其举杯敬我，说恭喜我成作家了，我莫名惊诧。他说很多同学读过我的文章，都说我很牛。此时，虽小饮几杯，但我双脚还是踩在凡尘上的，慌不迭应道：“纯属业余爱好而已，如果我也是作家，那么作家就白菜价了。”

到此，我终于明白其言外之意。他先前大概以为，昔日的老师如今已步入作家行列，俨然一副成功人士的尊容，神情固然与平时“不属”。所以昂首向天、目不旁视、充耳不闻也属常情。我从未想过，热水瓶的个儿，举头引颈跑步，居然成了别人“仰望”的对象！

于是，不由得想起了《伊索寓言》里的一个故事：有位天文学家习惯每天晚上出去观察星象。一夜，他去郊外专注于“仰望”星空，不经意掉进枯井里。上不来，呼救。附近者闻声救之而道：

“朋友，你用心观察天上的东西，却不察地上的情况。”盖天文学家心无旁骛仰观星象，移步赏景沉迷坠井，从而招来了嘲笑。这次经历会动摇其一向的乐趣与追求吗？无从知道。而于我来说，专心跑步不闻呼唤声也似乎使我也掉入了“威气逼人”的陷阱。但是，我跑我健康，所以绝不放弃。

人生，有时必先懂得伺候好自己，才有机会更好地服务别人。

不得不谈谈引颈仰天的原因了。三年前，一夜躺下将歇，侧翻身，顿觉头晕，霎时心惊。这从未有过的现象，让我怀疑脑神经有问题！英年早逝是不甘心的，况且还有赡老养幼的刚性任务，我怎能倒下？于是，翌日一大早直奔医院。查之，颈椎第四、五节间有增生，影响神经高速通行，故有此现象。医者言，办公室职业病。原来那几年常教初三毕业班又做教务活儿，多与电脑为伍而落下此孽根。医嘱，吃点儿药，加强锻炼，多做头部运动，尤其昂首运动。

从此，除非恶劣天气或有杂事，否则，每到黄昏，昂首跑过十里诗廊或运动场是我的必修课。其间，甚至学会了倒着慢跑，来个千米也不在话下。就这样，已坚持三载余。“仰天出门去，目不斜视归”也就成了习惯。

在这近一个小时的锻炼中，迈开脚步，卸下捆绑思维的世俗黄金，任思绪之鹰翱翔天宇中，将半生来的际遇梳理，把耳闻目睹沉淀的记忆捞起，让沸腾的血液将其编织。归来用笨拙的笔，将这些残留的碎花布小心缝纫，粗制滥造出几件不成体统的衣裙。有幸被热心微信平台媒体垂青推介发表，于是居然让不少故人得知。有时闲来到红袖添香去凑凑热闹，让编辑们给自己的拙作把把脉，从而更清楚自己距离蹩脚有多近！如此自娱而不疲，糟糠谑我为书呆子。就是不曾思之与作家何关。

跑步后，除非应酬，除却涂笔，就待在家里静心读几本经典，而后不断发现：自己表达固化，语言苍白，立意缺钙，主旨贫血……于是，下定决心做一个虔诚的学生，在历代才人的殿堂外仰望，有时甚至甘为他们的看门犬，犹如郑板桥甘为“青藤（徐渭）门下走狗”一般，但我又岂敢与“诗书画”三绝的“扬州八怪”之首相提并论！

为了自己和家人，我不能不仰望跑着出去又跑着回来；为了力避浅陋，我不能不仰望贤者才人；误为语文老师，为了不误尽学生，我不能不仰望语文大师，努力去提高自己的专业水准。当“仰望理念”已然如血液流淌在体内时，无意间居然被仰望，这让我诚惶诚恐。因为我担心自己浅陋的身影，挡住了别人远眺的视线，若真如此，那真是罪过！

病中日记

2022 年 7 月 14 日

一大早，赶到县医院做体检，本想蹭一下所谓“人才”的体检福利（人才证书是今年 11 月才到期），没想到，人才库开始提高门槛，已将我这“不思进取”的人拒之门外。

但既然来了，就决定做一个从未做过的体检——胃肠镜，掏自己的腰包呵护自己身体也是应该的。

约了号，拿了泻药，归家。

当晚，7—9 点，开始喝泻药，两小时内喝完 2250ml 的药水，气味微臭、微咸，喝多想呕。喝完，就待上厕所，从 10 点半左右开始到 12 点多，几乎将吃下的排得“颗粒无存”。

2022 年 7 月 15 日

早上 5–7 点，又是 2250ml，用一小时全部喝光，俨然是少年拼啤酒的样子。预约的时间是 8：30—9：00，赶在 8 点前将体内喝下的排光，这回，肛门简直成了尿道口，仿佛是器官功能错乱。

8 点，儿子陪我去县医院。因为这检查亦是手术，必须有家人陪护。儿子大桀，长子，已 20 周岁，成年，今天要担起成年人的责任。诚如古语所言“家派长子，国派大臣”。

到，取号，排队。接着，换病号服，插针管，咽喉打麻药。

9 点半左右，躺倒于病床（儿子在外面等候），左侧躺，张嘴，咬住圆形塑料“漏斗”（用以伸入如蛇的黑色探测管），用胶布将“漏斗”固定。此时，舌不能动，喉不能音，口不能言。医生备好各种“器械用具”，接着，开始全身麻醉，随着麻醉药快速进入身体，眼睛逐渐模糊，接着，不省人事。

等我醒来时，妻子也来到身边。儿子搀着我去换衣服，妻子去拿报告。

回家，妻子带我，我俨然成了病人。一路不言不语。到家，我问报告单写的啥，妻子说：“也应该给你知道的，怕你接受不了。”

一看，胃镜诊断内容是：“胃窦癌？非萎缩性胃炎。建议结合病理报告住院治疗。”

看此结论，我并没五雷轰顶、脸色乍变，只是淡淡一笑：一个问号，还在确认中，何惧之有？况且若是癌，也肯定是初中期，绝不会是晚期，我自信地说。因为平时只是饿了疼、吃了好，也没有便血便黑，体重保持在 130 斤，没有瘦身的迹象。

坐等 20 日的病理报告。

2022 年 7 月 16—19 日

姐让我趁病理报告未出到厦门玩儿几天，喝喝碱性水。带着一点儿小想法就到厦门去了，第一回体验 pH 值 9.0—11.5 的碱性水的味道，有点儿甘咸却很饱满，喝了居然不用吃奥美拉唑和铝碳酸镁咀嚼片；另外，饭后漱口，用的是 pH 值 3.5—6 的酸性水，这回也才真切知道何为酸水。

这几天，除了吃饭睡觉聊天看海外，决定在前往福州医治前将“非遗”征文初稿写出来，题为《下草埔的 × × 哲学》。

2022 年 7 月 20 日

上午吃完饭，继续写征文。午睡，正要再“稿”，妻子来电问医保卡账号，到安溪县医院拿病理报告。我还是有点儿期待，希望不是“癌”变，祈祷只是非萎缩性胃炎。

但现实常常事与愿违。诚如妻子说的，我总是往乐观的方向去想，而她则相反，这样的结果是，乐观的常常会生活于失望之中，而悲观者反倒平静。

省医院的病理检查结果为：窦后溃边高级别腺上皮内瘤变，局灶癌变（黏膜内癌）等等。

看来，今夏逃不过“一刀”。妻子说，县医院动员在本地手术，专家可以专门“请”过来，聘请费用自理。斟酌着在本地医院和省城医院的利弊，我坚决上榕城。

下午三点多，我自己开车从厦门赶回安溪，妻子担心我的情绪是否会影响开车。我明确回答，这癌也最多是进展期，不可能是晚期，因为身体根本没有晚期癌症的现象。鉴于此，自己认为肯定有救，暂时是死不了的，况且还有 3 岁的二宝，王某焉能就此撒手人寰？

回来路上，内心显得平静。问题既然来了，就想方设法解决，最怕的是找不到问题的根源。

黄昏到家，我的病，成为家族群大讨论的问题。原本预约 25 日早上的专家门诊，因过往所教一学生恰好与该专家相善，专家便直言让我第二天早上到福州办住院手续。总算不用再“熬”等四天。当老师无甚好，但此刻，二十年前积下的“功德”发挥了荫庇作用。

在福州，该生（女）说，初三毕业因没考上师范而痛苦不已。但当时我对她说，考上师范，未来的人生几乎是透明可预见的；

读高中，则还有很多可以选择的道路，发展空间无可限量。其高中考上福建中医学院（今中医药大学），毕业后，不肯屈就于体制内（当时体制内工资低），今是李 × 诚 × × 药业福建总经理。一个乡村毛丫头，祖父辈皆为农者，无依无靠，全凭一己之力和聪明才智，在省城立足发展，亦堪称有为之人了。

2022 年 7 月 21 日

一大早，起床，准备。直到 7 点半左右才从安溪县城出发前往榕城。内弟开车，妻儿作陪，行李共计八件，打算在省城租房住一段时间的。

10 点左右抵达。疫情原因，只能两个人入院：一患一护。妻子同我进去，儿子在外面等，内弟去停车。一人四包行李，此刻，哪儿有病患的模样，大包小包不在话下，在陈妹子（学生的下属）的引领下，挤电梯，穿过道，疾步到胃外科医生办公室。专家主刀手术去，交代我在 12 点前到西院（位于闽侯县，距离本部 30 分钟路程）办理住院手续，于是乎，又匆匆忙忙将“小山”一样的行李背起来，顶着 40 多度的高温，一身淋漓前往闽侯。

还好开私家车，在 11 点半赶到西院，在下班前。等到录入信息后，住院医生说，择床 9 号，要等。于是，我们决定在医院食堂吃午饭，

饭后，在医院药房外大厅就地休息，等待床位。下午两点半，先去医生办公室蹲守着，希望医生能看在远途而来的份上优先解决。医生说，前面还有多人在等，要看看。直到三点多，医生说没床位了，要明天。于是，将一些行李暂寄医生办公室，拿起换洗衣服前往附近酒店办理入住手续。

妻子和内弟先回安溪，留下儿子陪我。因为家里有二宝需妻子看护，而医院只能留下一人陪护，儿子正值假期，虽然也要上

辅修网课，为了我这老爹，他心甘情愿留下来。想来也惭愧，记得我在他这年纪，还从来没到过医院去做过专门陪护，而今，我竟然让他提前实践了。

世事有时非我们自己所能料。就在酒店办入住手续后不久，医院来电说有床位了，可办入住手续。我说已入住酒店，明早过去行否？答曰：行。

我们父子商定，明天七点半出发，步行到医院 15 分钟左右，可以第一时间办理住院手续。

2022 年 7 月 22 日

7 点起床，洗漱完毕，前往医院。7 点 50 分抵达医院办公室。一上班，赶紧向住院医生表明来意，他淡淡地说："你昨天下午不过来，床位已经给别人了，早上暂时没床位。"

唉，早知如此，何必当初。我只能怪自己，已经排到择床 9 号，竟然缺乏床位紧张意识，真是傻。我不甘心，下定决心就在医院一直等到下午再说，以防如昨。

于是，午饭后又在药房大厅休息，一直等到医生下午上班。

两点半，准时赶到医生办公室。医生说："你在这里等等，我查一下，看有没出院的，若有，就给你。"

终于，有一人准备出院，正在办理出院手续中，这回，我算是在医生办公室完成了住院接力棒，一颗心终于落地。

2022 年 7 月 23—27 日

除了一些常规检查外，先前的病理切片也要求重新带到协和医院再做分析，另外，术前要再做胃镜检查，以确定手术的准确部位。这回的胃镜检查是"非麻"，一根小指粗细的黑色管，从喉咙伸到胃里，仿佛黑蛇一般在里面搅动，胃里翻江倒海，喉咙一直“呕呕呕”个不停，眼泪纵横。这次，算是体会了“蓝瘦香菇”的滋味。

这个检查完毕后，只等待手术了。

我决心，在手术前，将先前的征文码好修改发出去，截稿日期是7月31日。

25日（周一），早上查床，医生说：“周三手术，明天早上（周二）9点左右回本部做好术前准备。”

时间紧迫，我赶在周一晚上将征文定稿发了出去，接下来就是安心等待手术和术后恢复。

2022年7月26日

吃完早饭，待查房。8点多，医生来了，等待他们一声令下，我就整装前往本部。没想到，听到的是：“王××，您的手术推移，要在这儿手术的话，可以安排星期五，需抓紧时间确定。”

为什么推移？医生并未给予解答。

我没有答应在分院手术，因为已经约定“二把手”主刀的。于是只能等待，再等待。而对面的老林本也是周三前往本部，但他决定于周四就在分院手术。

后来了解到推移的原因，一是本部正在开展胃外科手术观摩学习培训，主任医生授课；二是主刀的一名主任医生因“次密接”而隔离几天，无法主持手术。

2022年7月26—31日

接下来，连续几天，白天就挂一瓶奥美拉唑，饭前吃两颗铝碳酸镁咀嚼片，其余如常。每天晚饭后到旗山湖公园溜达一小时，是必备的功课。8点左右回医院，洗漱完毕，看点会儿书，码点儿文字，发个微信公众号，以表明自己还能自由自在呼吸。

其间，族亲河山兄弟，亲自开车带我们转了一圈儿大学城，去观赏福建中医药大学。这所大学，先前，我极力让儿子就读此校，私以为，家族若有一从医者，更有健康的保障。然而，一听医学背得苦，儿子坚决不学医。转而学经济学（辅修会计），孰能料到，高等代数、微积分等足足让他痛苦好一阵子，毕竟文科生数学多是“扁平足”。

当看过校园、吃过校园食堂，小子后悔不迭，估计只差一句“恨不相逢未嫁时”了。

确实，一望无际的荷塘，鱼戏莲叶间，荷花满塘，流水淙淙，蛙鼓阵阵，鸟鸣悠悠，时花相应，绿树婆娑，更不用说“原本山川，极命草木”的中药资源标本馆、中药炒制馆、百亩中草药园以及处处彰显中医文化内涵的古红色连廊等等，这确是大美校园，是天地人合一的“易”趣校园。

游赏后，又去侯官古街和渡口吹风散步，之后返回。

诚谢宗亲特意拨冗作陪，他乡有故亲，胜似一家人。

31 日，周日下午（上午挂了点滴），决定在手术前同小子去转转。搭上地铁，本打算前往鼓山，但太远，中途决定去三坊七巷。

但凡去过三坊七巷的，几乎都会有一种相同的感受：环境造就人才。

近五点，接到医院电话说，定于周二手术，周一早上前往本部。

于是赶紧匆匆赶回咨询具体情况。

2022 年 8 月 1 日

早上 6 点多起床，饭后，整理行李，等待查床。

八点多，医生说，待会儿开个单，直接去本部做术前准备。

终于等到这一天（唉，连上手术台都要庆幸，遭难时，人总是庆幸自己没有沦落到最差的地步），行李大小包共六件，父子俩每人三包。等待医生查完床开出“通关文牒”，即刻前往，仿佛手术也是令人兴奋的。因为，能手术，意味着癌细胞尚未扩散或者肿瘤尚不影响手术，否则，只能先化疗，再视情况定夺了。

9点左右，护士来了。本以为通知我可以“阵地转移”，没想到却说：“39床（我的床号），请在这里继续住着，等待通知。”

我说：“行李都打包了，怎么回事？”她匆忙而去，不应答。因为她也只是“传声筒”，本职工作而已，估计也不知晓内因，问也白问。

我赶紧平息内心的烦躁气息，将这突发的消息转达给与专家相善的那个学生。她很快问了专家，专家尚未入手术室，也马上回复说：“没变啊，就是安排明天（8月2日）手术。”

我拿着学生发来的截屏信息，赶到医生办公室，向他们说明情况。他们也大吃一惊，但赶紧说：“您稍等，这是本部安排的，请等回复。”等了不到两分钟，医生说，本部回复了，明天手术，马上开单，可以过去。

这疫情散发的时期，能早则早，以免节外生枝啊。10点左右赶到本部。办完住院手续，赶紧去做术前麻醉评估。

麻醉评估的人真多，排我前面的有30多个，12点下班，上午肯定没戏了。等到11点半，通知说，上午只评估到25号。正摇头叹息会耽误下午的“置管”时，工作人员又说，午饭后，继续评估，不休息。一颗骚动的心总算平息。看来，麻醉评估医生也不容易。

中午，麻醉评估完，赶紧去等待置管。置管的，两点上班，我排第三个。直到近4点，方才做好置管手术：将一根长达38厘米的细管，从右上臂内侧的静脉直插到心脏附近，便于输液点滴。

置管完，我等 CT 检查，儿子赶紧到医生办公室开会——术前交代事项，搞得像打仗一样。

一切准备就绪，只等上“台”。

2022 年 8 月 2 日

上午，查床后，护士等就将我转到护士站对面的病房，等待手术。

中午 12 点多，护工来了，将我推向手术室，儿子在外面等。

在手术室外候着的，至少有六七个人，和我一样躺着等待上“台”。差不多过了三十分钟，我被推着来到麻醉室，医生核对基本信息后，开始给我上血压、心率检测，我躺着，无所心思，任由他们“摆布”。

一个医生说：“这一个蛮淡定的，心率、血压极其稳定。”我接过话说：“这有什么可怕？人从出生落地，都要走向死的，况且，你们技术那么好，没啥好担心的……”突然，另一个医生打断我的话，问叫什么名字，今天要做什么手术……我回答完这一系列问题。她又说：“这些基本问题会一遍一遍地问，目的是核实身份情况，不过，刚才的话题打住，不再讨论，明白吗？”

此刻，我恍然大悟。原来他们最忌讳一个字——“死”。因为他们是医生，要医“生”的、“活”的、有“生机”的，要妙手回春；“死”，还要医治吗？

不久，麻醉师说，要插针头了，用来打麻药；打完麻药，再插尿管。我应了一声。过了一会儿，麻药进入，眼睛快速模糊闭上，10 秒内就不省人事了。

醒来时，发痛发冷，浑身剧烈颤抖。医生说：“唉，抖得比筛糠还厉害，忍一下，马上给你打止痛药。”只感觉屁股挨了一扎，瞬间疼痛减轻，真是神奇。但还是冷，我蠕动嘴巴要盖被子，声音极小，好在儿子听懂了，于是把我推回病房。此时已经是晚上8点多。无力感、痛、闷，是此时的感受。

后来才知道，我4点多手术已完毕，在唤醒室待了三个多小时，儿子一直在外面等待，顾不得晚饭，直到把我推到病房，才去吃了一桶泡面。

回到病房，浑身无力。但精神清醒，知道内弟夫妻趁着护士站夜里管理稍微松懈，进来看我，然后护士一直催他们离开，于是八点半左右才回安溪。

中间床莆田汉子，因为是微创，状态很好，在谈笑风生。最里边的六十多岁的大哥，居然能睡到鼾声大作。我真不明白，难道疼痛只是我的事，他们的肌肉是钢铁做的?

没有痛苦的呻吟，估计是浑身闷痛无力到仿佛只剩呼吸，眼睛懒得睁开，连手指都懒得动。

就这样几乎一夜迷糊无眠，其间儿子告诉我国际大事件。清谈国际国内时事，是我的爱好。此刻，苦痛已经消弭了内心的习惯、兴趣，只渴望尽快消除痛楚。身不存，世界于我有何意义?或许，这就是真实的自私利己主义。江山总长在，可笑我胸怀小、格局狭、容量浅。

2022年8月3日

术后第一天，一大早，护工便来唤我洗漱。强忍着坐起来，刷牙，手一动，胸口痛，胡乱洗罢。还好，护工经验丰富，坐上来躺下去，总能让你找到舒适的角度，避免了身体移动的疼痛感。

8点多，查床的医生来了，主刀的专家走到我身边，笑道："××同志，今天有没有轻松一点儿?"我躺在床上，几乎说不出话来，只能勉强挤出："只觉得胸口闷疼。"医生说："刚刚手术，不疼不正常。好好休息。"

这种闷疼，仿佛胸口压上几十斤物品，且胸部的疼痛已分不清是由外到内还是由内到外。

这时，我不禁佩服起在西院手术的老林，术后依然谈笑自若，而且没用镇痛棒，而我隔壁的两人之所以自在好睡，原来都用了镇痛棒的。我也没上镇痛棒，但我断然无法如老林一样从容洒脱。

九点多，坐起来，开始做雾化，要含在嘴里15分钟，这动作就是“吸烟”。嘴里进去，鼻子出来。但此刻，这样简单的动作，做起来都觉得困难。这15分钟900秒，仿佛比推进手术室的7小时还漫长。“欢娱之日短，苦痛之时长”，确乎真理。

雾化后，敲背咳痰，将胃里的污秽咳出来。深吸一口气，气沉丹田，双手用力护住胸腹部，然后用力往上咳，即使动作如何规范标准，气流猛上，简直是要撕开伤口，疼痛剧烈。忍着，将污秽咳吐出来，没几回便气喘不平，着实可怜。

初来的健步如飞样子早已无影无踪，现在是一副病恹恹模样。

9点多，转到普通病房，将这“近水楼台”让给当天要手术的人。

开始挂上脂肪乳等，以补充身体能量。

下午5点多，拔尿管，要自行尿尿。瓶液一滴滴进入身体里，几乎直接转化成尿液。晚上8点，医生问，尿尿了没。答曰，未。说假如尿不出来，就要再插尿管。想到拔出时尚且难受，何况是再插。要知道，先前插时是在全麻醉后无知觉状态。

医生说，躺着尿不出来，就坐着；坐着尿不出来，就站着。就我，疼痛无力，站着是不可能。于是，决定坐在马桶上试试。护工带我进去，说要好好酝酿，不要急，接着将水龙头打开，说这样从听觉上来刺激一下，有效果。

坐着，下腹根本不能用力，实际上整个腹部都不能用力。只能干坐着，利用重力任其自然往下走。儿子在外面不时发问："怎样？"回答，等等。他担心我坐久了挨不住。估计过了20分钟，终于有了尿意，集中意志力将其排出，就在排出一点点时，尿道口仿佛刀割一样生疼，不，这种疼痛的感觉，不如说是伤口撒上盐。于是尿又迅速憋了回来。有了第一次，接着又酝酿了三次，每次只排出一点点，还是一样疼痛。于是决定放弃，等待时机。

想想，不禁哑然失笑，那几乎放了30分钟的自来水竟然只唤出不到10毫升的尿液！

唉，没想到连尿尿都要蹒跚学步了，能顺畅尿尿竟也是幸福的。

晚上10点，医生又来问"尿事"。我如实禀告，他又说，要是尿不出来，还是要插管的，否则会引起炎症。我赶忙说，没事，肯定能"独立自主"的。

当晚，半夜三更，躺着，企图用夜壶尿，奈何了无结果，不出来就是不出来。

2022年8月4日

一大早，5点多，护工就来帮忙洗漱。完毕，我让护工带我上卫生间，决心完成未了神圣的"使命"。

我一本正经端坐马桶之上，护工打开水龙头，水流哗哗作响，仿佛给我伴奏，等待我引吭高歌。

酝酿，酝酿，再酝酿。腹部仍然是不能用上力气，只能集中意念，让其在重力的坠引下往下行走，终于，顺流而出。疼，依旧！但这回，没有昨晚的撕裂感，看来伤口有所修复。于是，强忍着，全部放出。

胜利！成功！从来没有过的成就感，即便前不久得知征文获一等奖第一名，也没有这样酣畅淋漓的惬意！

儿子起床后赶紧问我“时事”，得知已经顺利完成，也是高兴欢呼。

除了“尿事”，接下来就是“屁事”。

同天手术的杨大哥，已经可以喝水了，因为他已经开始“排气”，完成“屁事”，而我，还在等待。

当晚三更后，肚子有气在流动，一股股热气从上腹流淌到下腹。气流的产生，让肚子微微上鼓，顶着伤口，就这样，随着一股股气流的流动，一阵阵灼热的疼痛感也自上而下。我只能用双手护住腹部，任其在腹部内自由穿梭。我知道，这应该就是“屁事”的前奏。

2022 年 8 月 5 日

果不其然，当窗户亮起来，太阳准备起床，我完成了“屁事”。虽然我一夜无眠，但我知道，接下来可以喝水了，儿子再也不用拿着棉签或纸巾蘸着温开水涂擦我干裂的嘴唇。

总算又向前迈进一小步。

至此，开启了喝水、喝米汤、肉汤等的旅程。

接下来，每天早中晚，分别到走廊走动，由先前的一趟到走两趟再到三趟。虽然三趟下来有点儿喘（没想到平时能跑五公里再做百来个俯卧撑的人，竟沦落到这步田地，或许这也就是“掉毛的凤凰不如鸡”），但总要动起来，才能促进全身的能量代谢循环。

2022 年 8 月 6—8 日

接下来几天，除了挂瓶点滴，还能吃半流质的东西了，情况越来越好，就待出院。

7 日上午，医生突然送来氯化钠和亚甲蓝混合液体 100ml，说在30分钟内喝下，检查胃部是否缝合好，要是引流管未见蓝色液体，就是成功，8日下午不必再做造影检查。

这液体，一咸二苦三涩，整整花了20多分钟才完成任务。还好，引流管正常，过关，表明“胃”之桶已箍成功，不渗不漏。要知道，第二天早上，临床的已手术近四十天的老哥，一检测，引流管蓝幽幽，得继续住院观察，他已喝了三次了，真是可怜可悯。

喝完“蓝液”，接下来是口干舌燥，嘴唇几近干裂，赶紧喝水、喝水、再喝水。

8日早上查床，医生说，今天出院。于是，儿子去办理手续，整理行李，近午，王同学来看望并帮忙。

我躺在床上，看他们忙前忙后。10点多，一妇人来问我出院准备好了没，她亲人来接我的床位。

等到12点多，终于一切就绪，我离开了14号病床，它却不得休息，又迎来了新的“客人”。

再见，14号；再也不想见，14号；永不相见，14号！

打道回府，看山看水看亲人，养身养心养精神。

同题习作八章

其一：诗歌难为状元郎

隋唐到清，历史爬行一千三百三十年，科举是“骨肉相连”的竹签，贯串各个王朝。“金榜题名”总是人生的“启动盘”。于是，五百九十二个状元郎诞生了，游街一贯盛大空前。一句“春风得意马蹄疾，一日看尽长安花”就能狂泼心中的喜悦。可惜，状元郎，我一个都不认识。

如今的科举叫高考，据说，作文不能写诗歌。此后，还有滚烫的公务员考试，千军万马走独木桥。当然还有各种执业资格考试、招聘考试，甚至驾照、继续教育、职业培训……都与诗歌无关。

一张张试卷横亘起人生的一道道门槛，一次一次的应试也会让命运一次次地拐弯！“科举”没有审美愉悦，“及第”却给人以终极的快感，诗歌则常常是快感的佐餐。

当千钟粟、黄金屋、颜如玉霸占了人生价值的宝座，诗人，你也不必埋怨人家“野无遗珠”的奏折了。你应当庆幸，“豪迈奔放”“沉郁顿挫”的诗行年年鹤鸣中天，而当年的状元郎如彗星过顶，多不知去向。

其二：端午感怀

重五的南风，一腔狂热，游荡在汨罗江畔；仲夏的朝云，面若夭桃，翩舞在巫山之巅。江中千帆万网，捞不到一条可爱的锦鲤。

朝云织出天网，电闪雷鸣，过江之鲫，早已纷纷逃离。

一声叹息，怀石纵身如闷雷。从此，纵然桀纣猖披，皇舆败绩，五月的江中，定然有：龙舟呐喊，声声悲愤在《天问》；粽叶折叠，尖尖扎心藏《离骚》。

琼玉不存，蕙兰莫怀。如今，谁人叹衷肠？食粽，或笑，笑你个三闾大夫，憨又癫。竟不知，巫山云雨风光好，不肯身心放；汨罗本清朗，是你污沧浪。

其三：当皇菊约上枸杞

江南烟雨蒙，我踽踽北行。九月时令，在南阳夹道相迎。寻觅，卧龙潭边的花影，那是《礼记》季秋的黄华，也是《离骚》夕餐的落英。三千年的花，在寻觅三千年的梦。遍采南阳的黄菊，阴干，顺风捎梦到江南。

然后，一路西北，达达的马蹄，越过西京，晨阳，停歇在贺兰山麓，一马平川，塞上明珠。漫游古老的中宁，极目树树通红的杞园。用佛拈花一样的手指，将粒粒“红宝”轻放入口，神农的甘露味，一勺可延年开慧眼。

不，我也要把她带回江南，造一个梦，一个众生的梦。左手牵着南阳的“黄菊”，右手牵着塞北的“红宝”，让他们从李时珍的府门款款而来，约会在这江南的茶都。在唐宋瓷杯的洞房里，在山泉秋露的催情下，诞生出，时光倒流、红颜不锈的金汤！

其四：水车相思，花又开

相思花又开，已无竹槽接水去，徒留天光云影共徘徊。

曾记否，车水歌流年，轮轴转宫商，山涧奏角羽。清明一梨水足，谷雨成片稻秧，五月稻花香，六月银镰忙。春播夏长，秋收冬藏。年年如是，终而复始。

星转廿回，谷色不及茶色好，稻田一朝变茶园。秋来少雨才车水，水车终于半休眠。茶垄萋萋，观音繁繁。春秋采晴翠，山野酿雅韵。引来南腔北调醉茶客，半夜深山觅芳华。从此后，举目处处尽茶田，相思树手执黄花扇，东摇西摆，与车与水终日话休闲。

仰望苍穹，北斗经行三五轮。相思树下谁思量？水车依然立河干，但是，日晒雨淋万千遍，一身乌斑。又有多少辐条骨质疏松，多少刮板手脚失灵，多少水斗掉牙漏风？相思树敞开春天的襟怀，迎接立夏，环抱着水车，是担心这老水车离它而去吗？

透过繁华，茶绿满田。“三叶一心”何怜怜，已是立夏时节后，却不见，竹篓纤手相挂牵。

鸟鸣迎园曙，老农蹒跚在田头，欸乃一声：壮者多下南洋去，几家做茶能城居？复行相思树底下，轻叹：满树花又开，老车能复为？

其五：夏天的味道

望海东山，千帆竞发，马銮沸腾。淘海的人啊，胸膛，挑逗着夏日的骄阳，

锃亮的古铜闪烁。海之味缓缓起锚，鳞香淋漓满船舱。

放眼田间，满窗金黄，丰满欲裂。稼穑的人啊，挥镰，收割夏天的灿烂，打谷桶砰砰炸响。谷香席卷着汗酸，乘着鸣蝉在夏空飞翔。

漫步河滨，十里诗廊，曜若流火。七月的诗人啊，长叹：风月可曾知民艰？

慈悲从千年的歌诗中还魂。杜陵兰香，在夏天的季风中悠

扬，悠扬。

其六：一颗稻谷的重量

春雨蒙蒙秧苗翠，哞哞长鸣，田东韵崍到田西。淤泥肥黑，狷介的锄犁，装潢着田埂，匀亮如粉壁。青青子衿，列队起舞春风里。

春寒料峭，三伏煎熬，信眉颔首，谦逊的金黄，挽手做傧相，邀约镰公子出场。五克一穗，是你丰满的理想。

立田间，谁思量，一粒稻谷的分量？穿越千年的金黄，簸箕扬，尽秕糠。珠玑莹雪满官仓，农夫无粮苦断肠。

少陵哭声，在义旗的烟尘中飘散。兴亡，有时就系在五克的稻穗上。

其七：秋之栗

铲在锅怀里来回纠缠，十月，糖炒半坡村的板栗香，穿越六千年，在闹市的霓虹中闪烁耀眼。

故乡的栗树，霎时，矗立眼前。回归线上燕子还，干枯的皱纹，冒出春天。绿裙笼上，穗花垂杨。一条条茸茸的精灵，在六月的高温中交颈缠绵。

待懒散，花融热风里，茸茸的温柔，幻化成满树的小刺猬。佩剑带戟，守护着糯软香的心灵，不受无端的伤！

无止地吮吸，贪婪地攫取，让心灵日日充实，让梦想夜夜膨胀。一鹤南去，晴空天湛，栗蓬开口，神曲奏响，喷薄而出：无数粒古铜色的秋阳。

其八：一轮明月

天文学家宣告：乙未秋月既望，七彩明月，将升起在海的东方。一只丑如无盐的乌鸦，逃离冥界的樊笼，渴望着这千年一回的艳遇。

运斤成风，穿跃魔狱十八层。铁蒺藜，剪刀狱，冰山火岭，油煎铁锯……黑色的羽翼，扇动，幽冥身后十万里。

地界伫立，掸去燕尾服的尘埃，双足摩擦着干燥的街石，粗糙的路面拖着黑色的衣摆。漫行十日十夜，抵达海岸线。

礁石上，望穿渺水，星垂海里，昏昏欲睡。七彩正游离在天际，浪起云涌，海之东，妖风开动黑色的织布机。黑帘层层拉开，梦幻的色彩在黑幕里掩埋。

真实的天文，难料的天空，该死的黑幕。可怜的乌鸦，海在礁石下叹息，正确的时间邂逅了错误的地点，怎能见到这千年一回的惊艳？

凡尘琐语八章

其一：谁不是儿女的马

四肢伏于床，任凭小宝骑在背上，驾，驾，驾。我就这样耗尽半生，终于将他从乡下驮到小县城。

散步河滨，小宝累了，叉坐在我肩膀上，兴奋大呼："我好高啊，我看到了对面的灯，好漂亮……"我心甘情愿为他托起一片风景。

午饭，蒸鱼。弃刺装碗，小宝喜欢，边吃边说："爸爸，我有一个好爸爸！"

我笑出了泪，没想到，两周岁的小孩儿也会人情世故。

下午，小宝踢球。边跑边踢，球快速滚进树丛、花圃、旱水池，就高声叫道："一耶一耶……"当小朋友拿球要踢时，无论我如何说教要分享，他仍高声喝道："我的球，我的球，不许动……"此刻，纯天然的自私显露无遗，当然自私，并非完全贬义，有时是保护自身利益的有效方式。

从乡下到城里，已褪去了农者颜色的小孩儿，未来，在他们的思想里，纯朴、正直、热忱……浮华、狡黠、冷漠……哪者会顺流而下得到增强？顺其自然，还是枸木强矫？在这十字路口，我们意欲何为？

其二：致清溪某陌

暮春一夜风起，你带着古邑上了热搜。刹那间，你的妖娆气息在网上漫溢，竟然使新上市的名茶黯然失色。

大街小巷，城乡上下，男男女女，茶余饭后，有人义愤填膺，有人私下看戏。我以为这是旧时代才会有的悲剧，诚如《骆驼祥子》中的小福子。人们却说，赤裸裸的欢愉已然一再覆盖了婴儿的哭啼。

这个网游的人间，万物已经互联。我突然想通了，时代虽异，钱却是人生永恒的主题。旧时的小福子是迫于生计，现在有人是变着戏法出墙去逐利，冷哼一声，丢下最后的遮羞布。

还好，警笛响起，剪弃了逾界的花枝，山风呼呼：阿弥陀佛，阿弥陀佛！

其三：谁祈祷过观音送子

小时候，佛庙中，就见过有人虔诚地跪在观音菩萨像前，拈香合十，祈祷送子。无子而求子，佛的强大生育能力在民间代代流传。

读了点儿书，谁不知道，西施浣纱，贵妃华清池出浴，还有飞燕身轻掌中舞。肥美也好，瘦美也罢，哪一个不是晨起鉴水对镜梳洗，意恐芳华逝流水，君恩不再影相随。历史却铭记清暑殿里，一句“你上年纪不美了”，红颜一怒，夜阑捂死孝武帝。

民间求子，宫人求美，二者居然也万物互联——属性都是缺什么求什么。

如此就厘清了人间万象：无位则求位，无职则求职，无名则求名，无利则求利……

佛坐莲花台，至今尚未见过求丑而不求美、求无而不求有的

“怪胎”。

人心似海包天，“知足常乐”无非是太监功能性障碍而聊以自慰的肯定句。

其四：如果我每天只睡八分钟

如果我像蚂蚁一样，只要八分钟的睡眠，那么每天就可以多出八小时的时间。抓住同类们仰头酣睡的空闲，一路向前，跑过崎岖，跑过坎坷，穿过黑夜，在高速路上驱驰。直到，天之穷处、海的尽头，等待姗姗来迟的日出。

如果我像蚂蚁一样，只要八分钟的睡眠，那么每天就拥有多出别人八小时的时间。可是，众生尽在梦中鼾眠，包括爱人、朋友。月落乌啼，孤身孑立，子期未醒，诉与谁听？三百六十五夜，夜夜八小时的煎熬，墨黑的夜染白了睡意全无的头。

人非蚂蚁，却很多时候如工蚁那样苟活，很少人天生就是蚁后——素食君子，不猎不狩。倘若生命只要八分钟睡眠，那就做一只不顾夜黑、独自前奔、累死中途的工蚁吧，何必做一只没见过世面、孤独终老的蚁后。

其五：戏着反说“囊括”

如果人生是个乾坤袋，谁不喜欢能“囊括”一切？钱，色，权，利，物，尽占为己有，就像秦王席卷六国。狠赛虎狼的，如西方帝国，横行地球，张开血盆大口，獠牙毒信，借刀杀人，假道伐虢。

老祖宗却说，括囊，无誉也无咎。这是在告诫我们，人生必须像扎紧口袋一样三缄其口，不说话，没态度，就像佛陀。但佛也不知道，囊括是括囊的繁衍，括囊是囊括的祖先。

世道嬗变，当“囊括”沦为强盗，他还要用胶布严封你的口，肆意凌辱着谨言慎行的“括囊”。这令人参透，斯文的沉默并非金子，而是至纯的窝囊。

人世间，星球上，高尚者，倘若无法刻下墓志铭，何妨启动卑鄙，让其成为反制卑鄙的通行证。

其六：装成读书人的模样

弱冠之年始，我走向了讲台，耕耘着黑板，传播智者的光芒。课堂内，大炼“钢铁”而“简·爱”，骑着“骆驼”去“西游”，教学节奏绑架着你翩翩起舞。课堂外，“三上”无书不风流。画荻学书既然是宣教的模板，任唐诗宋词“无可奈何花落去”就没有理由，拾起落花作书签，怀吊欧阳修。

旅途中，行囊里有“易”的诉说，也有儒道法的诉求。在隔离的日子里，还偷窥到《淮南子》也暗恋着“老子”拼命作“春秋”。于是明白了死是永恒的休息。而大丈夫恬然无思，淡然无虑。活着何妨令雨师洒道，风伯扫尘；电为鞭策，雷作车轮。灵魂走出孤身，上游于霄霏之野，下出于无垠之门。

端坐，徘徊，始悟，隔离若幽谷，兰处之犹芳；隔离非囹圄，何叹日修长？

父亲曾说，装佛成佛，装神若神，读书人就应该有书呆子的形象。是的，书呆子待于书中，天地任徜徉。若有来生，还要欣欣然装成读书人的模样。

其七：四月四日大晴胡思

碧空如洗，蓝如海。不，简直蓝得像梦中可人的妖怪。阳光从不吝啬，从上面匀落，山的南面，水的彼岸。而你，偏偏待在山的北边，水的此岸。

并非春阳偏袒，而是你跟错了队伍。白头翁在向阳树上撒欢，波涛一浪高过一浪，听起来，怎么都像夜里婴儿在野外莫名的啼声。不要担心，无须害怕。阳光正好，万物生灵也懂得春天播种才有秋的收成。

谁不知道，白头翁是打小就深思熟虑到白了头，它的五年规划，要比我严整得多。

其八：用什么才能拉近归程？

诗人张二棍说：“来来回回走动，把一间房子走成千山万水的样子……不知疲倦……”这就是当下隔离中的我。二十多次日月星辰东升西落，二十平方米的地板和五十平方米的空间，从门到窗十三步，从窗到门也是十三步。无休止地反反复复，企图丈量出隔离点到家的距离。

门总是严肃得不准张开笑脸，只能临窗而立，流水回头，发现了我竟然是用眼睛呼吸，还有用耳朵透视空气，远眺家的炊烟升起。五观，魔幻了现实主义。

用什么来完成穿越？无意间，三千汉字纷纷破出春泥，泥巴和着青草，在阳光下煅烧，然后，一字一砖，一砖八寸，垒一道直通到家的城墙。就这样，时间不再打烊，当第三千块砖头砌上，小宝会奶声奶气地说：“爸爸，饭，好香。”

犬子习作三章

这一次，我真懂了

窗外正当晴天，可我心里却下着雨，舅妈前年秋天送给我的书包已尽显老态，但我仍然珍藏着。

从此以后，再也没有机会得到舅妈的礼物了。爸爸说，那天太阳刚落山不久，那几声粗重的呼吸后，舅妈睁着眼睛，也落山去了。

我的舅妈，她是死在脑肿瘤的手上。虽然去做了手术，但那是晚期，三十天后，肿瘤又疯狂地吞噬着舅妈的大脑。于是，舅妈又陷入了呕吐、头晕、不省人事的境地。舅舅赶忙把她又带到中医院治疗，但医生说随时有生命危险，就这样，再三更半夜带回老家。回到家，不到 24 小时，舅妈就不舍地撒手走了。那不瞑目的眼神，是对幼小儿女的不舍啊！

爸爸说，表弟和表妹回老家时，舅妈已被放进了那冰棺里，表弟不解地问：“为什么把我妈妈关在里面呢？你们什么时候能把她放出来呀？”虽然我不在现场，但后来听表弟说来了很多人，很热闹。我怅望着灰色的天空，舅妈就这样走了，徒留幼而不更事的儿女。

后来，周六日表弟表妹都在我家住。好几次，夜里表弟都跟我说他想妈妈，说在妈妈的葬礼上他没哭，并不是他不懂事，而是他知道哭也没用，因为再怎么哭也唤不回妈妈……

舅妈是很疼爱表弟的。有一件事我记得很清楚：那是在

2013年暑假的某一天，术后康复中的舅妈，照旧吃着鸡鸭肉补身子，表弟在吃早饭，舅妈就把那鸡腿搛给了表弟。不知道为什么，我现在想起来，有一种莫名的伤感，有一种莫名的感动。

窗外阳光明媚，我打开门走了出去，感觉却有点儿冷。转眼已经一年多了，舅妈的样子又浮现在眼前。我痴痴地想着：时间都去哪儿了？他们跑得真快，转眼一年多了。母爱都去哪儿了？原来藏在大家心里。

（本文为犬子王曦粲2014年10月读初一时的习作，真情实感，收录以纪念）

音乐美，就在身边

懒洋洋地坐在房间里，楼上的钢琴声随着风儿，在窗帘的折褶里翩翩起舞。音乐，真美！

我也拿起了吉他，弹起一首自编的乡村小曲儿。这曲子，仿佛使人置身于一座僻静的乡村：正逢下午，金色的稻田闪烁着；孩子在田野里奔跑，脸上洋溢着笑容；我仿佛就坐在河边，伴着虫鸣，自由自在挥扫着六弦琴；午后的虫鸣和着琴声，显得更加清脆。这种感觉，真美！

不知何时，楼上传来了一首《天空之城》，我停下吉他，静静地聆听着。这首纯音乐，就像一杯打翻了的苦咖啡，虽已落地，但仍散发着一股浓香。那股浓香，正是这首歌特有的悲伤美。

平复一下心情，我打开MP3放起音乐来。首先是一首“卡农”，听到这首歌，回想当初，找到这首歌的时候，并不觉得好听。当时，我的音乐审美观是：一定必须是硬摇滚。不管是DJ，还是慢摇，都入不了我的“法耳”，更何况这种轻音乐，乍一听，立马扔进垃圾桶。但现在，我却是对这首歌情有独钟，因为我从中发现了人生之美。

“卡农”缓缓响起，乍现的，是一个人的童年，欢乐、无忧无虑。到了中间部分，就离高潮还有两段的时候，就像你熬着干劲在努力学习的那段苦难的时光。到了高潮部分，就是成家立业的时候，虽然辛苦，却是欢乐的。到了最后一部分，你就要悄悄地走了，挥一挥衣袖，留下潭里倒映的彩虹，留下一片阴凉。到了最末了，以一个 C 和弦结尾，使人回味无穷。

关上 MP3，楼上的琴声也停了下来。此时，剩下的，就只有树上的蝉鸣、马路上的车轮声、房下小贩叫卖声、滑滑梯小孩儿的欢笑声，还有其他楼房隐隐约约的乐音，这一切，融合成了一首动人的生活交响曲，又何尝不美?

（本文为犬子王曦粲 2015 年春读初一时的习作，收录以纪念）

节日的味道

流云将阳光切成一块一块，投下一片片静谧，风携来的幽幽粽香在窗帘起舞。又是一个端午节！思绪似青烟随风远去，飘向那个粽香淡淡、节味浓浓的午后。

辗转跋涉一个多小时后，我和父母来到了外婆家。落日残阳，已是黄昏。一进大门，扑鼻的饭香直冲鼻腔，顿时让早已饥肠辘辘的我精神一振。例行公事地和坐在椅子上的外公打了声招呼，我便奔向餐桌，操起筷子，风卷残云地吃起来。

狼吞虎咽了好一阵，吃得我油光满面。当我把目光从美食中“拔”出来时，恰巧瞥见了我忽视已久的外婆正满头大汗在厨房中煮着粽子。

升腾的水蒸气带着灼热的温度扑向她的面颊，额头上、鼻尖上那细密的水珠也不知是水还是汗，颗颗若钻石般晶莹璀璨，在灯光中，分外耀眼。纵使有厨房拉门的阻挡，仍能刺痛我的双眼。

她那已被岁月浸泡得满是皱纹的脸，流露出对儿女堪比清泉般细腻、无私又源远流长的慈爱。原来外婆已经这般苍老，可她现在这般辛苦又是为了谁呢？

想到此，我的双眸在颤抖，开始泪光涟涟。忽然，眼前出现了一个冒着热气的粽子，用白瓷盘托着粽子的是一双长满老茧的手。回头，眸光流转。竟见外婆的脸，她慈祥的目光流淌出无尽的爱意，微笑着说："尝尝吧，我自己包的，烫哈，小点儿口吃。"

我微微颔首，见她那枯瘦的手灵巧地剥开粽叶，将粽子放入我的碗中。刹那间，幽幽粽香沁人心脾。咬下一小块，哈，是我最爱的香菇肉粽……

"外婆又寄来粽子了，快来吃呀！"妈妈的召唤将我从回忆中惊醒，望着桌上一个个翠衣紧裹的粽子，其间浸满了外婆的爱和家的味道。

我明了了：节日的味道，即亲情的味道；节日的味道，是走到哪儿也忘不了的家的味道！

（本文为犬子王曦粲2016年秋读初三时的习作，收录以纪念）

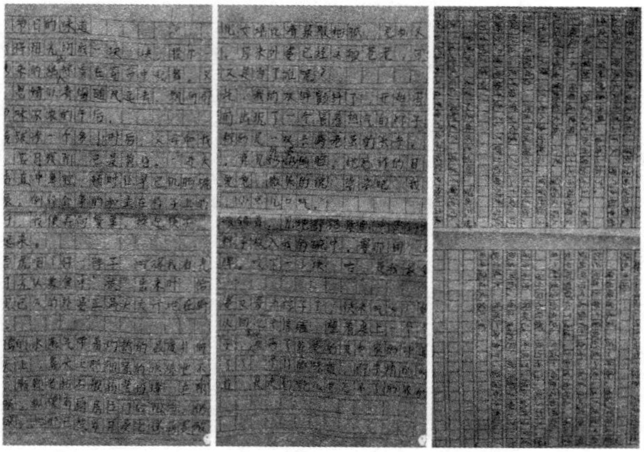

后 记

庄子与惠子游于濠梁之上。庄子曰："鲦鱼出游从容，是鱼之乐也。"惠子曰："子非鱼，安知鱼之乐？"庄子曰："子非我，安知我不知鱼之乐？"惠子曰："我非子，固不知子矣；子固非鱼也，子之不知鱼之乐，全矣！"庄子曰："请循其本。子曰'汝安知鱼乐'云者，既已知吾知之而问我，我知之濠上也。"

二位智者各显辩才，引人哲思。

吾不管其辩孰胜孰负，亦不管孰乐孰不乐，且擅攫"非鱼"二字作拙文集名。"非鱼"二字，亦非深奥，乃"不是鱼"之意。

故乡谚云：无鱼"章斑"好。"章斑"乃闽南语直译为汉字，其为家乡溪涧小鱼也，及长成，长不过二寸许，宽不逾寸，然少肉，如鸡肋，乡人不以为食，若捞之亦作鸡鸭食。或其身间花纹，故曰"章斑"。孰料，今其乃名贵观赏之鱼。闲之查询，斯鱼学名"菩萨鱼"，其名佛性也。然名为菩萨，却好斗，号称中国斗鱼，诚令人诧异也。

幼时好玩，尝携箕畚临溪而滤捞，多得泥鳅，少获鲜美。但间有"章斑"入箕，于是雀跃归家。泥鳅喂鸡鸭，而养"章斑"于瓶中，仅需数日换水且日食粥糜等即可。久之，未见其长，身材终始如一，不增一分，未减一毫，形态悠然如昔，仿佛驻童颜不老者矣。

愚以为，乡谚所云，竟有拒"章斑"于鱼族门外之意，盖乡人未尝视“章斑”为鱼也。或鱼大而可化龙，而“章斑”难大素小，入列鱼族尚不许，何谈化龙之事乎？然则，其悠然游于山间溪涧沟壑，不图大江大河，不妄想东海，自在自得，幸亦非幸也。

思之再三，余实属“章斑”之流。诚如“章斑”徒有鱼形鱼性，却无鱼之志趣。吾少而顽劣，不思勤而习之，空具人形人态，而无大志高怀，人云：非读书之料哉！此非“章斑”者何？

虚度光阴十有五，家中遇事，父母受侮，姊亦哭而训曰：汝不争气，往后受侮亦如是！遂醒，始冀成鱼化龙之事也。

于是乎，秉烛夜读，晨昏而诵，如此四载，考入泉州教育学院中文系，竟为角落及第之先。毕业任教于玉湖中学，甚感愧为人师，故学而不辍，常提笔胡作，纯属练习，以增益文字表情达意，不负育人之事。是以未敢称无误人子弟，然自问无怍于心。

至若，愚天赋不足，知识不博，教学不法，成效不煌，非他人之过，乃自律自省自强不逮哉！

如是八载，上有察，乃调任安溪十中任副教导主任。又六载，任十中教导主任。癸巳（2013 年）春正，始调任科名中学教导主任，又复耕耘如旧。辗转三校，教学相长，尤其是，为促后生之习作，奠童蒙作文之基，乃先后创办、倡办三校之《湖风》《小茶树》《阆苑》文学社，虽名不见经传，但足慰己心。

丙申（2016）春正至戊戌（2018）甲寅，上降机缘，至县衙跟班学习、借调创城。由是开眼界，拓视野，换思维，破樊篱。虽常加班，咬文嚼字，挠断青丝，霜雪两鬓，不觉苦矣！方以为“章斑”可列鱼族，然御史监察一纸令文：不得借调以扰教育，即刻归校！

回归半载，调任湖上中学副校长。犹记此调动，曾胡诌《戊戌调动感怀》：“西岭盘回东岭上，官文一纸各迁留。称薪糊口终非易，自遣聊思不系舟。”虽调动，犹在大山度春秋。呜呼，“章斑”恒“章斑”，难登鱼族大雅之堂，又岂敢奢望化龙之事。

理想太高大，而自我重力太小，就会飘忽不定，甚至坠毁破灭。然为“章斑”者，若能不羁于浅溪沟壑，敢出游于濠水江海之上，聆听贤者智言慧语，目睹圣人“逝者如斯”之慨叹，知天下“洋洋大观”而见方家，不孤闭终老，如斯万幸，夫复何求！

此生逾半程，虽未见异彩之绘，但知黑白之分；虽未闻阳春白雪之妙音，但晓下里巴人之淳声。行程得间，见闻识感，或拙言以记，权以自娱；或以公众号宣之，乃求斧正批评，安敢嗜名逐利。

吾之真身，乃九儒也，为语文教育者、文字爱好者、文学仰望者，而非文学工作者、创作者。然，幸得县文联厚爱，予机会，连续两期参加“作家研修班”学习，适文学圣苑，徜徉而游，则有乐之赏之仰之慕之亲之誉之之盛意，未敢有植之艺之驻之留之之妄心，然获益匪浅。又幸得县文联主席林小玲、副主席章丽香，作协主席许素彬等之垂勉；省作协会员林炳根、吴奋勇、李志宏、黄志专诸文友之费心加持；国家一级美术师、中国楹联学会会员，央视“收藏天下”全国数字电视频道栏目学术指导与特邀艺术家、福建省美术家协会会员、安溪县美术家协会名誉主席翁火枝老先生特意作画赠勉；中国书法家协会会员、安溪县书法家协会副会长黄昭文（老昭）等特赐墨宝以勉，余明琛老师之用心赐教，当然还有家人亲朋之支持鼓励。于此，一并感恩致谢。

余间或参赛，或获小奖，虽不足道，却可自慰习而未荒，窃幸有所寸进，不致沉沦而成鄙陋嚣顽耳。

非鱼也，虽是“章斑”，为近十年之习作胡语，言多由衷，然遣词造句、过渡勾连、前后相衔、立意旨要等，难免有生铁锈铜、粗瓷陋食之嫌。俗语曰：“丑媳妇终要见公婆。”既斗胆结集，拙文陋语亦要见人，冀方家、师者、长者、亲者、友者、识者不吝赐教，如此，确乎“章斑”之幸。

安溪县长卿镇玉湖村冷水人王清松

壬寅冬月